DEUS SENTADO NUN SILLÓN AZUL

l i t e r a r i a

Reconquista, 1 - 36201 Vigo

ISBN: 84-8288-038-1
Dep. Legal: VG-147-1996

Ilustración da capa
Vincent van Gogh: *Vista desde unha ventá* (fragmento)

Maqueta da colección e
deseño da cuberta
MANUEL JANEIRO

Carlos Casares

DEUS SENTADO NUN SILLÓN AZUL

galaxia

Para Elke Wehr e Víctor F. Freixanes,
en lembranza daquel verán.

I

Eses pasos sonoros e pausados que lle chegan desde a rúa, procedentes do lado esquerdo segundo se mira desde a fiestra do salón onde ela se atopa agora, sen dúbida que son os del. Hai pouco máis de corenta minutos, cando o reloxo da catedral empezaba a dar as oito da mañá, viuno saír do grande portal da casa de en fronte, tranquilo como cada día a esta mesma hora, despreocupado polo retraso que levaba. Abriu sen présa a porta de madeira pintada de negro, subiu a continuación o chanzo de pedra que o separaba da beirarrúa e mirou ó ceo con atención para observar a cara que presentaba o día. Nin o frío intenso que se sente desde onte á noite, cando empezou a soprar o norte, nin as escasas nubes brancas que se albiscan desde hai un par de horas por riba do monte de Ervedelo puideron constituír para el ningunha sorpresa que non prevera ó vestirse. Levaba o abrigo azul, a bufanda gris de la que adoita poñer cando sae a pasear a media tarde, os zapatos castaños de piso de sola e o sombreiro negro. Atravesou a estreita rúa de vagar e torceu á dereita debaixo do balcón da casa dela, xusto no ángulo onde cada mañá o perde de vista. Logo seguiu en dirección ó Parque.

Seguro que chegou tarde á misa. Hai xa moito tempo, cando aínda era un mozo de vinte anos, non se atrevería a traspasar a porta do cancelo da igrexa co oficio xa empezado, convencido de que media parroquia se volvería para ver quen entraba. Agora, a pesar do ruído metálico das vellas bisagras de ferro, que resoan cun sonido agudo e longo contra as pedras húmidas e verdosas da bóveda, camiña sereno pola alfombra descolorida do corredor central e avanza ata o reclinatorio encarnado que o agarda debaixo do púlpito, no arranque mesmo das escaleiras de pedra que conducen ó altar. Ó chegar ó seu sitio, fai unha xenuflexión coidada, quizais demasiado ríxida e pouco natural, e ponse de xeonllos, mirando coa cabeza erguida cara ó centro do presbiterio. Esa posición destacada, máis de dous metros por diante dos bancos de madeira onde se sentan as mulleres, permítelle recibir a comuñón no mesmo reclinatorio e recollerse a continuación en acción de gracias sen estar pendente de ceder o paso ás persoas que ocupan os asentos do interior e que abandonan a igrexa uns minutos antes ca el.

Desde ese lugar, gracias á grosa columna barroca do púlpito, líbrase de ver a imaxe do Nazareno que se garda na capela lateral do evanxeo e que está posta de pé sobre o altar. Cando aínda era neno e empezou a padecer dos ollos, a súa nai levábao todas as tardes a rezarlle a santa Lucía, situada na mesma capela nunha cavidade que se atopa medio metro por riba da cabeza daquel Cristo coroado de espiñas e vestido cunha longa túnica morada. A luz do sol, que moitas veces entraba polo rosetón do fondo, dáballe a aquel rostro esbrancuzado unha cor amarela enfermiza e repulsiva, que unida ó brillo cristalino dos ollos e ó xesto da boca entreaberta, cos dentes relucindo entre os labios, convertían aquela imaxe, que a el lle parecía entón xigantesca, na visión tétrica dun cadro inquietante. Aínda hoxe, en canto dura o oficio, a pesar de que pola posición que ocupa na igrexa practicamente non pode ver a capela desde o reclinatorio, procura seguir a misa inclinado cara á dereita, cos ollos cravados no centro do altar principal.

Cando o cura remata a misa e sae do presbiterio camiño da sancristía, el vira o corpo precisamente cara ó lado oposto, pero faino cos ollos pechados para non atoparse con aquela visión que lle resulta tan pouco grata. Ábreos de novo no momento en que calcula que ten diante a capela de san Brais, que se atopa na nave lateral, pero un pouco máis abaixo. Sente devoción por ese santo. En primeiro lugar, porque a imaxe a mandou esculpir o seu propio avó, hai máis de setenta anos, a pedimento da avoa Amadora, para dar gracias por un favor recibido, cando ela se aganara cunha caravuña mentres comía cereixas de postre o día da festa do patrón e que a botou fóra no intre preciso en que a criada Tomasa, ó vela coa cara azul e a piques de morrer, invocou o nome do santo. En segundo lugar, porque a propia avoa estableceu como obriga familiar para todos os seus descendentes, coa benevolencia do avó, que non cría nos milagres, o tributo de rezarlle trescentas sesenta e cinco avemarías a san Brais cada ano, ademais de pagar os gastos de luces, velas, manteis e limpeza que ocasionara o mantemento da capela, incluídas sete misas e unha novena solemne na primeira semana de xuño.

Despois de cumprir coa obriga da avemaría que debe rezar cada día do ano para manterse fiel á promesa feita pola avoa Amadora, volve virar o corpo desde a capela de san Brais ata o altar maior e durante uns minutos permanece cos ollos fitos na Virxe que ocupa o centro do retábulo. É sempre o último en marchar. Cando o sancristán apaga todas as luces e deixa só acesa a lampariña do sagrario, regresa el ó centro do corredor e sitúase no medio e medio da alfombra encarnada para facer a xenuflexión coa mesma rixidez coidada de sempre e saír marcando involuntariamente co tacón o ritmo lento e ruidoso do seus pasos. Así ata volver á casa. Regresa pola Rúa de Santo Domingo e atravesa o Parque desviándose catro ou cinco metros do camiño lateral por mor de evitar a lama que se forma no paseo do fondo. Despois colle pola parte dereita da Rúa do Hospital e camiña durante cinco minutos pegado ó muro de coios da Fundición. É o momento en que ela empeza a escoitar os seus pasos.

O primeiro soa aínda un pouco lonxano e débil, pero os seguintes chegan xa moi claros ata a habitación onde ela se atopa observando desde hai máis de media hora, escondida detrás dos cristais da porta branca que dá ó balcón. Despois, a penas uns segundos máis tarde, ve aparecer o corpo diminuto del andando polo centro, coa cabeza volta cara ó lado esquerdo, mirando en dirección á fiestra grande do salón da casa de en fronte, na outra beira, onde agarda a súa muller mirando tamén pola ventá. Entón avanza cinco ou seis metros máis, desaparece un momento por debaixo do balcón e volve aparecer, xa volto de costas, para atravesar a rúa. Faino coa cabeza erguida e o paso firme, levantando ás veces o periódico ata a altura dos ollos cegatos, observando de esguello os grandes titulares negros da primeira páxina, como anticipando brevemente a lectura demorada que vai facer de aquí a pouco, durante o almorzo. Por último pérdese detrás do grande portalón da casa, o mesmo por onde saíu para ir á misa, e xa non o volve ver ata media hora despois, sentado no salón.

É onde está agora. Comodamente instalado no sillón orelleiro tapizado en azul, le o periódico. A súa muller, Mariana, acaba de deixarlle por riba da mesa camilla as pastillas e o vaso de auga, que toma distraidamente, sen levantar os ollos. Debe estar lendo a noticia que di que onte pola mañá, a primeira hora do día, houbo un incendio na Praza das Mercedes, durante o cal morreron dous individuos non identificados, quizais mendiños que dormían no portal dalgunha das casas queimadas ou delincuentes comúns que buscaran refuxio naquel lugar, seguramente os mesmos individuos que hai uns días roubaron pola noite o cepillo da igrexa de Santa Eufemia e acabaron rebentando o peto nos baixos da Alameda. Pero el sabe, como sabe todo o mundo, aínda que non transcorreu moito tempo desde que concluíu o suceso, que non foi un incendio, senón un asalto ó cuartel de San Francisco, situado nas inmediacións da praza, e que os asaltantes non eran atracadores, senón membros dunha banda guerrilleira, a catro dos cales mataron a tiros na casa onde se fixeron fortes, no camiño que vai ó Monte das Caracochas. Ademais de que os mortos non son dous, senón sete, entre eles un cabo artilleiro e dous soldados.

A noticia sóubose xa onte pola radio, no parte das nove e media da noite. Falou en primeiro lugar o alcalde para dicir que o incendio se debera a un cortocircuíto orixinado nunha pera da luz defectuosa, na cabeceira da cama do dormitorio principal, e que as chamas que prenderan nunha manta se estenderan rapidamente pola madeira do teito e pasaran ó resto da casa. Falou tamén o xefe dos bombeiros, que dixo que a pesar de que a intervención do servicio fora case inmediata, dada a proximidade entre o parque e o edificio afectado, separados menos de cincuenta metros un do outro, non se puidera evitar a morte das persoas falecidas, sorprendidas polo lume durante o sono e impedidas ademais, dada a súa condición de mendiños enfermos e depauperados, para valerse por si mesmas. Un deles estaba totalmente carbonizado cando chegaron os bombeiros e outro aínda entrou con vida no Hospital, pero con queimaduras que afectaban á totalidade do corpo, tan graves que nada puideron facer os facultativos para salvalo. Deste último sospéitase ademais que puidera estar implicado en delictos cometidos contra a propiedade, quizais no roubo dun peto de ánimas sustraído aínda hai poucos días dun dos templos da cidade.

Onte pola mañá, cando se escoitaron os primeiros tiros e empezaron a tremer as casas co estrondo das bombas de man, que se sentían tan próximas que parecía que estouraban no portal, el levantou os ollos do folio que estaba escribindo e asomouse á ventá. As primeiras miradas de desconcerto dirixiunas en dirección ó Parque, pero pronto percibiu, orientado pola procedencia do ruído das explosións, que estas viñan de máis arriba, aínda que probablemente non podía imaxinar que viñeran do cuartel. Debruzado sobre o peitoril, preguntoulle a unha señora que pasaba correndo cun neno nos brazos, pero a muller ía tan nerviosa e asustada que con toda seguridade non escoitou a pregunta e tampouco respondeu. Contestoulle en cambio, sen ser preguntado, o carboeiro, que baixaba co carro de deixar unha carga no Hospital. Dixo que algo tiña que estar sucedendo no cuartel ou nos arredores, pois ademais dos tiros, el oíra, cando atravesaba por debaixo da ponte do ferrocarril, berros e voces que pedían rendición, pero que non sabía máis, aínda que as explosións eran sen dúbida das bombas que na guerra chamaban de *laffite*, que el coñecía ben polas moitas que tirara na fronte de Teruel.

Agora mesmo, polo xesto crispado da boca e a atención con que está lendo o periódico, parece preocupado. A estas horas debe saber xa que os atracadores non pretendían tomar o cuartel, como se dixo e pensou nun principio, senón axustizar a varias persoas nas súas respectivas casas e que só unha circunstancia imprevista fixo que os acontecementos se desenvolveran daquel xeito: parece ser que cando pasaban polas inmediacións, no momento en que un dos soldados de garda lles deu o alto por rutina, un dos fuxidos máis noviños e inexpertos, sentíndose descuberto, botou man da pistola e púxose a disparar. El non debe ignorar tampouco que os asaltantes eran máis de quince e que a maioría deles puideron fuxir nunha camioneta pola estrada de Trives, en dirección a Maceda, buscando seguramente a Serra de San Mamede, onde sen dúbida contan con agachos e con axudas dalgúns paisanos. Por outro lado, el sabe tamén, aínda que non se recolla a noticia no periódico, que foi o seu cuñado Eloi quen dirixiu a operación encamiñada a reducir os atacantes e que a bomba que entrou pola fiestra da cociña da casa onde se fixeran fortes, e que derrubou a metade da fachada e parte do tellado, partiu da man del.

Do protagonismo do comandante Eloi foron testemuñas moitos dos curiosos que se xuntaron nos arredores cando se escoitaron os disparos e a xente empezou a correr cara ás proximidades do cuartel. Aínda que máis de cen soldados estaban situados na rúa que desemboca por detrás do depósito da auga e no camiño que pasa por diante do cemiterio, para impedir que ninguén se achegase ó escenario dos sucesos, houbo persoas que foron dar a volta pola estrada de Trives e apareceron pola traseira do camposanto, subidas no alto do muro de pedra que o rodea. Desde alí, a pouco máis de douscentos metros da casa onde se escondían os do monte, viron como o comandante Eloi ía avantando de árbore en árbore, protexido polos grosos troncos dos pradairos que se erguen nas beiras da estrada. Cando estaba parapetado detrás dun deles, xa diante da casa, e as balas dos de dentro rebentaban sen parar contra a casca verdosa das árbores que o defendían, aproveitou uns segundos nos que cesaron os disparos, saíu lixeiro do escondite, deu un brinco no aire e lanzou a bomba que puxo fin ó asalto.

Coa poeira e a fumarada que se armou cando se desfondaron os muros, creouse unha situación de barullo e desconcerto, quizais convencidos os de fóra de que acabaran cos atracadores, o número dos cales se ignoraba, pero sen atrevérense a iniciar a toma da casa por medo a que quedase algún deles vivo e puideran causar algunha baixa innecesaria. No momento de penetrar os soldados entre as ruínas, un individuo de paisano, con sombreiro gris e pano branco saíndolle do peto alto da chaqueta, parece ser que o inspector Ferreiro, que fai de secretario e escolta do gobernador civil, xa se introducira pola súa conta no lugar e tíñalle a pistola colocada na sen a un dos feridos, co percutor levantado e a punto de dispararlle na cabeza. Nese mesmo intre, un capitán do exército que participara na operación, un rapaz novo, co uniforme medio estragado e con sangue na fronte a consecuencia dun disparo en sedal que lle pasou rozando e lle produciu unha ferida sen importancia, botouse contra o policía, derrubándoo e evitando dese xeito que rematase ó asaltante. El mesmo agarrou a este último pola camisa, púxoo de pé e marchou con el, case ás arrastras, cara ó interior do cuartel.

A casa en ruínas onde se fixeron fortes os atracadores vén fotografada no periódico. Tal como aparece, enfocada desde a esplanada traseira do cuartel, probablemente desde o alto do muro que separa a cantina dos soldados do camiño que sobe ó Monte das Caracochas, puidera pasar por unha casa destruída por un incendio, como dixeron onte na radio e como se repite hoxe no xornal. Hai sen embargo algúns detalles que apuntan a outro tipo de accidente, máis de acordo coa realidade auténtica do que sucedeu. En primeiro lugar, a falta absoluta de restos de fume, pois nas dúas habitacións que quedaron cos tabiques interiores ó aire percíbese bastante ben o branco das paredes, especialmente na sala de estar, onde aínda campa un coñecido calendario que reproduce unha pintura na que se ve a imaxe duns cazadores contemplando unhas perdices mortas. Pero tamén na cama que asoma detrás do tabique medianeiro, coas roupas enteiras e perfectamente ordenadas, sen marcas de incendio de ningún tipo. Por outro lado, a situación en que quedaron os muros derrubados, coas pedras amontoadas diante da casa e restos de cachotes estrados polo piso, mesmo algúns deles depositados sobre a cómoda do dormitorio, fan pensar nunha explosión.

Ademais da natureza verdadeira do accidente, a estas horas el debe saber tamén que das persoas que os atracadores pretendían axustizar, tres eran o capitán Veneno, o inspector Ferreiro e o manco Tejada, avogado dos sindicatos. Do primeiro a penas sabe o que todo o mundo comenta, que nos primeiros días do alzamento matou a varias persoas na parte de Xinzo, entre elas a un viaxante de comercio, disque só para quitarlle unhas botas de coiro de cana alta que levaba. Ó inspector Ferreiro coñéceo algo mellor: foi el quen o veu avisar de que o administrador das terras de Sabucedo andaba en malos pasos, ademais de que ten estado de visita na casa, unhas veces por encargo do gobernador civil, outras para facerlle preguntas sobre espiritismo, que é a paixón deste home. O manco Tejada foi compañeiro seu no Instituto, cando eran rapaces. Nunca lle gustou a súa afición ó alcohol, un vicio que lle impidiu medrar na carreira política fulgurante que empezara, cando ós dezaoito anos era Xefe Provincial de Propaganda. Raro é o día en que non se contan algunhas pendencias deste individuo, empeñado en armar camorra por bares e tabernas, onde con frecuencia saca de pistola cando está borracho. Hai poucos días aínda, armou un alboroto no casino de Allariz cando o porteiro lle dixo que non podía entrar no baile sen gravata e el sacou un calcetín, que anoou á gorxa, apartou ó empregado dun empurrón e dirixiuse ó presidente da entidade para anunciarlle unha multa por mamón, segundo lle dixo a berros desde o medio da sala de billares.

Despois de ler a noticia do incendio, el queda co periódico aberto diante de si, colocado sobre a mesa camilla, pero cos ollos fixos noutra parte. Ten a cabeza alta, unha actitude moi pouco habitual nel cando está preocupado, pero que quizais non sexa outra cousa que a consecuencia do cansazo que debe sentir e que o leva a apoiar a caluga no respaldo alto do sillón. Situado nesa posición relaxada, a luz do sol que se reflexa nos cristais grosos dos lentes marca no teito dous puntos entre amarelos e azulados que se desprazan con movementos insignificantes e nerviosos arredor da lámpada de cristal pendurada sobre o centro do salón. De pronto, o gato, que desde que entrou no cuarto estaba sentado sobre a alfombra lambendo as patas traseiras, pega un salto e súbeselle ó colo. Ó principio, como se o tentase, o animal permanece de pé, asegurándose de que el non o vai botar. Despois dá dúas voltas arredor de si mesmo e acóchase entre o brazo do sillón e a perna dereita do amo. Este, de maneira inconsciente, coa mirada perdida agora na parede que ten diante, pásalle a man suavemente unha e outra vez polo lombo.

Sen embargo, a pesar da preocupación que a lectura da noticia lle deixa na cara e nos ollos, cando pase a páxina do periódico vai levar unha sorpresa. Na folla seguinte, situada na parte superior da dereita, hai unha foto de Mary Pickford e debaixo dela, recadrada en negro, como se fose unha esquela mortuoria, o anuncio de que mañá, ás dez e media da noite, no Salón Artesonado do Liceo poñen a película titulada *Rosita, a cantante vagamunda.* Foi sempre a súa actriz favorita. Ela recorda moi ben cando viron xuntos *A vila solitaria* no barracón de madeira do cine Barbagelatta, hai xa tempo, o mesmo día que el facía vintesete anos. Entraron rindo, saboreando cada un deles un xelado de chocolate, e sentáronse nas primeiras sillas, detrás do piano, onde agardaba xa, vestido con levita e un punteiro na man, o propietario do cine. Dixéronse algunhas cousas en voz baixiña, fixeron un comentario pouco piadoso sobre a roupa desastrada do pianista e cando se apagaron as luces, el rozou co seu nariz o nariz dela. Durante a proxección, el volveuse tres ou catro veces para dicirlle en voz baixa que a Pickford, máis que unha muller, era todo un símbolo.

A pesar da alegría que sentían, aquel día, case no mesmo instante en que acabou a película, empezaron a discutir por unha insignificancia: a el non lle gustaba que ela se sentase á súa esquerda, senón do outro lado; era unha cuestión de respecto. A discusión iniciouse como unha simple conversa, sen reproches, pero unha hora máis tarde marcharon incomodados cada un para a súa casa. O que comezara como unha leve queixa foi en aumento despois do cine. Cando estaban sentados na terraza do Café Moderno e ela, algo máis tranquila despois das palabras que se acababan de cruzar, empezaba a saborear a granizada de limón que pedira, dixo el que Mary Pickford era a muller máis fermosa que tiña visto na súa vida. Quedou ela calada, sorprendida máis do disgusto que sentía, que afectada polas palabras que acababa de escoitar. Mantivo o vaso apoiado contra o labio inferior, pero sen beber, e despois, con voz dura, incapaz de disimular a furia que a dominaba, dixo que a ela Mary Pickford lle parecía un auténtico retaco e que ademais daba a sensación de que estaba mal feita, como se na parte inferior da perna, entre o pé e o xeonllo, lle faltara un óso.

Que Mary Pickford era retaco e que lle faltaba un cacho de perna pensábao desde que vira a primeira película da actriz, moito antes de que el pronunciara aquela frase estúpida que tanto a mortificara. Sendo adolescente aínda, cando asistiu coa súa nai á proxección de *Cinsenta* naquel mesmo local, saíu da sala coa impresión de que a Pickford non era tan guapa como oíra dicir e que levaba razón o periodista que escribira nun periódico que aquela Cinsenta de caramelo tiña cara de queixo fresco. Mesmo agora, transcorridos tantos anos desde entón, indiferente xa á causa daquel disgusto, segue mantendo a mesma opinión sobre o físico da actriz americana. Incluso a foto que publica hoxe o periódico confírmalle canto ata aquí pensara. Aparece vestida cunha especie de polisón branco que recolle polos extremos laterais coa punta dos dedos índice e gordo de cada man e que deixa ver unhas pernas gordechas e redondas, algo tortas, practicamente iguais debaixo dos xeonllos que nos nocellos, anchas de arriba a abaixo, sen esa liña recta dianteira que fai resaltar a tibia e que ela estimou sempre que debe ser un complemento indispensable para considerar que unha muller é autenticamente elegante.

Sobre a beleza das pernas non pensaba el de maneira moi diferente hai anos, cando se coñeceron en Santiago. Un día escoitoulle dicir na casa de Aurora Poch, nos postres dunha cea, nunha daquelas noites en que se amosaba eufórico, mesmo como se bebera, pero sen beber nada, e mantiña arredor del a atención curiosa e divertida dos outros comensais, que as mulleres do país perdían unha parte da fermosura do rostro na catástrofe das pernas, unha desgracia de curvas, xarretes e músculos da que case ningunha se libraba. Cando Tino de la Riba lle dixo que esas eran as consecuencias tardías de moitos séculos de carencias vitamínicas e de fame, respondeu el que ese era máis ben o resultado dunha perfecta concordancia entre unha tendencia xeral do país, empezando pola xeografía e acabando pola arte, ó retorcemento das formas; unha furia salvaxe contra a liña recta e o siloxismo, contra a claridade expositiva e a franqueza no trato. De aí, concluía, o triunfo apabullante do barroco, un estilo que algúns pensaban que había que abolir para liberar á raza das entretelas dunha psicoloxía tortuosa, na que a lóxica se desfacía en miles de meandros, pero que el non aceptaba de ningunha maneira como proposta reformadora, a non ser no que se refería á necesidade de poñer as pernas das mulleres en consonancia coas súas caras, fermosas case sempre.

Desas cousas el nunca entendeu moito, polo menos segundo se desprende das mulleres coas que saíu. Por exemplo, a alemana Gerda, que coñeceu en Berlín no ano 1933. Polo que se podía deducir das cartas que lle remitía entón desde a capital alemana e nas que lle falaba dela, debía pensar que era unha cousa parecida a unha becerriña solta no medio dun prado. Ou Cuca Acevedo, a amiga a quen acompañou durante uns meses antes de coñecela a ela, e que non era fea, pero que tiña un peito descomunal e irregular, como se levase un paquete ou un repolo disimulado debaixo da blusa, e que parecía unha galiña, tanto pola maneira de andar, cambaleando para os lados, como polo costume de mover a cabeza arriba e abaixo, como se estivera peteirando millo no chan ou bebendo auga nunha pía. A el, en cambio, parecíalle moi fermosa, incluso elegante, e chegou a comentar con algúns amigos que Cuca era a muller que máis se asemellaba á imaxe da fermosura que lle viña á mente cada vez que lía versos de amor. En realidade sempre se amosou cego para todo canto non fose a cara das mulleres, insensible ás gracias femininas que quedasen por debaixo do pescozo, incluídas as pernas.

Por certo que as de Mariana, a súa muller, que se acaba de situar por detrás do sillón azul onde el está lendo neste momento e que mira distraidamente o periódico por riba do lombo dereito do seu home, deixaron de ser bonitas. Xa de solteira as tiña un puntiño anchas de máis nas canelas e estreitas na parte inferior, como se formasen unha pera ou esa barriga da que falan os paisanos cando se refiren con malicia ás pernas das mozas. Foi a impresión que lle deron a primeira vez que a viu sentada onda el nun banco do Clube de Tenis. E aínda que despois de casar se lle compuxeron dunha forma espléndida, especialmente cando aumentou os primeiros quilos, antes de poñerse gorda coma agora, pronto pasaron a ser unhas pernas calamitosas, indignas dun corpo alto e delgado coma o seu, máis ben gracioso no seu conxunto, mesmo elegante e delicado. Agora, sulcadas polas cordas das varices e comidas por eses sabañóns ennegrecidos que lle converten nunha tortura o calcañar cada vez que calza os zapatos para saír á rúa, xa non chaman a atención por feas, senón que fan pensar na saúde da súa dona, sempre quebrantada desde nena, máis aínda nos últimos meses, sobre todo desde que no inverno pasado, ó rematar as festas de nadal, estivo a morrer como consecuencia dunha pulmonía.

É posible que el non se decate destas transformacións que o paso dos anos foi realizando no corpo da súa muller, entre outras razóns porque é cegato; tanto que para escribir ten que quitar os lentes e colocar a punta do nariz sobre o papel, co cal se lle vai acentuando cada vez máis a chepa que xa lle apuntaba nas costas na súa época de xove profesor en Santiago, ó tempo que o esmirriado peito de neno, estreito e caído, se lle vai fundindo aínda máis no lugar do esternón, como se todo el fose adquirindo lentamente a figura curvada dun plátano. A pouca vista é tamén a razón de que aínda non advertira que o cadro de Parada Justel que teñen colgado na parede do fondo, á dereita da porta segundo se sae do salón, leva máis de quince días torto, escorado cara á lámpada de ferro da esquina, sen que á súa muller se lle ocorrera endereitalo; nin que tampouco vira aínda as flores murchas, podres de varios días, que afean o fermoso tarro de porcelana inglesa que adorna o alto da biblioteca da parte do fondo, de costas ó lugar que el ocupa neste momento. Hai uns anos estes serían claros motivos de disgusto, como o era en xeral a desorde do salón, onde ás veces os pratos e os restos do xantar permanecían sobre a mesa durante a tarde enteira, mesmo ata a hora de cear.

Ó principio, nos primeiros meses de casados, el disculpaba a desorde da casa pola mala saúde de Mariana, coa conciencia pouco tranquila de non dispoñer dunha criada, como ela tivera sempre na Casa Grande do Miño, que lle axudase nas tarefas domésticas máis duras e pesadas, sobre todo lavar a roupa e fregar o piso. Despois, cando ela curou momentaneamente e durante algo máis de un ano, case de maneira repentina, empezou a engordar, o desastre pareceulle insoportable: nunca lle gustou a xente gorda nin mal aseada. Aquela gracia delicada que ela tiña de rapaza, cunha pel case transparente e uns ollos grandes afundidos na escuridade misteriosa que os rodeaba, converteuse en menos de dous anos nun corpo pesado e torpe, absolutamente desmañado. Entón el decatouse de que as cousas ciscadas polo chan e que o abandono en que se ía mergullando aquela casa era como se formaran parte do rostro dela, como se a fealdade que se lle ía estendendo pola pel, que facía da cabeza, noutro tempo unha suavidade loira de seda, un alboroto case sempre descoidado, se desbordara polo chan e ameazase con sepultalo nun montón de lixo.

A casa de Mariana, aquela fermosa mansión de catro chemineas, alá no Miño, que el coñecía desde neno, arrecendía en cambio a xasmíns e a cera. Moitas horas pasaron ambos os dous, cando eran pequenos e Mariana aínda non enfermara, restregando as baetas polas madeiras do piso para sacar brillo, unha en cada pé, como se patinaran. Recordaba tamén a figura gorda e pacífica, pero áxil, da criada Isaura, vestida con aquelas longas batas brancas de traballo, alegres e limpas, cun plumeiro eternamente colgado da cintura, pelexando contra unha simple mouta de po que alterara a negrura impoluta do piano ou os cristais dos estantes interiores do chineiro onde se exhibía a louza inglesa da vaixela azul comprada pola avoa Emilia en Londres. E recordaba sobre todo á nai de Mariana, sempre vestida de xeito elegante, como para recibir a calquera hora do día, que non abandonaba nunca as súas habitacións para presentarse ó resto das xentes da casa sen estar perfectamente peiteada ou co adorno discreto dun brazalete sinxelo, un pequeno broche ou o medallón da avoa colgado do pescozo por unha delgada cadea de ouro.

Hai xa tempo que a el non lle importa que as cousas non sexan así na súa casa. Só cando esperan visita se permite recoller algún periódico que leva tres días tirado no chan e insinuar algunha leve protesta sobre o caos que pouco a pouco se foi impoñendo por todas partes. Por riba da silla de coiro que está ó lado da porta non é raro que descanse durante días unha bandexa metálica con dous ou tres vasos con restos de auga ou de viño e que nos estantes da librería se mesture a calceta ou o ganchiño cunhas mazás sobrantes do postre de calquera xantar ou uns plátanos, ademais de varios coitelos usados e as servilletas que se empregaron a semana anterior. Máis que queixarse do desastre, o que el fai é refunfuñar a penas polo baixo, consciente de que a desorde é invencible naquela casa. Tardou en aceptar a derrota, pero agora pode convivir sen grandes conflictos, polo menos aparentemente, coas cousas estradas polo chan e os libros compartindo espacio coas cabichas dos cigarros. Intentouno todo para remedialo, desde os sorrisos e as bromas dos primeiros meses de casados, cando el mesmo era capaz de colgar unha servilleta dunha orella e poñer un prato de gorro na cabeza para facerlle ver a Mariana o desastre sen necesidade de enfadarse, ata as ordes que viñeron despois, ou os berros e as ameazas, que remataban sempre coas lágrimas da muller.

É posible que el pense que Mariana chora con demasiada facilidade e que considere, polo tanto, que a tristeza que revelan esas lágrimas é superficial e non merece atención. É certo que Mariana podería chorar agora, se el lle dixera calquera cousa que a contrariase, se puxese en dúbida, por exemplo, o sentido da prudencia do seu irmán Eloi ó participar dun xeito tan activo e con tanto protagonismo nos sucesos do cuartel, parapetado detrás das árbores e lanzando bombas de man. Pero antes de que eso poida suceder, Mariana érguese para marchar. Volve, sen embargo, sobre os seus pasos cando xa estaba a punto de saír pola porta do salón e regresa ata a altura do sillón onde el segue sentado. Dille ou pregúntalle algo, talvez algunha aclaración relacionada co que acaba de ler, queda agardando a resposta e marcha de novo, agora virando á esquerda ó atravesar a porta do fondo, en dirección á cociña. Cando desaparece, el pasa a folla do periódico que estaba lendo. Non se publica hoxe o seu artigo, a breve columna de oito centímetros de longo encabezada por unha lámpada de Aladino pintada por el mesmo e na que divaga cada día sobre temas moi diversos: un parrulo que viu voar unha tarde do último outono sobre as augas da Lagoa de Antela ou a elegancia dunha rapaza nórdica que hai a penas cinco días descubriu sentada na terraza do Café Moderno.

Ata que se interrompeu hoxe a publicación do seu artigo, levaba tempo escribindo no periódico sobre arte. Hai uns meses dedicou a columna a resaltar os valores plásticos dun desfile que presenciou en Madrid, durante o cal tivo ocasión de comprobar na rúa a impresión positiva que causaba na xente sinxela a solemnidade da marcha a cabalo da garda moura do xeneral Franco. Despois de aludir ó sabor imperial desa estampa, facía unha digresión sobre o modernismo literario e acababa propoñendo como modelo de desfile, o que organiza o rei do poema de Rubén Darío dedicado a Margarita Debayle e no que o soberano ordena que marchen catrocentos elefantes á beira do mar. No último párrafo da colaboración atrevíase a propoñer que a fin de que un desfile desa natureza acadase aínda unha grandiosidade maior, os elefantes poderían ser conducidos por homes arrincados da negrura da prisión onde purgaban os seus delictos, integrados deste xeito na beleza plástica do conxunto gracias á xenerosidade do vencedor. Por culpa deste artigo foi convocado ó día seguinte ó Goberno Civil, onde mantivo unha longa conversa co gobernador.

Durante unha semana deixou de colaborar no diario. Na tertulia do Liceo dixo que estaba canso, que necesitaba uns días para repoñerse dunha indixestión que acababa de sufrir e que lle deixara os músculos frouxos e doloridos, con tremores incontrolados, tanto que tiña dificultades para soster con firmeza a pluma na man, o cal era certo, como ela mesma puidera comprobar. Naquelas datas, polas tardes aumentaron algunhas visitas, sobre todo de persoas pouco habituais da casa, incluídos o director do periódico e o inspector Ferreiro, secretario do gobernador. Este último subiu non menos de tres veces no mesmo día, sempre con présa, como se tratara de deixar pequenos recados de cada vez. Nunca se sentou.

Cando entraba no salón pola porta do fondo, quitaba cerimoniosamente o sombreiro, permanecía de pé na metade da habitación e falaba desde alí case en posición de firmes, como se fose un militar dirixíndose ó seu xefe no despacho dun cuartel. O último día accedeu a fumar un cigarro e deu unhas voltas polo cuarto, parándose de cando en vez diante do sillón onde el se atopaba, falándolle quizais nun ton menos ríxido, tal como podía deducirse do sorriso que mantiña de modo case permanente e polos movementos soltos e suaves das mans.

Nos artigos que apareceron despois, nada permitía supoñer o resultado da entrevista celebrada co gobernador, por máis que nun deles se percibía unha agresividade ou rancor que había tempo ela non detectaba nos seus escritos. Comentando unha foto do avance das tropas de Montgomery polo norte de Alemaña, publicada o día anterior no periódico, aproveitaba para expoñer unha vez máis a súa teoría sobre a xerarquización moral dos homes, na que, segundo a súa opinión, a cúspide estaba sempre ocupada polo Papa, seguido dos bispos, os curas e as monxas, mentres que a escala inferior correspondía ós banqueiros e ás xentes de negocios, nova representación dos bárbaros, capaces de disolver en economía as grandes conquistas espirituais da civilización. Dicía que no barrio de Altona, en Hamburgo, residencia dalgunhas das máis grandes fortunas deste mundo, había xente que brindaba con champán pola inminencia da propia derrota. Anunciaba tamén que el tiña disposto un traballo sobre a fisionomía do coñecido financeiro Mayer Amschel Rothschild, fundador da dinastía, e que tanto determinados rasgos da boca, o mesmo as prominencias que disimulaban as comisuras de ambos lados como as características do lóbulo de ambas orellas, a penas medio centímetro por debaixo do arco cigomático e escandolasamente voltas cara arriba, revelaban unha personalidade vulgar, de tipo zoolóxico, incapaz de erguerse sobre a realidade material máis rastreira.

É probable que esta columna tivera un destinatario que ela non coñece, ignorante das pelexas e as liortas que moi probablemente se deben celebrar na intimidade secreta dos despachos. É certo que el leva tempo disgustado e que nalgúns dos artigos se percibe ás veces un ton, se non de queixa, si de resignación ou melancolía, talvez dun certo desencanto. Hai máis dun ano que non asiste a actos oficiais, nin sequera ás misas, e leva meses disculpándose para non acudir ás ceas que o gobernador organiza todos os sábados no Goberno Civil. Tampouco recibe visitas. Pouco a pouco foron deixando de aparecer pola casa os amigos de antes. O último en facelo foi o libreiro Servando Valencia, de quen agora contan que está enfermo e algo tolo e que pasa o día durmindo, sentado á camilla que ten detrás do mostrador, escorrentando ós clientes a berros, cada vez que alguén entra a comprar un caderno ou unha goma de borrar. Foi o seu amigo máis fiel e querido. Sempre o tivo por unha persoa de intelixencia creativa e orixinal, ilusionado coa tarefa de encher o país de libros, aínda que fose a conta de perder algúns cartos, como lle sucedeu co plan que elaborou para as autoridades, sacrificando horas e diñeiro, ata que o manco Tejada, nunha reunión celebrada no Goberno Civil dixo que nunha terra que non tiña aceite nin touciño, os libros podían agardar turno.

Do libreiro Valencia era amigo xa de rapaz e seguiron conservando a relación en Santiago, primeiro cando estudiaban na Universidade, e despois ó coincidiren os dous como profesores axudantes no departamento de Historia. Precisamente estaban xuntos no Café Derby o día que ela o coñeceu a el. Recorda a Servando Valencia vestido cunha rechamante chaqueta de cadros, falando da natureza porcina do rostro de Romanones, que consideraba unha calamidade estética polo que respecta a nariz e orellas, indignas dun conde. Falaba a risotadas, implorando cos ollos a complicidade do seu amigo, que aquel día ía vestido con traxe marrón, pantalóns bombachos e calcetíns de la con debuxos de rombos, e sostiña un cigarro exipcio na man dereita. No dedo anular da mesma man lucía un anel de ouro cun rubí grande e redondo coma un garabanzo, absolutamente desproporcionado en relación coa súa fraxilidade corporal, que dominaban dun xeito rotundo a amplitude da fronte e os ollos e o volume esaxerado da cabeza. Respondeulle a Servando que non era necesario descender tan abaixo na escala biolóxica para entender o país, pois falar de Romanones equivalía a entrar no reino animal puro e duro, nesa zona ambigua na que un non sabe xa se a facultade da linguaxe encerra algún valor. Para ter a seguridade de que estaban falando de xente, propuxo falar de André Breton, o nome do cal pronunciou levando a man dereita ata altura do peito e facendo unha inclinación coa cabeza.

Ó día seguinte atopouno de novo paseando con Servando Valencia e outros amigos pola Rúa do Vilar. El botouse a correr cara a ela e invitouna a dar un paseo, os dous sós, pola Ferradura. Foi o inicio dunha longa relación de varios anos. Catro días despois merendaron xuntos chocolate con churros no Café Español e ó domingo seguinte fixeron unha excursión a cabalo ata o Pazo de Oca. O día estaba gris, coa ameaza escura e grisalla dunha chuvia que non chegou a caer, e no camiño de ida, cos cabalos a paso, foron falando de amigos comúns e do pouco que un sabía do outro ata entón. Ambos coincidiran na casa de Pepita Varela, na rúa de Santo Domingo, había tres anos, nun baile no que ela ía acompañada por Antonio Salgado París, compañeiro de clase no Instituto. El lembrábaa cun precioso vestido encarnado, cinguido na cintura cun grande pano de seda que lle caía ó longo da perna dereita e cun camafeo pequeniño e liso, de ouro e nacre, colgado no peito. Confesoulle entre bromas que pasou a noite intrigado por dúas incógnitas que daquela tiña a curiosidade de desvelar: se o camafeo gardaba a foto do guapo mozo que estaba canda ela e se os ollos claros que adiviñaba de lonxe eran azuis ou grises. Naturalmente, naquela ocasión non chegara a saber ningunha das dúas cousas.

Cando ela escoitou que lle chamaba guapo mozo a Antonio Salgado París tivo que reprimir o impulso de responder con dureza a unha frase que lle pareceu que encerraba unha intención irónica ou despectiva. Non se trataba máis que dun amigo, pero sentía polo seu compañeiro de Instituto un afecto que non lle permitía pasar por alto aquela alusión, na que ela adiviñaba un espírito mesquiño e resentido. Non era a primeira vez que tiña unha experiencia semellante con outros homes, empeñados sempre, quizais contra a propia vontade, en exhibir uns sentementos tan simples cando se falaba daquel rapaz, todo porque Salgado París era fermoso e agraciado. Durante uns segundos, foi consciente de que unha decepción amarga se interpuña entre ela e o home con quen estaba falando. Non agardaba unha reacción tan tonta nunha persoa a quen tiña por sarcástica, pero que non consideraba vulgar. Sen embargo, pensou que se lle respondía amosando a indignación que sentía naqueles instantes, a ilusión daquela tarde, que soñara moi fermosa desde que el a invitara a iren xuntos a Oca, acabaría rachándose como un cristal. Nese intre decatouse de que pasaran moito tempo calados e que el empezaba a estar nervioso.

Entón ela turrou das bridas do cabalo e rompeu o silencio para dicir que se a explicación aínda lle servía de algo, o camafeo contiña unha foto da súa avoa Carlota cando era unha rapaza de dezaoito anos e andaba en amores co que despois acabaría sendo o avó Gonzalo, daquela xa un home de vintesete, enxeñeiro de profesión e propietario dunha empresa hidroléctrica con tres saltos de auga. Levaba o camafeo porque se sentía moi contenta de ter unha avoa tan fermosa, retratado o seu rostro inocente e feliz ó pé dun rosal florido que había na horta da casa, preto do Parque, o mesmo día que soubo que o avó tamén a quería. Aquela foto, ademais, gardaba o secreto dunha coquetería inocente: fora retocada por un fotógrafo italiano para eliminar as pencas que salpicaban de forma graciosa a cara e a fronte da avoa, un rasgo que a mortificou durante anos, ata que o entusiasmo que espertaba no avó aquela característica da súa pel a acabou convencendo de que formaba parte esencial da súa personalidade e que debía sentirse orgullosa por eso. Mesmo lle seguiu alimentando a ilusión cando as pencas se transformaron en manchas coa vellez e a parte situada entre os ollos e o nariz se convertiu nun borrón escuro, da cor das avelás.

Antes de chegar a Oca, desmontaron para dar un paseo. O día estaba escuro e a temperatura, aínda que corría unha brisa suave do norte, volvía innecesario o groso xersei que, por un exceso de precaución, ela puxera antes de saír. Apartouse uns metros, en dirección ó bosque, e quitou aquela prenda que a empezaba a agobiar. Cando volvía ó sitio onde el seguía de pé, detívose diante dun pequeno arbusto colmado de follas azuis para cortar unha ponla e explicarlle que aquel era un cardo santo e que as súas raíces se empregaban na elaboración caseira de algúns postres, ademais de que estaban tamén indicadas para preparar remedios moi efectivos contra algunhas enfermidades, entre elas as do fígado. Mentres lle falaba das características botánicas da planta, el quedou mirando fixamente para ela. Cunha voz rota polo nerviosismo, arrincando as palabras do fondo ronco da gorxa, díxolle que tantos anos despois daquel día que a vira na casa de Pepita Varela, a pesar da proximidade desde a cal a contemplaba, seguía sen saber de que cor tiña os ollos, pois non conseguía aclarar se a cor azul dependía do simple reflexo das flores ou era a cor natural.

Ela continuou falando da diferencia que existe entre o cardo santo, chamado herba xiganta, e os demais cardos. Desconcertado por aquela actitude, pois non sabía se escoitara as palabras que lle acababa de dicir ou non quería dar a entender que as escoitara, el procedeu igualmente como se non dixera aquela frase galante e preguntoulle cal era a diferencia que había entre o cardo santo e o cardo cuco, do último dos cales lle oíra dicir a unha cubana que vendía cremas e untos de cobra nas feiras que era empregado polos lagartos para curarse do veneno que recibían das mordedelas que lle daban as serpes cando pelexaban. Ela respondeulle que eso non era certo, aínda que había moita xente que cría nesa lenda e outras semellantes e que a criada Antonia, por exemplo, moi afeccionada a curarse ela mesma con infusións e pócimas preparadas na casa, estaba convencida de que o cardo cuco era bo para baixar a febre, unha crenza da que ela non conseguiu facela desistir, por máis que lle explicou moitas veces que aquela opinión non se podía soster de ningún xeito desde o punto de vista médico, ó contrario do que sucede coa folla do cardo estrelado, que esa si, tomada en infusión, pode baixar algunhas décimas a temperatura.

Antes de rematar aquelas palabras, xa sabía que el non estaba de acordo con algunhas das cousas que ela acababa de dicir, aínda que non comprendía por qué. Advertiuno polo xesto que fixo ó escoitar as últimas frases, un sorriso que pretendía demostrar que discrepaba daquela opinión, pero que insinuaba ó mesmo tempo unha determinación que non pensaba ocultar. Cunha seguridade na voz que ata entón non lle coñecía, dixo el que a sabedoría da xente, baseada nunha longa experiencia milenaria, non se podía tratar con menosprezo, moito menos con soberbia, nin sequera cando a ciencia parecía probar coa contundencia abrumadora dos datos os erros transmitidos de xeración en xeración. Defendeu as crenzas dos paisanos con firmeza e asegurou que había unha parte da realidade máis fonda da vida que se rexía por principios e normas inexplicables, por moito que se empeñaran os sabios en afirmar que o misterio non era máis que un reducto da ignorancia. Ó rematar aquel breve discurso, consciente talvez da vehemencia que puxera na defensa da súa opinión, mirouna en silencio, implorando cos ollos algún sinal que lle dera a entender que a ela non lle parecera mal o ton que acababa de empregar.

Pola noite, xa de regreso daquela excursión, cando se atopaban na porta da casa onde ela vivía, ó se despediren, el abriu os ollos miopes dunha forma que recordaba a mirada boba dun becerro, máis cómica que triste, e quedouna mirando de novo un bo anaco de tempo sen dicir nada, cunha expresión que ela non conseguía entender, aínda que tampouco lle resultaba desagradable, por máis que a facía sentirse un pouco nerviosa. Por eso lle ofreceu a man para despedirse. Sen soltarlla, el pronunciou en voz baixa aquela frase que ela non chegou a escoitar e que el nunca lle quixo aclarar despois, pero que lle pareceu que se refería ó estado de ánimo que o dominaba naquel instante. Cando se separaron, ela tivo a impresión de que os ollos del reflexaban a luz pálida e amarela do portal e que pouco a pouco se ían volvendo pequenos como chícharos e moi brillantes. Pensou que se trataba da reacción excesivamente sensible dun home demasiado emotivo, pero ó día seguinte soubo por Ana Montenegro que el arrastraba detrás de si a traxedia dunha relación atormentada cunha prima e que cada vez que atopaba a unha muller que o puña diante da evidencia da súa desgracia, reaccionaba igual. Non obstante, antes de separarse, sorriu e dixo: "Son grises".

Durante o resto do curso encontráronse algunhas veces máis e aínda que en dúas ou tres ocasións ela estivo a punto de preguntarlle por aquela relación da que lle falara a súa amiga, non se decidiu a facelo. No verán, sen embargo, recén empezadas as vacacións, unha mañá que ela viña de xogar ó tenis con Ana Montenegro, ó regresar da pista, viuno sentado nun banco de madeira, ó pé do túnel de rosas e medio oculto debaixo dunha breve sombriña branca coa que se defendía do sol a moza que o acompañaba. Era unha rapaza delgada, de pel de leite, coa cor azul das veas sulcándolle as tempas e as olleiras, pero fermosa e de porte distinguido. Por Ana soubo que se trataba daquela prima da cal lle tiña falado, de nome Mariana. Para verlle ben o rostro, pediulle á súa amiga que a acompañara a dar un paseo. Subiron as escaleiras que separaban as pistas de tenis da caseta onde se gardaban as redes e sentáronse á sombra dos pradairos, entre os mirtos que rodeaban a fonte de mármore. Aínda que estaban un pouco lonxe para distinguir detalles, ela veu confirmada a impresión inicial: aquela muller era moi guapa. Chamoulle a atención o alto pescozo de ave, lixeiramente curvo e delgado, e quedou prendada da cor dourada dun pelo sedoso que facía brillar intensamente a claridade azul dos ollos.

A pesar da distancia, tamén podía oír palabras soltas da conversa que mantiñan ambos e pareceulle escoitar algunha frase que falaba de nenos. Despois, a rapaza púxose a chorar caladamente, pero ó mesmo tempo que as lágrimas lle esbaraban polas meixelas abaixo, o corpo mantíñao na posición relaxada na que se atopaba, como indiferente a calquera convulsión que non fora a que se estaba producindo naqueles instantes dentro dela. Vista desde lonxe, Mariana compuña a imaxe apracible dunha muller triste, aínda que non fráxil nin desvalida. El, en cambio, permanecía ríxido, visiblemente apartado, e conforme ían aumentando as lágrimas da moza, foise incrementando tamén a inquietude que o alteraba, tanto que pareceu que se ía erguer dun salto e poñerse a berrar. Resultaba evidente que aquel pranto, máis que preocupalo, o incomodaba, quizais por medo a que alguén os puidese sorprender en público naquela situación tan íntima. Entón fixo un xesto de fastidio e seguiu sentado, pero sen falar. Por fin, ó cabo de algún tempo, como quen cumpre cunha obrigación, volveuse cara a Mariana e colleulle a man dereita, que mantivo prendida lixeiramente polos dedos. Despois levouna ata os labios e bicouna.

Naquel mesmo instante ela díxolle a Ana que se quería ir. Baixaron de novo as escaleiras e ó entraren no vestíbulo do salón social, despois de saudar a Antonio Salgado París, que as emprazou para tomar uns refrescos na terraza uns minutos máis tarde, cando se cambiaran, Ana sorriu, colleulle a ela a man dereita e, trazándolle unhas cruces no medio da palma, anuncioulle grandes acontecementos para o futuro: unha viaxe longa, talvez a París ou a Berlín, dentro de catro ou cinco anos, o tempo que un home necesita para preparar unhas oposicións a cátedras; unha casa de grandes habitacións e fermosas cortinas de veludo verde, cor da esperanza, encravada no corazón da parte nova de Santiago, e unha algarabía de mocosos, todos con lentes, montados en triciclo e xogando ás carreiras polos corredores. Ó rematar o vaticinio da amiga, sen deixar de rir, ela volveu pensar na moza triste e fermosa que acababa de ver. Tivo a impresión de que sufría, pero non que fose desgraciada. Había naquel rostro de cera un brillo que recordaba as imaxes dos templos, todas con aspecto enfermizo, pero transfiguradas sempre por unha luz que anunciaba un vigor oculto procedente dalgún lugar situado máis alá dos límites da carne.

Nunca, nos anos que seguiron, se atreveu ela a contarlle que os estivera observando a ambos os dous aquel día no Clube de Tenis. Mesmo tivo que mentirlle a primeira vez que el lle falou de Mariana durante unha excursión que fixeron ata Padrón, cando regresaron a Santiago en outubro para iniciar o curso seguinte e ela se empeñou en dicir que non a vira endexamais, aínda que nunha ocasión anterior, paseando un domingo pola Rúa do Vilar, en Santiago, ponderara con admiración a fermosura dos ollos claros daquela moza, cousa que el debía recordar perfectamente pola sopresa que lle causou, pois ata aquel momento estaba convencido de que ela nunca se atopara con Mariana. Amañouno, non sen dificultades, inventando unha historia relacionada cuns parentes que a coñecían e que dicían sempre que os ollos de améndoa daquela rapaza merecían figurar, pola delicadeza espiritual da súa mirada, no rostro da imaxe da Virxe do Rosario, alá na igrexa de San Andrés. Ela mesma quedou sorprendida daquela ocorrencia, segura de que aquel detalle final, tan concreto e inesperado, a libraba definitivamente de calquera sospeita.

II

O bafo que había nos cristais da fiestra á primeira hora da mañá foi desaparecendo conforme ía medrando o día. Agora mesmo, pasadas as doce, só quedan uns restos nos dous vidros do medio que lle impiden ver con claridade un dos extremos da camilla onde el está escribindo, concretamente o ángulo que ocupa o brazo dereito, que ela adiviña máis que ve. Chegou da misa ás nove menos cuarto en punto. Cando escoitou os seus pasos na beirarrúa, antes de velo aparecer no medio da calzada, supuxo que algo lle acontecía. Igual que o día anterior, camiñaba encollido e lento, co periódico na man dereita e un paquetiño na outra, sen erguer os ollos do chan. Uns minutos máis tarde, antes de que ela tivese tempo de acomodarse no butacón diante da ventá, xa o viu sentado no lugar de sempre, empezando a escribir. O gato, que hai media hora descansaba no estante onde el garda o bote dos lapis e as plumas, está agora por riba da mesa. De aquí a pouco irase achegando ata causarlle as primeiras molestias. Ó principio tratará de retiralo, sen prestarlle demasiada atención. Despois, cando as patas toquen sobre a parte superior do papel, diralle algunhas palabras de advertencia, alzando os ollos e interrompendo durante uns instantes a súa tarefa. Ó terceiro intento do animal, collerao polo pescozo para depositalo sobre o colo. Con el alí seguirá escribindo ata a hora de xantar.

Hoxe escribe lentamente, pero seguido, sen esas pausas longas que ela lle coñece tan ben, durante as cales abandona a pluma sobre a mesa e se deixa caer desganado contra o respaldo do sillón azul. Cando procede desa maneira, quita os lentes, restrega os ollos cos puños, acende un cigarro e queda mirando enviso cara a algún punto fixo da habitación. Ela sabe que neses momentos el fai esforzos para non erguerse e poñerse a pasear. Mesmo a posición física que adopta, coas pernas cruzadas e a man dereita situada por baixo da faldra da camilla, parece un recurso destinado a dificultar ese impulso que lle custa conter. Se ó final non o consegue, ponse de pé e empeza a furgar entre os libros das estanterías, consultando aquí e alá, sen demorarse moito tempo con ningún deles nas mans. Vainos cambiando de sitio, enche a mesa camilla de volumes e revistas, volve colocalos noutro lugar, e con esa tarefa pasa entretido o resto da mañá. Cando o nerviosismo se vai adonando del, colle os folios escritos e leos paseando a grandes alancadas polo salón. Despois non é raro que os acabe situando de novo por riba da camilla para cruzalos dun plumazo trazado con furia e tirando logo con rabia os restos ó cesto dos papeis.

Ese xesto brusco e impulsivo é un sinal claro do desánimo que sente con frecuencia cando está escribindo. Vendo agora os vidros entoldados polo bafo, ela non pode deixar de rir, recordando as moitas veces que el lle falou da transparencia das ventás. Na catedral de Santiago, diante dun dos vitrais policromados da ábsida, un día puxo el os dedos en forma de pistola e fixo o xesto simbólico de disparar, como se quixese destruílo. Logo dixo que unha fiestra non debía ser outra cousa que un oco cuberto de cristal, limpo e transparente, para ver con claridade o que hai ou o que sucede no exterior. Un cristal de cores como aquel era unha pura inutilidade. Considerar que o debuxo e a pintura do vitral son máis importantes que o anaco de mundo que se pode ver a través dunha ventá, parecíalle unha pretensión ridícula e aberrante, tan estúpida como comer un caramelo con papel. De aí o seu desprezo por toda clase de preciosismos e a histeria que lle entraba cada vez que relía unha páxina e notaba que unha gangosidade de adxectivos se interpuña como unha barreira de cores entre o seu pensamento transparente e os folios que acababa de escribir.

Hai anos que traballa nunha novela. Empezouna pouco antes de marchar a Berlín e logo foina deixando apartada, perdido nas tramas entrecuzadas de varias historias fantásticas que cada vez se volvían máis absurdas e inverosímiles, escritas ademais nunha prosa espesa e rebuscada, e que tampouco sabía como concluír. Trátase dun relato inicialmente inspirado nun rumor recollido e refutado polo Padre Feixoo, que refire como un día se correu pola comarca de Fisterra a noticia de que chegaran polo aire tres homes, probablemente axentes secretos ó servicio dunha potencia do norte, que saíron dunha nube, baixaron a comer a unha pousada e despois volveron marchar polo aire, con destino á guerra de Portugal. Foi precisamente o argumento en contra empregado polo sabio frade bieito, que sinala a contradicción existente entre o poder ilimitado de Satanás e a utilización máis ben inocente dos seus recursos, malgastados en enviar tres homes cando se poderían transportar polo mesmo método varios navíos e todo un exército, o que lle suxeriu unha novela sobre a presencia do demo no mundo, non como símbolo, senón como unha criatura real que actúa na vida das persoas, penetrando materialmente nos corpos e causando males físicos comprobables na xente e nas cousas.

Faloulle desta novela por primeira vez durante o verán do ano 1932, unha tarde que chegaron paseando pola beira do Miño ata o chamado Pozo Maimón, situado nunha curva ampla e pechada do río, onde as augas están sempre negras aínda en días transparentes e azuis, remansadas igual que se formasen un lago pequeno e a corrente se detivera alí para descansar e deixara de fluír. Sentados nunha pedra á beira da auga, sobre o mesmo muro que soporta a vía do ferrocarril, el dixo que lle oíra contar ó seu avó Arturo, en ton de burla, que en diversas ocasións quixeran medir a profundidade do pozo, primeiro os propios paisanos do lugar, empregando cordas e sedeños, e máis tarde un grupo de profesores do Instituto, e que en ambos casos e noutros moitos que se intentaron despois por parte de curiosos e afeccionados, fora imposible conseguilo. Mirando para a escuridade tenebrosa do río, onde hai séculos que un grupo de violentos cabaleiros feudais afogaron a un bispo, dixo que de pequeno, cada que vez que na casa falaban daquel episodio relacionado co Pozo Maimón, el imaxinaba que aquela tiña que ser a boca do inferno e que por debaixo da cor moura das augas era posible ver o demo no fondo dirixindo os tormentos dos condenados. Moito tempo despois, cando leu a historia dos postillóns do Padre Feixoo, aquel lonxano recordo infantil acabouse agregando tamén ó conxunto da novela.

Trátase dun antigo plan nunca levado a cabo, que ela sospeita que non vai realizar tampouco agora. Houbo unha época na que falaba del con entusiasmo, pero nunca pasou de ser un simple borrador composto por episodios diversos e pechados, sen relación aparente duns cos outros, como se fosen relatos illados, incluso con finais moi diferentes, de significados ás veces opostos. Un día díxolle que o protagonista ía ser un frade portugués do século XVIII, botánico eminente, que despois dun mes de duro traballo acaba recoñecendo que as herbas da súa colección se comportan dunha forma absurda e incomprensible, o cal o leva a investigar, ata que un día descobre a un ser horrendo e deforme emponzoñando as plantas co alento. Outra vez, en cambio, confesoulle que estaba estudiando a posibilidade de que a novela transcorrese integramente, durante unha soa noite, na torre do Convento Negro de Wittenberg, onde Lutero pelexou a golpes con Satanás. Deste plan non chegou a ter máis que vinte ou trinta páxinas dedicadas a describir con técnica de miniaturista puntilloso o exemplar da Biblia que descansaba sobre a mesa de traballo do reformador protestante. Estivo para rematar esa novela en tres ocasións polo menos, aínda que sempre a acabou abandonando, paralizado por un temor indefinido que ela nunca chegou a comprender.

Por outra parte, ningún aspecto da súa conducta dos últimos días fai pensar que estea metido no trance de escribir unha novela. Se así fose, seguro que pasaría moito tempo calado e pensativo, pero non inquieto e nervioso, nin triste, como se ve desde hai unha tempada, fumando de xeito compulsivo e erguéndose a pasear durante horas polo salón. Mesmo sería normal que permanecese na casa durante as tardes, renunciando incluso á tertulia do Liceo. Non é eso o que ocorre estes días, pois onte mesmo o viu saír ás tres en punto camiño do café. Ía encollido, con esa postura inclinada cara a adiante que o leva a situar as mans enlazadas detrás das costas, sobre a cintura, como se tivese que adoptar esa posición para manter o equilibrio e non caer. Cando camiña desa maneira pola rúa, non é raro que a xente se volva para miralo, pois resulta evidente que ese comportamento non se corresponde cunha persoa dos seus anos, sobre todo porque non hai unha relación proporcional entre a súa idade e o aspecto de vello abatido que representa nesas ocasións. Ese xeito de andar foise facendo costume desde hai tempo, quizais algo acentuado cando se sente enfermo ou preocupado, como ocorre estes días.

Agora mesmo segue escribindo, pero o feito de que non protestase cando Mariana se situou detrás del, apoiada sobre o respaldo do sillón, indica que o que escribe nada ten que ver coa citada novela, nin sequera co artigo diario do periódico. Esa conducta tolerante coa curiosidade da súa muller soamente se produce cando trata de asuntos que non lle importan demasiado, como poden ser as contas da administración das terras de Sabucedo ou as fichas onde vai anotando os gastos da casa da aldea. Se non fose así, xa se tería volto cara a Mariana para pedirlle que se fose. Pero ela segue no salón, na mesma posición interesada do principio e coa atención acaparada polo que el escribe. Desde logo, sexa o que sexa, a situación resulta desconcertante, entre outras razóns porque non é frecuente que Mariana adopte unha actitude tan curiosa e prolongada, a non ser que se trate, como parece, dalgún escrito relacionado coa vida práctica de ambos. Por exemplo, unha carta ou requisitoria para o administrador das terras de Sabucedo, de quen o comandante Eloi lles comunicou o outro día que ultimamente fixo en público algúns comentarios imprudentes sobre os sucesos do cuartel.

Estando o administrador no Bar París cun grupo de amigos dixo que o asunto do incendio non fora certo e que todo o mundo sabía que se tratara dun asalto perpetrado por xente da partida de Raúl. Deste último comentou asimesmo que non era un atracador, senón un comunista de Barra de Miño que se vira obrigado a botarse ó monte o mesmo día que empezou a guerra, cando un concelleiro daquela localidade disparou as balas de tres cargadores dun subfusil contra a fachada da súa casa; razón pola cal, á mañá seguinte, Raúl fuxiu con dous amigos cara ós Peares e de alí, polo canón do Sil enriba, internouse nos bosques da comarca, onde permaneceu agachado, aínda sen armas nin xente, ata que conseguiu entrar en contacto con outra banda que operaba pola parte de Xinzo de Limia, capitaneada por Carmen de Sandiás, que levaba canda ela a dous fillos pequenos, un deles de non máis de dez anos. Foi precisamente a un destes rapaces, tal como explicou o comandante Eloi, a quen el mesmo lle salvou a vida, e non o capitán Sánchez, como se dixo, despois de que fose capturado o día dos sucesos do cuartel nun portal da Praza das Mercedes, cando o inspector Ferreiro, nervioso pola tensión que acababa de pasar, parecía disposto a escacharlle a cabeza dun disparo.

Os comentarios do administrador coñécense xa no Goberno Civil, segundo informou o comandante Eloi, que hai uns días estivo co gobernador, o cal se lle queixou de que o citado individuo andara propalando infundios pola comarca, como era a información de que o tal Raúl de Barra de Miño fose comunista, cando todo indica que se trata dun delincuente e que, se fuxiu ó monte, non foi debido a ningunha coacción ou ameaza, senón ó terror que lle produciu a posibilidade de que lle pedisen contas por algúns delictos cometidos. Polo demais, tampouco é certo que ese mesmo personaxe participase en ningunha acción relacionada cos sucesos ocorridos no cuartel, pois todas as informacións o sitúan na comarca de Viana do Bolo, onde perpetrou un par de atracos nos últimos meses, sempre en accións rápidas e illadas, sen entidade, que consistiron en roubar dous touciños nunha casa da parroquia de Pinza e unha visita ó mestre das Ermidas para pedirlle información sobre algunhas persoas do lugar. Polo demais, as palabras do administrador están sendo consideradas, por se fosen constitutivas de delicto.

El coñece o administrador desde neno. Entrou na casa de Sabucedo despois do desastre provocado pola tormenta do verán de 1915. Moitos anos despois, durante unhas vacacións, oíulle falar deste episodio da tronada nun ton cínico que lle volveu definitivamente antipático a un home que ata entón lle resultaba indiferente. Escoitoulle dicir que a catástrofe sucedera nuns tempos en que Deus andaba irritado coa familia por culpa dun pecado cometido polo patrón e nunca confesado. Dixo aquela frase entre risotadas, debaixo dos carballos da Fontemoura, mentres falaba cun grupo de veciños que facían tertulia á sombra, preocupados porque a calor abafante daqueles días puidera acabar en pedrisco e arrasar as viñas. Despois de escoitarlle aquelas palabras, esperou polo administrador na porta do patio, da parte de fóra, para poder falar con el sen testemuñas. Recriminoulle entón as frases que lle acababa de escoitar, de maneira especial polas insinuacións maliciosas que fixera en presencia dos paisanos sobre unha persoa á cal lle debía fidelidade e agradecemento. A actitude do administrador, que aguantou a bronca sen abrir a boca, co sombreiro nas mans, pareceulle propia dun home covarde e servil, un tipo de xente que desprezaba por instinto, da mesma maneira que non aturaba os cans, sempre tan submisos, ó revés dos gatos, tan dignos e seguros.

Nunca, desde entón, mirou con simpatía a este vello empregado da casa, a quen considera un raposo co cal resulta imposible un trato franco e directo, en contraste coa súa cordialidade aparente. Tampouco lle gusta o carácter extrovertido e falador deste home nin esa manía que ten de darlle grandes abrazos cada vez que se encontran. Non parece conveniente, sen embargo, prescindir dos seus servicios, unha opinión que non comparte o comandante Eloi, o irmán de Mariana, que se ten ofrecido a buscarlle un substituto na persoa dun garda civil xubilado que reside na comarca, fillo dun vello amigo da casa. Non resulta fácil o cambio. O administrador teno todo baixo o seu control e todo está da súa man. Sen el, sería moi difícil saber as leiras que quedan do capital ou onde se sitúan os marcos que lindan as propiedades. Se a pesar de todo o chaman para que renda contas un par de veces ó ano ou para recriminarlle algunha acción, é para silenciar os reproches dalgúns membros da familia, que cada vez que os visitan aproveitan para recordarlle que el ten obriga de velar polo patrimonio dos pais, que esa non é maneira de seguir o mandato deles, tan amantes das terras de Sabucedo, e que tampouco está ben que os paisanos anden dicindo por aí que o administrador se burla e aproveita da bondade ou a debilidade do amo.

Hai aínda menos dun ano que o manco Tejada o informou dalgunhas actividades pouco claras deste home. Prescindindo das súas aventuras amorosas, que xa lle ocasionaron disgustos serios cos pais e os irmáns dalgunhas mozas da comarca, a Garda Civil leva detectadas sete viaxes non explicadas do citado individuo a Portugal, onde se ve cun ferreiro amigo seu da vila de Tourém, preto da raia. Nunca foron visitas de menos de dous días, durante as cales non saíron practicamente da casa, ó revés do que sucedía antes. As autoridades portuguesas pensan que se trata dun asunto de saias e que as cobizadas pezas amorosas as levantan, igual que as perdices, nas frecuentes correrías que ambos os dous seguen a un lado e ó outro da fronteira, aproveitando a común paixón pola caza, pero o cabo do posto da Forxa non está convencido de que se trate soamente de cousa de mulleres, polo menos polo que respecta a estas últimas visitas, e malicia que poida haber algo máis, quizais actividades relacionadas co contrabando, por moito que de momento careza de probas para proceder ó interrogatorio ou á detención do sospeitoso. As investigacións que leva feito ata agora, incluso dándolle o alto ó administrador nun par de ocasións cando volvía do país veciño, aínda non produciron resultado.

Polo nadal vaise cumprir un ano do último disgusto grave que lles causou: a venda de douscentos piñeiros que tallou no monte da Touza, cando non facía falta, e que se viu obrigado a dar por un prezo inferior ó real, unha decisión que só se explica pola propia conveniencia, é dicir, para seguir alimentando o vicio da xogueta nas timbas nocturnas do Café Antela, en Xinzo de Limia, e a paixón polas mulleres do trato, que visita con frecuencia nas casas da cidade. Dous vicios que o comandante Eloi considera que non chegan para explicar os gastos que se lle atribúen a este home: en cuestión de naipes, non se sabe que perdera ningunha cantidade importante, e polo que respecta a outros vicios, as contas nunca poden ser desmesuradas. Sexa como sexa, desde o asunto dos piñeiros, as relacións volvéronse máis tensas aínda do que xa eran por un desacordo anterior, cando se empeñou tamén en vender precipitadamente unha xugada de bois en dous mil reás, incluso sabendo que se perdían cartos na transación. Por último, o mal costume que ten de andar falando de política, tal como o informou hai uns días o cuñado Eloi, tampouco axuda a mellorar a relación. Como consecuencia de todo eso, o administrador leva moito tempo sen aparecer pola casa, aínda que ás veces chegan noticias de que algúns sábados o ven de noite polo barrio vello, onde se mete en farra, pecha algúns bares e convida ós amigotes a servicios completos, incluídas mulleres.

Estas preocupacións relacionadas co home que lle administra as terras de Sabucedo non son, sen embargo, as que explican o estado de inquedanza que ela percibe desde hai tempo na súa conducta de cada día, desde que o ve saír pola mañá para asistir á misa, ata que se senta aí diante, do outro lado da rúa, e se pon a ler ou a escribir. Se soamente se tratara de simples cuestións de tipo práctico, nada transcendería con tanta persistencia cara ó exterior. Desde hai uns minutos, cando rematou de escribir os folios que iniciara despois do almorzo, está paseando pola sala, coa vista distraída polos múltiples obxectos que adornan as estanterías, quizais sen prestar atención a ningún deles en concreto. Detense diante da ventá, fai o xesto de abrila, pero logo segue andando coa monotonía irritante dun animal pechado entre barrotes. É ese mesmo estado de ánimo o que se reflexa estes días nos artigos do periódico.

Onte falaba da película de Mary Pickford que proxectaron recentemente no Salón Artesonado do Liceo. Ó revés do entusiasmo que pon sempre nos escritos que se refiren á actriz americana, había no comentario un ton agresivo e de queixa, talvez un desafogo contra algo ou alguén que ela non pode imaxinar. Dicía que os graciosos tirabuzóns da artista e o delicado rostro ovalado que aqueles contribuían a realzar, simbolizaban a mellor arte do século XX, aquela que ten a virtude de erguerse en contra da lóxica e proclamar a superioridade do misterio. Opinaba que a fermosura de Mary Pickford marca a fronteira que separa a simple corrección das faccións ou a gracia duns corpos ben proporcionados, da auténtica beleza: a mesma distancia que se interpón entre a frialdade conceptual da arte moderna, filla da arte grega, racional e xeométrica, das creacións dos artistas orientais, sempre inspirados polo maraña impenetrable do espírito.

Abondaría o ton deste artigo para saber que algo lle sucede estes días, por máis que ela non consiga averigualo. Se algunha sombra non lle escurecese o corazón, nunca se valería de Mary Pickford como pretexto para dar saída ós sentementos que o magoan ultimamente. Falaría da actriz con serenidade, referindo quizais algún episodio concreto da súa vida, esas historias insignificantes que tan vivamente lle quedan gravadas na memoria e que despois narra no periódico como se el mesmo as tivese vivido. Por exemplo, a frase dun poeta americano que el adoitaba citar en privado, nas conversas cos amigos, e que dicía que a Pickford fora pintada por Botticelli algúns séculos antes de nacer porque simplemente era inmortal. Nesta ocasión, en cambio, despois de asistir á proxección de *Rosita*, todo o que se lle ocorreu foi aproveitar esa circunstancia para escribir un artigo destinado a outros fins: responder talvez a algunha opinión non compartida, expresada por algún dos seus contertulios no Liceo, ou quizais, con máis seguridade, deixarse levar inconscientemente pola depresión ou a melancolía na que está ensumido desde hai tempo.

Se non fose así, non caería tampouco na incoherencia de escribir agora o contrario do que probablemente segue pensando sobre a beleza da súa artista predilecta. Hai xa moitos anos, o día aquel que discutiron ó saír do cine, o que máis valoraba entón, segundo dixo cando estaban sentados na terraza do Café Moderno, eran a naturalidade e o equilibrio nada complexos, absolutamente clásicos, con que a Pickford actuaba diante da cámara, unha cualidade que el pensaba que só podía nacer da inocencia e que viña ser como, se ó moverse na pantalla, a actriz americana estivese interpretando para o público o papel de si mesma: nin sequera en *Coquette*, aquela película na que aparecía tan artificial e vestida de organdí, perdía esa condición de simpleza admirable. Por eso, despois de falar con ardor da sinxeleza equilibrada daquela muller que tanto estimaba, quedou mirando para ela, cos ollos fixos na fina mancha de carmín que deixara no bordo do vaso, e díxolle que non podía comprender que unha rapaza intelixente fose capaz de cambiar a cor propia dos seus labios por unha vulgar pintura encarnada. Para rematar, xa un pouco máis tranquilo, engadiu que en cuestións de estética el pensaba que conviña ser máis intransixente incluso que en asuntos de moral.

Sorprendida polo que acababa de oír, ela ergueuse, dixo que marchaba e botouse a andar cara ós xardíns do Padre Feixoo. Ó torcer pola rúa do Paseo, antes de chegar ós locais do Clube de Tenis, pasaron por diante da tenda El Esprit de París. El agarrouna polo brazo para que detivese a marcha e púxose a mirar con descaro a maniquí do escaparate. Representaba a unha moza alta e delgada, de pelo castaño e pestanas longas, coa boca grande e os labios pálidos, dunha cor de rosa non máis intensa que a da pel da cara. Estaba segura de que lle ía dicir algo en relación coa frase que a impulsara a erguerse da terraza. Mentres se mantiña en garda, disposta a defenderse, acudíronlle á cabeza varias frases mortificantes, unha delas sobre Mariana, pero despois de contemplar a maniquí, el púxose a andar de novo para seguir o camiño e chegou ata a casa sen pronunciar unha palabra. Diante do portal ofreceulle a man coa cortesía de sempre e díxolle que non era delicto defender criterios propios, aínda que parecesen estrafalarios, cousa que ademais non acontecía no seu caso, e que calquera home tiña as súas particulares preferencias respecto da beleza e a maneira de vestirse das mulleres.

A parte destes episodios concretos e máis alá dos motivos que o levaran a escribir o artigo que publicou onte sobre Mary Pickford, ela nunca conseguiu entender os seus gustos, non só os relacionados coa fermosura das mulleres, sempre tan complicados e a miúdo contradictorios, senón tamén os referidos á beleza en xeral. Recorda moi ben, por exemplo, aquela tarde dun sábado de outubro, uns meses despois do primeiro encontro, cando el tivo a ocorrencia de alugar un landó e invitala a unha excursión desde Santiago a Padrón para pasar o día. O sol brillaba cunha intensidade limpa, que volvía transparentes as cousas e as persoas, mesmo os cabalos, contaxiados no seu trote pola alegría acendida que rebulía no aire. Sinalando co dedo os animais, el dixo que non había cabeza no mundo que lle parecese máis monstruosa que a daqueles bichos, absolutamente estragada pola carnosidade grimosa dos beizos e a tristeza vacía duns ollos calamitosos, auténtica aberración nun rostro dominado pola presencia próxima dun pescozo tan elegante. E sen embargo, cría que non había outro animal máis fermoso, pois era o único que na súa relación co home se comportaba dun xeito que non indicaba dependencia nin servilismo e que posuía un carácter máis altivo incluso que o dos gatos, o cal o aproximaba moito ó que el entendía que debía ser o auténtico espírito humano.

A opinión sobre a cabeza dos cabalos deixouna desconcertada, pois para ela sempre fora a parte máis fermosa do corpo daqueles animais. Como para confirmalo, púxose a mirar para eles: vistos desde o asento do landó, pareceulle que eran exactamente o contrario do que el dixera, pero preferiu non comentar nada. Aproveitou o silencio que se produciu entre ambos para imaxinar un cabalo distinto, cunha cabeza diferente, pero non conseguía outra cousa que compoñer un monstro repugnante. Estaba segura de que se expresaba en voz alta aquel pensamento, el mostraría a súa opinión contraria con determinación, quizais tamén coa suavidade aparente que empregara o día que foran de excursión ata o Pazo de Oca e discutiron sobre as crenzas dos paisanos respecto das propiedades curativas dalgunhas prantas. Por eso preferiu calar o que pensaba. Entón viñéronlle á memoria as imaxes de Mariana que vira aquel día no Clube de Tenis e foise illando pouco a pouco, ensumida naquelas lembranzas. Tardou en darse conta de que el levaba algún tempo falando daquela moza. Cando aínda no saíra da sorpresa que lle causara aquela coincidencia, estaba contando unha historia que ela non puidera seguir desde o comezo.

Naquel instante, el dicía que Mariana era unha rapaza intelixente e guapa e que non carecía dunha certa cultura de adorno: tocaba o piano, rimaba con facilidade versos románticos e pintaba con inxenuidade a melancolía outoniza das follas que estraban de amarelo o grande patio da casa familiar, alá no Miño. Na cociña gañara fama de conseguir o leite frito no límite da perfección, tan difícil, e preparar a tarta de améndoa cunha esixencia que só superaba cando se puña a elaborar un licor de leite que todo o mundo recoñecía que non tiña rival en ningunha das casas grandes de arredor. Nese momento do discurso eloxioso que estaba facendo de Mariana, como se percibise un sorriso irónico no rostro da sua interlocutora, dixo con firmeza que non eran virtudes insignificantes ou desprezables a pesar do seu carácter sinxelo. Mesmo a conversa daquela muller da que estaba falando resultaba agradable, sempre salpicada de anécdotas da historia familiar, na que ocupaban un espacio preferente as aventuras parisinas dun tío avó golfo e disoluto, dous asaltos á casa por parte dunha gavilla de ladróns dirixida por un cura borracho e xogantín, e os contos da avoa Alexandra, empeñada en emparentar á caste cun bispo mártir en Oceanía, dono dun importante secreto sobre cultivo do azafrán que lle valeu a morte e que levou con el á tumba.

El e Mariana coñecíanse desde nenos, cando el pasaba as tempadas de verán na Casa Grande do Miño e patinaban xuntos sobre baetas dúas veces ó día polo salón para sacárenlle brillo á cera do piso de madeira, sempre brillante e impoluto como os espellos do comedor. Desde aquela, fórase tecendo entre el e a súa prima unha sólida relación persoal, cimentada en vivencias e sentimentos compartidos, desde os lonxanos xogos infantís, non sempre edificantes, e a asistencia a todas as festas populares da comarca, acompañados da criada Isaura, ata as longas conversas no ceador da horta, á beira do pozo, durante os atardeceres inolvidables do mes de xullo ou os paseos a cabalo polo monte, cando Mariana saía a respirar o aire fresco das alturas por prescripción dos médicos. Precisamente pola clase desta relación, el nunca conseguira comprender a verdadeira índole dos sentimentos que con tanta forza os ataban a ambos. Ela pensou que debían ser fortes, porque foron a causa do enfado daquela tarde, cando lle preguntou sen malicia se era consciente de que empezara a falar de Mariana despois de ponderar a beleza dos cabalos que turraban do landó.

Estiveron algúns minutos sen falaren, co ruído das rodas do coche resoando sobre o empedrado da estrada e os cabalos marcando o ritmo pausado do seu trote tranquilo. Chegando á fonte da Escravitude, el empezou a falar de novo de Mariana, desta vez cun ton de voz aparentemente sereno, pero que vibraba de indignación. Asegurou que se trataba dunha persoa delicada, incapaz de ferir ou mortificar a ninguén por ningún motivo, nin sequera en defensa propia, e que polo tanto non merecía a irónica alusión á súa fermosura comparada coa dos cabalos. Engadiu que a debilidade da xente, cando procedía do corpo e non da alma, nas persoas ben formadas e fortes só podía inspirar sentimentos de simpatía, nunca de desprezo ou ironía, tampouco de compaixón. Discutiron entón sobre a intención das palabras causantes da disputa, protestando ela dunha inocencia que el non estaba disposto a admitir, insensible incluso ó argumento de que despois de todo a discusión carecía de sentido ó non poder demostrar ela a verdade do que afirmaba nin el a suposta mala intención que lle atribuía. Ó final, el pediulle que evitase volver facer bromas como aquela sobre Mariana e que a cambio prometía el non volver falarlle dela, se é que non lle agradaba aquela conversa.

A sospeita de que ela puidese sentirse molesta porque el lle falara daquela rapaza pareceulle unha petulancia tan difícil de aturar que tivo dispostas algunhas palabras mortificantes para contestar a aquela insinuación. Pero cando ía dicir que tanto el como Mariana lle resultaban dous seres indiferentes desde o punto de vista afectivo, o cal non supuña que non soubese valorar e estimar as cuestións relacionadas coa amizade, el baixou a cabeza, meteu as mans nos petos e enguruñouse de tal xeito que de repente quedou convertido nun ser minúsculo, extremadamente delgado, co peito perdido debaixo do oco redondo que formaba o chaleque amarelo que vestía. Ela mirou para el, fixouse na man osuda e longa que tiña cravada sobre o muslo dereito e sentiu que unha calor picante e culpable se lle ía instalando na cara coa intensidade abrasadora do lume. Apartou os ollos, buscou o horizonte que pechaban os montes do outro lado do val e acordouse daquel día de verán, uns meses antes, cando o descubrira sentado nas instalacións do Clube de Tenis falando con Mariana. Coa mirada pousada na lonxanía, ela mesma se sorprendeu pensando que, aínda que seguía crendo que a réplica que uns momentos antes lle pasara pola mente era certa, sen embargo prefería que el cumprise o que acababa de prometer e que non lle volvera falar daquela rapaza.

A promesa rompeuna naquela mesma viaxe, ó regresaren a Santiago pola tarde. No momento en que os cabalos acusaban o cansazo pesado da xornada e se demoraban baixo a calor tormentosa do día, subindo a paso de boi a longa costa do Milladoiro, contoulle el como no outono de había dous anos, estando unha mañá oíndo misa na capela familiar de Mariana, na Casa Grande do Miño, viu como un raio de sol que entraba por unha pequena fiestra lateral iluminaba o rostro dela con tanta intensidade que a través da fina pel da cara, delgada e pálida, podían adiviñarse as liñas dos ósos e as sombras que compuñan a imaxe escura e borrosa da caveira. Foi unha visión perturbadora, e non só polas ideas da morte e as postrimerías que lle viñeron á cabeza e que estenderon un terror húmido e frío polo seu corpo, senón tamén pola rotundidade dos sentimentos que alteraron violentamente a súa carne, de xeito que se viu obrigado a saír da igrexa e permanecer sentado no mazadoiro de pedra, na entrada do adro, ata que o pai de Mariana saíu a preguntar que lle sucedía.

Aquel día pensou no futuro como nunha desgracia. Imaxinouse a si mesmo sentado nunha esquina do salón daquela casa, cun libro nas mans, contemplando o río pola ventá e escoitando as queixas e os salaios dunha muller enferma, pechada na escuridade dunha alcoba de contras entornadas. Era unha imaxe ben distinta daquelas outras que tantas veces o fixeran feliz pensando na algarabía rebuldeira dos nenos correndo polas habitacións ou na euforia dos días de verán pasados á beira do río, no campo de Barreiros, despois dunha véspera chea de gozo, con Mariana dando ordes na cociña para dispoñer as viandas do xantar campestre e os criados preparando o carro dos rapaces, sen usar desde que o avó decidira que era un perigo porque envorcara un par de veces, había máis de quince anos. Non quixo pensar naquela solaina tan fermosa, na que fora feliz tantas veces, convertida quizais nun rastro fantasmal de sillóns destartalados, coxíns comidos polo sol e obxectos rotos e tirados polo chan.

Se a ela lle molestaba oílo falar daquela moza, cousa que ata aquel momento non estaba segura que fose certa, o caso é que aquelas confesións que el lle acababa de facer espertaban nela tamén unha curiosidade que a empuxaba a proseguir, sen dúbida contra a súa vontade, aquel diálogo mediante preguntas que a el lle impedían cambiar de conversa. Non estaba moi segura do que quería saber, por eso as preguntas resultaban inconcretas, mergulladas na mesma néboa espesa que ela sentía dentro de si. Foi entón cando el lle confesou en voz baixa que unha tarde de xullo de había xa bastante tempo, o mesmo día que Mariana cumpría quince anos, xogando con ela na adega da Casa Grande do Miño, enterrados de medio corpo no centeo da tulla, despois de pinchárense un ó outro cun alfinete, xuntaran os dedos e fixeran un pacto de sangue: non tocar nunca un o corpo do outro, nin sequera unha man, ata que apartados e sós un día na alcoba, foran un para o outro, enteiros e para sempre. Naturalmente, o pacto tíñano cumprido, aínda que el e Mariana admitían aloumiños e bicos nas cartas e de palabra, nunca na carne.

O sorriso que se iniciou nos labios dela cando lle oíu contar aquela historia trocouse axiña nun xesto de seriedade no instante en que os ollos de ambos se cruzaron e ela descubriu no fondo da mirada daquel home a luz de algo que non sabía se era orgullo ou amargura, pero que lle quitaba calquera aparencia cómica ou infantil ó que lle acababa de contar. En vez de rir, buscou a continuidade da conversa, centrándose agora en aspectos concretos e en detalles prácticos, fáciles de contestar, e soubo que Mariana e el se vían todas as semanas, a non ser que por algunha razón el non puidese viaxar ata a casa familiar dela, alá no Miño. Chegaba os venres pola noitiña ata as proximidades de Alongos, onde o agardaba un criado cun cabalo para percorrer a legua e media de costa que había que subir desde a vila. Os sábados pola mañá, ó rematar o almorzo, ó que asistía a familia completa, sen que ningúen se atrevese a faltar, e que nunca duraba menos de dúas horas, paseaban pola horta e cando o tempo o permitía, antes de comer, percorrían varios quilómetros a cabalo, sempre en dirección ós altos, onde ela se sentía mellor. Polas noites, despois do toque de oración, montaban unha partida de *bridge* que duraba ata a hora de cear. Máis tarde, sentados ó lume, rezaban o rosario e a continuación facían tertulia co resto da familia.

Falaba daqueles encontros semanais cunha alegría que a ela a desconcertaba. Entusiasmábase recreando na conversa o ambiente da casa de Mariana e gozaba coa descrición de pequenos detalles, como o pracer exultante da hora do almorzo, coa promesa do día que empezaba, ou a sensación que lle producían os ruídos da cociña cando os escoitaba a primeiras horas da mañá, ben acochadiño entre as sabas, alá na habitación da parte alta, mentres a chuvia estralaba contra os cristais e o vento zoaba nos castiñeiros do souto, do outro lado do patio, e entraba asubiando por entre as fendas das ventás. O que lle ocasionaba un gozo máis fondo, sen embargo, era recordar as tertulias da noite, especialmente as que se celebraban no inverno ó pé do lume, cando se admitía nelas, despois de acomodar o gando, ó señor Cándido, o criado que sabía centos de contos, que narraba a carlistada asalto por asalto e que coñecía todas as mortes que se fixeran na provincia nos últimos cen anos, coa descrición detallada das víctimas, os asasinos, os antecedentes e as circunstancias, incluídos os instrumentos do crime e as voces dos protagonistas, que imitaba coa arte consumada dun actor dramático.

Rematada a tertulia, el deitábase co desexo de que a noite pasara pronto, esperando con ansiedade que a luz que penetraba na habitación lle anunciara a chegada dun novo día. Espertaba cedo, co ladrar impaciente dos cans e as voces da criada Isaura, que trataba de tranquilizalos mentres lles preparaba a comida. Despois de vestirse, asomábase ó balcón que daba á horta e permanecía alí, contemplando o Pico do Mediodía, con aquela pedra redonda en forma de sombreiro situada no cumio, e non se movía do sitio ata que escoitaba o saúdo alegre de Mariana na cociña, aquela risa de axóuxere que se estendía como o repique dunha campaíña de prata pola casa adiante e ía provocando unha resposta de portas que abrían e pechaban, como se aquel fose o sinal para que cada unha das persoas da familia abandonase o seu cuarto e correse a ocupar o seu sitio no comedor. Cando el chegaba, Mariana xa estaba sentada, sempre na silla rota situada de costas ó piano, cun vaso de zume na man, que bebía moi lentamente, a pequenos groliños de paxaro.

Nada pervive daqueles días alegres vividos na Casa Grande do Miño na mirada de hoxe. Na fotografía do periódico que acompañaba a reseña da última conferencia que pronunciou o martes pasado no Liceo, víase canso, cun puntiño vermello de tristeza en cada ollo. Ela sabe ben que ese punto na mirada vai case sempre acompañado dun rictus na parte dereita da boca: unha marca na pel, trazada coa dureza agresiva dunha cicatriz, que se acentúa nos momentos de tristeza ou preocupación. Tiña nesa foto o mesmo xesto abstraído que ela lle descubrira no rostro unhas noites antes, despois da cea, cando se puxo a pasear polo salón ata as tres da mañá, alleo por completo á presencia da súa muller, que dormía profundamente, cun brazo caído e a man do outro apoiada no peito, sobre o sillón da esquina, debaixo da lámpada. Pensou que ese xesto pensativo se podía deber á inquedanza que lle produciron os rumores sobre os verdadeiros propósitos que albergaban os homes que asaltaron o cuartel, pero había máis dunha semana que o gobernador civil lle tiña aclarado persoalmente que carecían por completo de fundamento.

Despois de ver aquela foto del tomada cando estaba falando no Liceo, durante tres ou catro días, ela leu con atención os artigos do periódico, buscando a razón dalgunha inquedanza. Ademais do dedicado a comentar o sentido da beleza de Mary Pickford, todos tiñan un ton triste, con evocacións melancólicas. Un deles falaba da néboa e das lembranzas que lle traía das outonizas terras do norte de Alemaña, sempre tan amadas, e da imaxe misteriosa dun iceberg á deriva, cun oso branco subido no alto e mirando cara ó horizonte, paralizado por algunha visión que lle chegara da lonxanía. Noutro refeTíase á fotografía dunha rapaza fermosísima que viu publicada hai poucos días nos periódicos, na que a moza, alta e loira, aparecía comendo uvas debaixo dunha parra nun lugar indeterminado, que a el lle gustaría que fose á beira do Rin, nun outeiro sobre unha curva do río, non lonxe dunha pequena vila alemana de nome sonoro, preto de Bingen ou de Worms. Pero en ningún dos artigos se notaba outra cousa que esa melancolía inconcreta que tantas veces se desprende deles durante os días de inverno, sobre todo os que escribe nas tardes de chuvia, despois de pasar horas sentado no sillón azul, fumando sen parar, cos ollos atrapados por calquera miudeza situada nalgún lugar máis alá da fiestra do salón.

Nesas épocas son frecuentes estas alusións a cidades xermanas de provincias, como Lübeck ou Travemünde, que el coñeceu, ou Bremen, que imaxinou a través da silueta apagada da torre da catedral, contemplada como un soño desde o tren na lonxanía da chaira, cando ía camiño de Hamburgo, ou Tréveris, onde pasou tres días. Nesta última vila, observando as curvas do Mosela desde un alto, nas aforas, viu un barquiño de cor encarnada navegando augas abaixo, levado pola corrente. Sobre a cuberta, tomando o sol case en porranchas, alleos á fermosura natural do mundo que os rodeaba, ían un home e unha muller gordos e sonrosados, deitados boca arriba. Non lle gustou aquela estampa, como non lle gustarían pouco despois as festas de carnaval que presenciou en Heidelberg, unha cidade que fora visitar á procura do espírito dos filósofos e os poetas e que atopou convertida na depositaria orgullosa dun bocoi xigante, con capacidade para preto de douscentos mil litros de viño, gardado por un anano ridículo, borracho e barrigán. Probablemente foron aqueles meses pasados en Alemaña os máis felices da súa vida, a pesar de que as primeiras impresións lle fixeron crer que chegara a un gran país habitado por unhas xentes ás que en cambio parecía detestar.

As referencias ás vilas alemanas traducen os recordos da viaxe de 1932, pero bastante transformados, pois co paso do tempo foi introducindo cambios e modificacións que van ennobrecendo a realidade do que sucedeu, unha proba de que a tristeza destes días aviva no seu ánimo o lume da nostalxia. As decepcións dos primeiros meses acabaron converténdose nun conxunto de imaxes luminosas que ocultan as sombras que pairaban como corvos sobre a súa cabeza naquela época. Por exemplo, a viaxe a Wittenberg. Cando chegou á cidade da Reforma, a primeira visita foi para a Porta Elster, onde estivo durante preto dunha hora dando voltas arredor do punto concreto no que Lutero queimou a bula pontificia. Aquela noite, desde a pensión onde se hospedaba, escribiulle a ela unha carta na que lle dicía que a vista daquel lugar, unha insignificancia perdida nun recuncho esquecido da xeografía de Europa, lle recordaba, pola desproporción da importancia que adquiriron os feitos alí desenvolvidos para a historia da humanidade, a un home estúpido e ridículo, de corpo cimbreante e cor aceitunada como os mouros, cun caravel colocado na lapela da chaqueta, que acaba enamorando á muller dun sabio. Aínda hai pouco, sen embargo, esquecido xa daquelas primeiras impresións, escribía sobre a paz dunha tarde calorosa pasada na mesma cidade, tomando unha cervexa fría á beira do Elba.

Describía o pracer que lle causaba o líquido baixando pola gorxa e a sensación de ser feliz que sentiu durante uns poucos segundos. Veuno distraer daquela ilusión o voo dun merlo que ía dun lado a outro, como desesperado, ó longo do mato que separaba o parque da estrada. O paxaro trazaba círculos rasos e piaba dunha maneira que a el lle fixo pensar que detrás daquela conducta se podía esconder o agoiro dunha traxedia. Ó pouco tempo, correndo polo céspede viu fuxir a un gato cun paxariño sonrosado, aínda sen plumas, metido na boca. Inutilmente, o merlo achegouse ó animal, suplicando a berros que deixara a presa. O bicho seguiu o seu camiño, buscou un toco detrás do bidón do lixo e alí se dispuxo para comer a súa víctima. Aquela partida de caza non foi suficiente, sen embargo, para distraelo do pensamento que se acababa de interromper, segundo contaba no artigo: sentíase feliz de atoparse naquela cidade, á beira daquel río, naquel país que amaba. Non era certo. Aquela mesma noite, sentado no departamento do tren que o levaba a Berlín, non conseguía borrar da cabeza as imaxes daquela escena. Nunha carta na que lle describía aquel episodio co vigor agresivo dunha lámina pintada a brochazos, dicíalle que estivera a punto de chorar.

Sobre a estadía en Berlín, mesmo o corpo pesado e macizo de Gerda, a compañeira de departamento que el describía nas cartas como unha muller bruta, sufriu a mesma transformación que o resto dos recordos. Nun artigo sobre Leni Riefenstahl, comentando a foto que publicaba o periódico o 22 de agosto, día do aniversario da cineasta, dicía que a gracia estilizada do seu rostro esculpido lle traía á memoria a figura distinguida dunha amiga berlinesa, igualmente marcada por aqueles ángulos pronunciados nos pómulos e na boca, que revelaban máis intelixencia e fermosura que forza de carácter ou vontade, da mesma maneira que a brillante decoración do Romanische Café, cos seus espellos e decorados en veludo de cor vermella, tan parisina, inducían a pensar nunha cultura elegante e refinada, lonxe do inevitable tópico prusiano. Ela recordaba, en cambio, unha carta escrita desde Berlín no ano 1933, na que lle dicía que o citado café, ó que acudía moitas tardes despois de saír da Biblioteca Nacional, carecía de personalidade propia e que podía situarse en calquera outra cidade de Europa, incluso polo detalle circunstancial e pintoresco do anano negro, vestido de uniforme, que recibía os clientes na porta cunha gravidade enfática e cómica.

A Gerda, en cambio, gustánballe a decoración e o anano negro daquel café e sentíase feliz cando se sentaba na terraza, debaixo do toldo, cun libro ou cun periódico sobre o velador. Nunha ocasión, cunha espontaneidade que a el lle pareceu imprudente, a súa amiga atrevérase a facer o xesto do corno cos dedos da man dereita dirixidos cara a un camión que pasaba cargado con homes cantando, un bosque de rostros rubicundos entre bandeiras brancas despregadas ó vento, camisas pardas axustadas contra o corpo e correaxes militares brillantes e pulidas relucindo sobre os peitos e as cinturas. Gerda dixo que aquela xente lle resultaba tan repugnante como unha bandada de corvos. Víraos había pouco aínda, no mes de xaneiro anterior, celebrando un acto macabro na mesma ponte onde mataran a Rosa Luxemburgo no ano 1919. Estaban pendurando unha grande boneca de trapo polos pés, rindo a gargalladas, borrachos e colorados polo frío, mexando algúns deles por entre os barrotes da varanda. O individuo que mandaba o grupo, un tipo grande como un boi, cunha fusta na man, invitaba a voces ós transeúntes a sumarse á celebración. Algunhas persoas paraban uns momentos e púñanse a aplaudir.

Aínda que poucas veces estaba de acordo con Gerda, tampouco a el lle gustaba aquel Berlín que acababa de descubrir, tan diferente da cidade que esperaba atopar. Odiaba a violencia estúpida e gratuíta dos partidos radicais, tan prepotentes, e os enfrontamentos entre pequenos grupos de energúmenos que se batían a golpes e a tiros na rúa. Soamente o silencio da sala de lectura da Biblioteca Nacional ou o rumor da auga da fonte que se escoitaba caer no patio interior do edificio o redimían da tristeza que sentía. Por veces achegábase a visitar o Museo Exipcio, á beira do río, non para contemplar a figura de Nefertiti, sempre rodeada dunha masa beata de profesores gordos dicindo vulgaridades sobre a estilizada liña curva das cellas ou a carnosidade voluptuosa dos labios, senón para contemplar as pequenas esculturas de madeira, a barquiña de Montouhotep, pintada de verde e cargada con dezanove mariñeiros de dimensións non superiores a un dedo, tan parecida a un xoguete que el mesmo tivera de rapaz, e sobre todo un ourizo cacho diminuto, feito en barro e pintado en azul, que lle gustaría ter a coraxe de roubar, se non fose porque era unha empresa disparatada e imposible.

Xunto coa alegría das horas pasadas na Biblioteca Nacional ou o entusiasmo crecente que nel espertaba a cultura exipcia, os momentos máis felices correspondían ás visitas que facía as fins de semana á casa de campo do profesor Brüning, á beira do lago, en Wannsee. Sentados no salón do piso baixo, metidos no recuncho que formaba aquela galería adiantada sobre o xardín, tiñan pasado veladas que el non podería esquecer nunca máis. O seu mestre, un home alto, coa fortaleza campesina dos seus antepasados impresa na cor vermella do rostro, acariñando con deleite a exhuberancia nudosa das pipas que fumaba na casa, devolvíalle a tranquilidade que ía perdendo na vida de diario, en contacto cunhas persoas que moitas veces, como lle sucedía con Gerda, espertaban nel sentimentos de amizade, pero coas que mantiña diferencias e discusións que lle acababan producindo case sempre un desencanto e un desasosego que o obrigaban a pecharse dentro de si e que lle convertían en máis agradable a perspectiva de ir á pensión e poñerse a ler un libro ou unha revista que saír en compañía dos amigos e charlar durante horas tomando unhas cervexas nos bares da Savignyplatz.

Outras veces optaba por ir ó cine, pero tampouco o cine alemán o entusiasmaba. Unha noite acudiu a ver *O testamento do doutor Mabuse*, atraído pola maldade satánica daquela criatura perversa, pero saíu decepcionado pola trivialización que se facía da realidade humana do mal ó converter ó personaxe nun símbolo. Pareceulle arte de contrabando, unha píldora política disfrazada, tal como lle explicaba nunha das cartas que lle escribiu entón. Lembraría con agrado, en cambio, un filme sobre os glaciares alpinos realizado polo xeólogo Arnold Fanck. Naquel clima abafante do Berlín de entón, no que o cine non pintaba máis que barracóns de obreiros desocupados, mendiños e prostitutas deambulando sen rumbo pola Alexanderplatz ou alumnas que se enamoraban das súas profesoras, resultaba tonificante descubrir o poder divino da natureza e a grandeza do Mont Blanc. Sobre esta película escribiu un artigo aínda hai pouco, con motivo da proxección que se fixo no Liceo doutra cinta do mesmo autor, *Prisioneiros na montaña.* Animaba ós lectores a vela e recordaba a sensación de paz que sentiu en Berlín cando na escena final, farto da histeria e os berros que se escoitaban cada día na rúa, canso de himnos e consignas, puido oír durante uns minutos música de Bach e de Beethoven.

Hoxe pola mañá, cando saía para a misa, estivo observando o ceo durante algún tempo, recreándose talvez na primeira impresión agradable que lle causou o vigor da luz con que empezaba o día. Despois mirou con atención, unha e outra vez, para os dous lados da rúa, e aínda tardou un momento en saír. Non se notaba que tivese présa, pois ía con máis de dez minutos de adianto. Acendeu un cigarro con calma, deulle catro ou cinco chupadas fondas e púxose a bater coa man dereita contra o peito, como se marcara o compás dalgunha música. Finalmente subiu á beirarrúa e atravesou a calzada, igual que todos os días. Viuno desaparecer detrás da curva do edificio da Fundición, co mesmo andar tranquilo, e aínda sentiu os seus pasos batendo na pedra do chan, sempre co mesmo ritmo lento, ata que deixou de oílos ó entrar no camiño de terra da parte de arriba do Parque. Seguro que chegou á igrexa con varios minutos de adianto e que se meteu na sancristía a botar unha breve parrafada, non tanto por falar co cura amigo como por respirar aquel aire pechado que tanto lle gustaba e que lle recordaba o día que descubriu naquel mesmo lugar, cando tiña quince anos, que o cheiro á cera lle producía unha euforia inexplicable.

III

Son as dez e cinco da mañá e desde que volveu da misa, hai máis de unha hora, aínda non entrou no salón para almorzar. Viuno chegar de fronte, cando dera xa a volta da curva da Fundición e ela non escoitara os pasos que empezan a soar todos os días no momento en que el abandona o paseo de terra do Parque e se adentra no pavimento de pedra da Rúa do Hospital. Pareceulle que estaba pálido e que os ollos lle brillaban de lonxe cunha transparencia acuosa sobre o fondo mouro dunhas olleiras redondas e abultadas. As cousas e os obxectos do salón seguen na mesma disposición en que quedaron onte pola noite, cando el se retirou a dormir despois de ler ata as dúas no pequeno libro de pastas encarnadas que aínda repousa por riba da mesa, ó lado da taza do último café que tomou, o terceiro desde que acabou de cear. O cinseiro verde de malaquita, completamente cheo de colillas, non foi retirado como cada mañá, nin o periódico, que aparece descomposto en tres partes, dúas delas abandonadas sobre o sillón azul e a outra tirada no chan, no lugar onde el adoita colocar os zapatos cando se senta na alfombra en posición oriental para descansar. O gato, que a estas horas aproveita sempre o solciño que pega sobre a estantería onde se atopa o bote cos lapis, tampouco entrou aínda no cuarto. Ela xa sabe que no que queda de día el non aparecerá polo salón.

Viuno marchar ás oito menos cuarto, camiño da igrexa, coa bufanda tapándolle a boca e as lapelas do abrigo alzadas ata a altura dos ollos, defendéndose do frío. Subiu o chanzo do portal sen pararse a mirar ó ceo, como fai todos os días, e atravesou a rúa moi a modo, co corpo inclinado cara a adiante e os ollos fixos no chan. Os pasos non tiñan a resonancia firme doutras veces e a maneira de andar, insegura e lenta, semellaba a dun animal avellentado, sen moita enerxía e cunha desgana que a ela lle produciu o mesmo desagrado que lle causa contemplar desde a ventá do balcón a parsimonia do gato cando baixa da estantería e se deixa caer sen forzas sobre o sillón azul, cando el non está. Por ese motivo non soubo en que momento exacto pasou por diante da Fundición. Cando o viu regresar da misa, xa se estaba achegando á altura do balcón, o mesmo lugar onde o perde de vista cada mañá durante uns segundos, antes de atravesar a rúa camiño do portal. Despois, unha vez que o viu desaparecer detrás da porta da casa, ela sentouse na butaca, ó pé da fiestra, co periódico na man e unha pastilla de chocolate e un vaso da auga sobre a mesa. Nin sequera ergueu a vista para mirar o que sucedía máis alá do cristal, consciente de que nestes momentos el non ocupa o seu sitio no sillón azul.

Non resulta difícil imaxinalo metido de novo na cama, ó regresar da misa, encollido e amodorrado pola febre, saíndo do sopor durante uns instantes para atender sen moitas ganas ás explicacións da súa muller, que xa lle debeu contar a historia do traballador que se feriu na Fundición a primeira hora da mañá. Tampouco custa imaxinar o desacougo que se apodera del coa maneira que Mariana ten de contar, cando en vez de referir os feitos concretos que coñece, se perde en longos circunloquios facéndose preguntas a si mesma sobre aspectos do suceso que resultan imposibles de averiguar, como o lugar onde se podía atopar a plancha que causou o accidente ou as razóns polas cales caeu naquel momento e a mala sorte que supón pasar por alí naquel instante fatal. Se el non se sentise débil e con febre alta, como se debe sentir, abrigaríase ben e presentaríase no salón para observar directamente o pequeno tumulto que se acaba de organizar na rúa ou para dirixirse a calquera transeúnte e pedirlle que o informase do suceso. Neste caso, sen embargo, debeu escoitar a Mariana sen moito interese, aliviado ó saber que non se trataba de ningún asunto derivado do asalto do cuartel, como puido pensar nun principio, e despois, acochado de novo entre as sabas, volvería deixarse afundir no quentor suave do leito.

Sobre o asalto sábese agora que cando os atracadores pasaron por diante do cuartel, viñan fuxindo da Garda Civil desde as inmediacións da aldea de Velle, onde foran localizados un par de horas antes. Parece ser que foi cousa dun paisano do lugar, a quen unha parella sorprendeu nun camiño portando un cesto cuberto cun mantel, no cal levaba comida recén cociñada para varios homes. Interrogado sobre o terreo, alí mesmo cantou a verdade. Pouco máis tarde, cando xa chegaran reforzos militares, o campesiño conduciu os gardas ata unha touza onde esperaban os fuxidos, que estaban ultimando os preparativos e facendo tempo para baixar ata a cidade pola noitiña e atentar contra a vida de varias persoas, tres delas descoñecidas. Sorprendidos por un disparo de morteiro, os atracadores tardaron en descubrir desde que lugar do monte estaban sendo atacados, ata que un deles viu ós civís escondidos detrás do muro de pedra dunha leira, a uns seiscentos metros, na parte alta do monte. O citado atracador alertou ós compañeiros e botouse a correr cara a abaixo, aproveitando o abrigo protector dun souto. Desta maneira, por casualidade, chegaron ata as proximidades do cuartel.

Das persoas que figuraban na lista dos atracadores, un secreto que ata agora só coñece o gobernador civil, hai quen asegura que a primeira delas é o coronel Anselmo Fernández Fuentes, que presidiu o consello de guerra que condenou a Antonio Salgado París. Segundo rumores que corren pola cidade, pensábano matar na casa, na Rúa de Colón, onde reside cunha vella criada, aproveitando que hai tempo que non sae porque está arruinado da saúde, desde que tivo un problema da cabeza e quedou coas facultades diminuídas, sobre todo no que respecta a un brazo e a unha perna, que non move. A idea, polo visto, consistía en que tres atracadores entrasen no piso pola noite, valéndose da escuridade, mentres os demais, repartidos en grupos semellantes, facían o mesmo nas casas dos outros individuos sentenciados. O propósito desta estratexia era utilizar as vivendas como refuxio, retendo ás víctimas e as súas familias durante toda a noite, que aproveitarían para explicar as razóns que os levaran a realizar aquel acto. Pola mañá, despois de mataren ós individuos sinalados e unha vez amordazadas as outras persoas que residiran con eles nos pisos, sairían á rúa cando se iniciara a actividade e volverían tranquilamente ós seus refuxios. Esa é a razón de que se reforzara a vixilancia polas noites e de que haxa patrullas que recorren a parte vella da cidade.

Onte mesmo, cando ela se retiraba á alcoba para dormir, viu a unha destas patrullas paradas diante da casa del. Eran tres homes vestidos de paisano, imposibles de recoñecer ou distinguir na escuridade. Un deles sobresaía pola estatura e a corpulencia respecto dos compañeiros, dous tipos pequenotes e achaparrados que se mantiveron durante bastante tempo apoiados contra a porta. Por momentos, o cigarro do máis alto iluminaba fugazmente o seu rostro, no que se podía entrever un bigote grande e mesto, sen recortar. Era el quen dirixía a conversa. Dicía que se del dependera, o asunto dos atracadores, que tanto dano estaban facendo, resolvíase facilmente. Dalgún deles como Raúl ou Celestino Cabezas, sabíase que as mulleres ou os pais seguían vivindo nas respectivas aldeas, uns en Barra de Miño e outros na Forxa, polo cal resultaba moi doado collelos e obrigalos a convencer a aqueles para que se entregasen e deixasen de facer barbaridades, causando as desgracias que todo o mundo coñecía, e que no caso de que se negasen a colaborar coa orde ou que os fuxidos non lles fixesen caso, había forma de facelos entrar en razón. Todo antes que permitir a insolencia con que viñan actuando, dispoñendo da propiedade e das vidas dos demais con impunidade absoluta.

Ese mesmo era tamén o parecer do capitán Veneno, que se ofreceu no Goberno Civil para resolver o problema. Aínda que non conseguiu o permiso, sábese que hai unhas semanas estivo na Forxa, falando coa muller de Celestino Cabezas e cun sobriño. Desde entón corren rumores de que este último desapareceu, sen que se coñeza que sucedeu con el, opinando algúns que debeu ir ó monte en busca do tío para transmitirlle algún recado e asegurando outros que o rapaz saíu da casa co citado capitán e tres persoas máis, subiu canda eles nunha camioneta de cor branca e marcharon todos xuntos cara ós montes de Randín. Non é ese, sen embargo, o parecer do comandante Eloi, que está convencido, como se pensa tamén no Goberno Civil, que o citado rapaz actuaba como enlace dos atracadores na comarca e que cando soubo por uns parentes que había xente descoñecida na aldea, fuxiu asustado, pensando que se trataba de axentes da brigadilla. Probablemente se debeu incorporar ó grupo do tío. Respecto da muller de Celestino Cabezas, está claro que segue na Forxa, dedicada a coidar da terra e das casas, un extremo que resulta fácil de comprobar e que os mesmos veciños lle confirmaron ó gobernador civil en persoa.

En relación cos rapaces que colleron cando o asalto ó cuartel de San Francisco, sábese tamén que a muller de Camilo Deus Sandiás, un dos presos, acudiu ó Pazo Episcopal onte pola mañá para denunciar diante do señor bispo as atrocidades que están cometendo co seu home nos calabozos do Goberno Civil. Trátase dun mozo enfermo, con problemas nos riles, que leva mexando sangue desde hai tres días, sen que ata agora lle fora prestada asistencia médica. Cando a citada muller saía da audiencia co prelado, ó chegar á rúa, foi introducida pola forza nun coche que agardaba a uns cen metros de Palacio e trasladada a continuación a un lugar descoñecido. Desde entón fálase de tensións entre o bispado e a primeira autoridade provincial. Hai quen asegura que o bispo acudiu a entrevistarse co gobernador para interesarse pola sorte dos presos e que foi advertido de que os asuntos da orde pública non eran da súa incumbencia, mentres que outros afirman que o bispo se presentou no Goberno Civil unicamente para falar dos actos conmemorativos que se van celebrar o vindeiro venres na catedral e que de pasada lle dixo ó seu interlocutor que estaba preocupado polos rumores que corrían en certos ambientes da cidade sobre o trato dispensado ós presos, preocupación que lle foi disipada con argumentos contundentes, os cales foron cumpridamente aceptados.

Con toda seguridade, estes rumores e novidades aínda non chegaron á casa de en fronte. Hai cousa de unha hora, cando o sol xa deixara de iluminar a fachada e o resplandor amarelo que anega a rúa entre as dez e as doce da mañá se apagou case de golpe, como sucede sempre por esta época, coincidindo cos días en que os estorniños empezan a formar a mesma algarabía de todos os anos antes de fuxir dos buracos da fachada da Fundición, ela percibiu a través dos vidros da ventá un brillo rápido que proviña do salón. Pensou que sería a bandexa do almorzo que Mariana estaba colocando sobre a camilla, pero ergueu os ollos do periódico e viuna pasar por diante da porta do fondo, camiño da alcoba. Levaba a bata encarnada sobre o camisón cor rosa e pareceulle que seguía sen peitearse, como hai un par de horas, cando se asomou á ventá, asustada polos berros que se escoitaban diante da Fundición. Antes de que puidera confirmar aquela impresión, perdeuna de vista no ángulo esquerdo do corredor e só se quedou nos ollos co reflexo apagado dunha luz eléctrica que se proxectaba sen forza sobre a parede do lado oposto, no anaco de tabique onde se abre a porta do cuarto de baño. Logo fixouse de novo no interior do salón e observou que o periódico xa non estaba no chan e que o libro encarnado fora retirado da mesa. O cinseiro, en cambio, seguía no mesmo sitio, igual que a taza de café.

Sen a presencia del, o salón parece agora meirande, sobre todo pola banda do fondo, no espacio que se estende entre a ventá e a porta de entrada da habitación. É por esa parte por onde el pasea cando non está sentado e sente a necesidade de moverse. Todos os días pola mañá, despois de ler o xornal, cumpre con ese rito invariable. Faino xustamente antes de escribir o artigo, como se non puidese abordar a tarefa sen esa preparación maniática, case neurótica. Ás veces párase diante das estanterías da biblioteca para consultar algún libro, pero en xeral limítase a ir dun lado ó outro, a un ritmo acelerado, se cadra pensando no asunto de que vai tratar. Coa mesma rapidez, igual que se o fulgor dun raio lle iluminara a cabeza por dentro, interrompe de maneira repentina o paseo e séntase no sillón azul para poñerse a escribir. A partir dese instante, como se tivese perfectamente pensado e ordenado o que quere dicir, desenrosca con calma o capuchón da pluma estilográfica, apoia o punto do plumín na cabeceira do papel e lentamente, pero sen facer unha soa pausa, vai enchendo de liñas o branco da folla ata que chega ó final. Escribe con parsimonia, como se a sinxeleza que despois se percibe ó ler a súa colaboración de cada día, necesitase desa lentitude marcada e da tranquilidade que lle imprime ós xiros do pulso e ós movementos pausados do brazo.

Ela non consegue supoñer como fará esta mesma tarefa cando está na cama, como agora. Pode imaxinalo incorporado entre a roupa, coas costas apoiadas sobre varias almofadas, cunha grosa manta envolvendo o seu corpo cativo, un comportamento que contradí a conducta de hai anos, cando presumía de enfrontarse á enfermidade coa elegancia deportiva e despreocupada que aprendera do seu avó na infancia. Arrincado da normalidade de cada día e asaltado pola inquietude da febre, seguro que se acentúan de maneira espontánea os aspectos extravagantes da súa personalidade. Non resulta difícil pensar que a man dereita sairá como un órgano asustado e clandestino por entre as dobraduras do cobertor, empuñando a pluma con dificultade, e que o papel estará descansando sobre os xeonllos, cun libro polo medio, por suposto coa porta da alcoba perfectamente pechada e a prohibición terminante de que ninguén a abra mentres non remate de escribir, non tanto por non ser perturbado na concentración requerida como para evitar que o colla o frío. Nesas condicións non parece probable que escriba coa lentitude habitual, senón de forma nerviosa e acelerada.

O artigo de hoxe é un comentario sobre a guerra, no que afirma que a violencia é unha calamidade en si, pero que ten a utilidade moral das tribulacións e a virtude purificadora da dor, da mesma maneira que a paz acaba sendo como a auga estancada dunha poza, ben distinta do ímpeto vivificador das augas que baixan correndo e saltando a cachón pola canle dos ríos. Parece unha resposta ó documento a favor da paz suscrito por algúns escritores católicos europeos que aparecía hai uns días publicado na última páxina do periódico. No nome do Deus encarnado en cada un dos homes mortos pola barbarie que percorre Europa, pedían o cesamento das hostilidades e unha conferencia internacional que fixase as condicións para unha paz xusta e duradeira. Na tertulia daquela mesma tarde mantivo unha longa e agre discusión co fiscal López Penedo, tímido defensor da posición dos citados escritores católicos, que consideraba consecuente co pacifismo evanxélico e a tradición cristiana. O debate, seguido en silencio polo conxunto dos contertulios, rematou dun xeito pouco amistoso, cando el lle recordou ó fiscal a parábola dos talentos e a dignidade bíblica do cargo da acusación pública.

Todos entenderon que era unha maneira de reprocharlle ó fiscal López Penedo o asunto do Marracú, un retrasado mental que hai seis anos degolou cunha navalla barbeira a toda a familia á cal servía como criado, composta por un pai viúvo e catro fillas noviñas, ós que acusaba de faceren ruído polas noites cunha gramola para non deixalo dormir. Horrorizado polo crime e a sentencia a morte inevitable, o fiscal desapareceu durante varios meses, alegando enfermidade. O asunto descubriuse tres días antes da execución do desgraciado, que se levou a cabo no campo do Polvorín mediante garrote, cando unha monxa que acompañaba a unhas nenas que foron ver como os carpinteiros levantaban o patíbulo, dixo sen malicia que a don Anselmo López Penedo o vira ela en

Barcelona había un par de semanas, onde asistía á misa diariamente na capela da orde. Ó día seguinte apareceu no periódico unha nota sen firma censurando con rigor, pero sen citar ningún nome en concreto, a conducta pusilánime das persoas que non son capaces de facer fronte á súas responsabilidades e que confunden a bondade coa debilidade espiritual, tan allea á verdadeira fortaleza evanxélica.

En relación con este episodio protagonizado polo fiscal López Penedo e a idea da debilidade espiritual, ela recorda agora un suceso presenciado por el en Berlín unha mañá do ano 1932, cando ía paseando só pola Auguste Victoriaplatz e se encontrou cunha manifestación. Contoullo nunha das cartas de entón e faloulle desa historia moitas veces despois, sempre conmovido e indignado por aquel suceso brutal. Uns mozos que subían berrando pola Kudamm e que foran aplaudidos con entusiasmo polo público elegante que tomaba o aperitivo a aquelas horas na terraza do Hotel Kempinski, enfrontáronse cun grupo numeroso de persoas á porta da igrexa do Kaiser Guillermo, na mesma praza. Nun primeiro momento limitáronse a insultalas desde lonxe, facéndolles burla, pero ó ver que estas se agrupaban asustadas como ovellas e recuaban contra a parede, claramente aterrorizadas, achegáronse máis para redobrar os insultos. Un rapaz novo, que levaba un pano de cor marrón arredor do pescozo, púxose a falar a berros cara a un home que sorría con expresión infeliz, preguntándolle se aquel sorriso de imbécil lle fora ordenado polo seu Deus para acadar a gracia do martirio. Ó farfullar entre dentes o interpelado algún tipo de resposta, o mozo empezoulle a dar patadas e puñetazos, provocando unha explosión de violencia tan salvaxe dos seus compañeiros de manifestación que en poucos minutos quedaron gravemente feridas máis de trinta persoas, ningunha delas no bando dos atacantes. A el pareceulle un suceso intolerable, non tanto pola agresividade dos manifestantes, como pola debilidade pusilánime dos atacados.

Este comportamento entregado das víctimas foi unha das experiencias que menos lle agradaron cando chegou a Alemaña no outono do ano 1932. O profesor Brüning díxeralle daquela que ese tipo de actitudes, como a que el presenciara aquel día na Auguste Victoriaplatz, preparaban a destrucción do país, posto que el pensaba que a traxedia non nacía nunca do confrontamento, senón da resignación, o cal supuña sempre a victoria final dos máis débiles, arroupados por un coro ben intencionado de almas caritativas, dispostas a deixárense conmover facilmente por sentimentos de compaixón. Víao o citado profesor na Universidade. Había meses que moitos dos seus colegas empezaran a fuxir, a maioría deles arrastrados polo pánico, asustados como mulleres por unha visita rutinaria da policía ás súas casas. Así sucedera co profesor Bauer, que ó día seguinte de que lle incautasen un manuscrito no despacho, desaparecera como unha pantasma, sen que ninguén soubese explicar onde se atopaba. O mesmo alumnos que profesores, sen dúbida levados por un movemento espontáneo de solidariedade e simpatía, tiñan insinuado que os fuxidos representaban a avangarda do pensamento filosófico ou científico, o cal significaba que os elementos menos valiosos, aqueles que resultaban incapaces de facer fronte ás súas responsabilidades, acababan conquistando o corazón das persoas sentimentais, esa peste que impide utilizar a cabeza con frialdade para entender o mundo.

El mesmo estaba en Berlín cando unha partida de estudiantes penetraron na Universidade e foron buscar ó profesor Samuel Schneider, que impartía a súa clase de filosofía a un grupo de sete alumnos. Cando o mencionado profesor se decatou do perigo, subiu a unha das fiestras da aula e saltou á rúa, fuxindo pola Zetkinstrasse en dirección á Illa dos Museos. O xesto cómico daquel home alto e escuálido, correndo ós tropezóns cunha torpeza que acentuaba aínda máis a fealdade do seu rostro labrado e a delgadez extrema dun corpo que non era máis que pel e ósos, provocou a gargallada dos seus perseguidores, que se quedaron rindo na ventá, observando divertidos o espectáculo. Para o profesor Brüning, o comportamento pouco afortunado do seu colega resultaba indigno, suficiente para desacreditalo diante de calquera alumno sensato e incapacitalo para exercer responsabilidades de tipo docente. E sen embargo, esa non era a opinión de Gerda, compañeira nos estudios de doutoramento, que nunha reunión no seminario, comentando aquel episodio lamentable, acabou citando a Shakespeare para xustificar ó profesor Schneider, dicindo que a conciencia nos fai a todos covardes.

Sobre esta idea da fortaleza e a debilidade, escribiu el varios artigos nos últimos anos, algúns deles violentos, outros coa agresividade disolta nunha ironía ácida e amarga. Cando a capitulación de Bélxica, por exemplo, falando do rei Leopoldo III, que aduciu motivos de humanidade para renderse diante das tropas alemanas e evitar así sacrificios inútiles, dixo que se trataba do auténtico vencedor, da mesma maneira que había que considerar os soldados e oficiais da Wehrmacht como os verdadeiros derrotados. Incluso a idea de que o soberano belga preparaba o niño de amor para vivir un idilio outonal nun castelo de fadas ás aforas de Bruxelas, servía para engadirlle un valor sentimental aínda maior a unha decisión que situaba a Bélxica no camiño irrenunciable da victoria. Os corazóns nobres de todo o mundo xa tiñan feita a elección: malditos os alemáns e a disciplina e a preparación das súas tropas, malditos os xenerais que deseñaron a estratexia das batallas con intelixencia e precisión matemática, malditos os enxeñeiros que empregaron horas de traballo e sabedoría para inventar e fabricar as armas, malditos todos. Bendicidos, en cambio, os inútiles, os vagos, os covardes, pois eles serán as víctimas chamadas a conmover á Humanidade.

No artigo sobre a guerra que publica no diario de hoxe, defende a opinión de que o home ben formado e de criterio firme, con coraxe moral, é aquel que inspira respecto ou temor, nunca o que esperta sentimentos de simpatía ou piedade, case sempre baseados nunha actitude compracente e submisa, que evita a confrontación por razóns de timidez ou cortesía e acepta sen réplica, aínda sen estar de acordo, as opinións contrarias dos outros. Este tipo de homes forman parte da estirpe perigosa dos covardes, responsables tantas veces ó longo da historia de verdadeiras catástrofes perpetradas por individuos mediocres e prepotentes que se benefician da debilidade dos demais. Son palabras que hoxe teñen unha intención diferente, pero que a ela lle resoan na memoria, como tantas outras que a veces le nos artigos que escribe no periódico. Hai anos, cando os dous residían en Santiago, nunha das ceas que se celebraban na casa de Aurora Poch, foi a primeira vez que ela lle oíu falar desa idea da fortaleza e a debilidade dos espíritos. Naquela ocasión, despois da cea, utilizouna con rabia contra si mesmo, disgustado pola torpeza social con que actuara, reprochándose non ter manifestado abertamente e sen complexos un carácter do cal non carecía e que unha forma incorrecta de entender a boa educación o tiña posto nunha situación ridícula.

A verdade é que aquela noite se esforzara por aparentar sen conseguilo unha desenvoltura que non se correspondía coa inseguridade que mostraba sempre diante da xente que coñecía por primeira vez e que a ela a divertía máis que a mortificaba. Durante a cea, cada vez que a doncela se achegaba coa bandexa, que sostiña con naturalidade nunha soa man mentres mantiña o brazo libre dobrado sobre as costas ó nivel da cintura, el púñase tan nervioso, quizais por medo a tirar con todo e derramar o contido sobre o mantel, que foi incapaz de servirse máis que unhas cantidades tan minguadas de comida que o obrigaban a xustificar continuamente a súa falta de apetito, o cal se contradicía de maneira demasiado evidente coa voracidade con que comía unha tras outra as porcións de pan que lle ían colocando, sen que el as pedise, sobre a pequena bandexa de prata que tiña á súa esquerda. Por outra parte, pasou a noite dándolle as gracias á doncela cada vez que lle ofrecía repetir calquera dos pratos, un exceso de cortesía que motivou un amable comentario da anfitriona e o sorriso condescendente dalgúns dos convidados.

Aínda que el non chegou a percibilo por culpa do nerviosismo que sentía e que lle impediu gozar do ambiente agradable que se fora creando no transcurso da cea, a gracia da súa conversa, privada da pedantería que a volvía artificiosa outras veces, espertou aquela noite en todos os comensais un movemento de simpatía cara el, que o situou no centro indiscutible da velada. Contou divertidas historias familiares, con insistencia ben calculada nas que el sabía que máis podían compracer á concorrencia, como aquelas que se referían ó seu tío Daniel, un vello inocente, horriblemente feo e teimudo, empeñado en rematar unha carreira de violín que iniciara con entusiasmo xuvenil ós setenta anos, e a tía Mercedes, unha muller boa e bastante infeliz, pero histérica e caprichosa, dominada por centos de enfermidades que lle ían e lle viñan polo corpo adiante, desprazándose dos ollos ó peito e do peito ata o ventre, que se sentía abandonada pola desbordante afección musical do seu home e decidira, tamén ela, cando xa cumprira os setenta anos, embarcarse nunha aventura estética, no seu caso relacionada coa pintura de flores, árbores e vacas.

Eran historias que ela lle tiña escoitado moitas veces, pero nunca contadas con tanta simpatía, estimulado se cadra naquela ocasión por unha vontade inconsciente de ser querido e recoñecido por todos, ou de facerse perdoar a torpeza con que actuara durante a cea, unha maneira de comportarse que resultaba habitual cada vez que estaba entre xente á cal non lle importaba demasiado o mundo en que el vivía. Mentres falaba, ela mirábao cun sorriso espontáneo de admiración que acabou sendo unha sorpresa para si mesma cando se descubriu reflexada no espello do aparador de caoba que tiña en fronte. Era un sorriso entregado, quizais tamén pícaro e cariñoso nalgúns momentos, como cando el dixo de si mesmo, animado polo alcohol, que se sentía un espírito robusto e groso envolto nunha carne tísica e fraca. Cando se contemplou no espello, púxose seria, pois de pronto sentiuse asaltada pola aprensión de que os demais podían interpretar acertadamente uns sentimentos que a ela, naquela época, non lle gustaba que saísen do ámbito da súa intimidade. Despois volveu sorrir, pois tiña a seguridade de que a visión dos pelos rebeldes que se lle alborotaban a el no cogote e que vistos a través do espello lle daban o aspecto dun galo, matizaban con ironía a intensidade do gozo que lle subía ata a boca.

Dúas ou tres veces durante a noite, coincidindo co martirio que a el lle causaba a doncela cada vez que se acercaba cunha fonte e o invitaba a servirse, ela tíñalle enviado mensaxes de cariño e tranquilidade cos ollos, que el nunca chegou a captar, nin sequera no momento en que Eduardo, o marido de Aurora, que tamén se pasou a noite mirando para o espello, lle dixo a ela en voz baixa unha frase sobre a intensidade dos sentimentos que pode transmitir unha mirada, que a pesar da discreción con que foi pronunciada, chegou ós ouvidos de varios dos comensais que se sentaban máis próximos e deu orixe a algunhas bromas dirixidas á parella. El quedou desconcertado polos risos, temeroso de que unha vez máis foran motivados pola súa maneira de comportarse. Para evitar a tensión que sentía, proseguiu contando unha historia do seu tío Daniel, a quen o profesor de violín situaba cada día no medio e medio da aula, ata que aquel empezaba a arrechegalo implacablemente contra un recanto, onde finalizaba sempre a lección cos ollos pechados e a boca aberta, como se o fose morder, apreixando o seu mestre contra a parede.

Ó rematar a festa, cando se despedían no vestíbulo da casa e Aurora Poch lle dicía a ela que a vía preciosa e que cada vez se parecía máis á nai, unha das mulleres máis fermosas do seu tempo, el foise arrimando cara un recuncho, no lugar onde se atopaba un gran xarrón de China. No momento en que a dona da casa se puña a facer o eloxio da peza, traída de Londres polo seu pai sesenta anos atrás, el apartouse cara a un lado para non entorpecer a vista dos demais, pero fixo un movemento desgraciado e dun golpe esnaquizou a porcelana. Aínda que a elegancia de Aurora Poch a levaba a disimular sen esforzo aparente a contrariedade que sentía, el púxose tan encarnado que todos preferiron mirar noutra dirección, aproveitando que Eduardo pedía que se fixasen nun vello gravado que pendía da parede, ó lado da porta de entrada, no que se vía á raíña Isabel II sentada no trono e debaixo dos seus pés, atados cunha cadea, catro lobos coas caras xuntas, os cales, enlazando coa vista dun xeito ordenado determinados ángulos e puntos negros situados nos dentes, os ollos e as orellas, acababan formando os rostros dos catro presidentes da Primeira República, con don Francisco Pi i Margall convertido nun monstro de ollos pitañosos, con vermes entre as pálpebras. A anfitriona aclarou que o gravado era unha herdanza do seu tío Faustino, monárquico furioso e antirrepublicano profesional.

Cando saíron da casa de Aurora Poch, despois das doce da noite, el ía inquieto e calado, contendo a ira que sentía pola humillación que acababa de sufrir e polo ridículo que el pensaba que fixera durante a cea. Ela sabía que a agresividade que se desprendía de cada un dos xestos del, que se manifestaba na acción infantil de dar pequenos saltos para non pisar a raia das pedras que compuñan o pavimento da rúa, acabaría descargando contra ela, aínda que o seu estado de ánimo, alegre e relaxado, non se correspondía coa situación que el estaba vivindo, pois en lugar de sentirse molesta ou ferida, pensaba que a cea fora moi agradable e que tanto a anfitriona como os amigos deran mostras visibles de que o consideraban un home interesante e divertido. Despois de atravesaren a Praza de Cervantes, ó entrar no Preguntoiro, el dixo algo entre dentes, pechou o puño, arrimouse ó muro da primeira casa da dereita e lanzou a súa carraxe contra a pedra. Ó ver o sangue saíndo limpo dos nocellos, ela quedou paralizada pola sorpresa, pero despois achegouse a el e abrazouno con cariño e recibiu contra o peito o pranto convulso que o sacudía.

Permaneceron abrazados ata que se escoitaron voces de xente que falaba. El desprendeuse dela e colleuna da man para arrastrala ata o interior do portal da casa máis próxima, onde esperaron que pasaran as persoas que subían da parte de abaixo da cidade, un par de mozos que se detiñan ós poucos e discutían sen acritude cunha voz arrastrada de melopea. Cando pasaron de largo en dirección á Algalia, ela volveuno abrazar, bicouno na boca e sentiu que todo o corpo se lle puña duro e firme, case doloroso, especialmente na punta dos peitos. Como se a calor dun ferro ardendo lle furara na parte alta do estómago, experimentou un desexo violento de ser posuída.

Afianzou os labios na boca del, buscoulle a lingua cos dentes e bicouno con paixón. No tempo que durou aquel bico, mantivo a man dereita facendo presión detrás da cabeza del, en tanto que coa outra trataba de atraer aínda máis o seu corpo contra ela. Ó decatarse de que seguía chorando e que a convulsión inicial ía crecendo e que se convertera xa nun pranto angustioso, separouse del, apoiou as costas contra unha das paredes do portal e viuno dobrarse pouco a pouco, coas mans cravadas de maneira crispada na parte baixa do ventre.

Ó día seguinte, cando ela espertou, aínda dominada polos restos dun sono que trataba de vencer, quedou mirando para a fotografía del que repousaba por riba da mesiña de noite. Era un retrato de pequeno tamaño, feito diante do fondo liso dunha parede branca, que tiña apoiado contra o libro de Botánica. Ó principio contemplou aquel retrato dun xeito inconsciente, atrapada aínda no formigueo do sopor que non conseguía botar fóra da pel, pero pouco despois, cando xa decidira erguerse, desde a posición ladeada que ela mantiña no leito, o debuxo en cor da herba de San Xohán que ocupaba o centro da sobrecuberta do volume pareceulle que saía da cabeza del. Dáballe o aspecto estrafalario dun tolo pintoresco ou o aire gris dun individuo aburrido e sen gracia que no transcurso dunha festa coloca un calcetín na cabeza para facer rir ós seus amigos. Todo no seu rostro adquiría naquela situación unha significación cómica: os grosos lentes de cu de vaso convertían os ollos nunha calamidade parecida a un par de figos maduros, a prominencia do queixo facía pensar na punteira dun zapato requichado e a enormidade das orellas caídas recordaban a un morcego. Pensando naquelas imaxes, botouse a rir.

Despois daquela cea na casa de Aurora Poch, pasaron máis de dez días antes de que o volvera ver. Cando se decatou de que non era normal aquela desaparición, ausente el durante tanto tempo dos lugares onde se atopaban habitualmente, buscouno polas rúas, inventando pretextos para si mesma, como se necesitase convencerse de que, en vez de andar á procura del, saía a facer algún recado ou realizar algunha compra. Imaxinouno con Mariana na Casa Grande do Miño, paseando de novo pola horta e recordando as horas felices que viviran xuntos. Foi a primeira vez que, ó pensar naquela mansión, se decatou de que ela non tiña aldea e que a casa dos seus pais, na Rúa do Hospital, carecía daqueles encantos dos que el lle tiña falado tantas veces: a presencia do río, a alegría das voces dos paisanos traballando nos campos de arredor, as tertulias na solaina durante as noites de verán ou a actividade das criadas na cociña todos os días antes de comer. Aínda que nunca tiña asociado ata entón a figura de Mariana con aquel marco idílico, de pronto pensou naquela moza como nunha pequena deusa querida e admirada por todos.

El confesáralle algunha vez que lle gustaba mirar a Mariana cando tocaba o piano no salón. Parecía máis delgada, pero sen a fraxilidade corporal que se lle empezara a notar cando enfermou e adquiriu aquel aspecto de muller fatigada, coas olleiras ennegrecidas polo cansazo e os pómulos resaltados pola depresión aguzada das meixelas. Contemplada desde a solaina, apoiado el sobre a varanda de pedra, de costas ó río, pensaba que naqueles momentos, a pesar de todo, Mariana recuperaba a fermosura espléndida dos dezasete anos, cando el era capaz de pasar horas extasiado diante dela, admirando sen cansarse un rostro que consideraba perfecto, como pintado por un pintor enamorado. Sentada no taburete e inclinada sobre o teclado, a enerxía que lle imprimía ás mans ó tocar estendíase como unha festa por todo o corpo, que recuperaba a aparencia saudable de antes. Volvía ser a rapaciña que amara, a moza vital coa que percorrera a pé, nos veráns, as beiras do río, remando a veces durante horas na barca pintada de amarelo que o criado Cándido empregaba para pescar anguías e que eles deixaban despois atada a unha árbore uns quilómetros máis abaixo, para darse o pracer de regresar á casa andando sós polo monte. A enfermidade non conseguira amerar a beleza, que seguía intacta, polo menos en momentos como aquel, con Mariana envolta na música romántica que estaba interpretando no piano.

Era tamén a primeira vez que ela pensaba en Mariana con disgusto. Nin sequera nos primeiros meses, cando el seguía acudindo cada venres á Casa Grande do Miño, experimentara aquela sensación de tristeza que sentía. Prometérase a si mesma non alimentar pensamentos que a levaran a imaxinar situacións que probablemente non eran certas, pero unha e outra vez, sobre todo polas noites, cando xa estaba metida na cama, a figura daquela rapaza fermosa que un día observara falando con el nos xardíns do Clube de Tenis transformábase nunha tortura, non só polas sensacións incontrolables que nela provocaba, senón pola rabia que lle producía descubrir dentro de si aquela debilidade. Por moitos esforzos que facía para espantar tales sentimentos, a imaxe dunha Mariana que ata entón se compuña case exclusivamente de palabras, construída durante meses a través de conversas e comentarios, adquiría a forma plena dunha realidade física que a trastornaba. Vía a aquela moza sentada á beira do Miño, nun campo entre choupos, cos pés descalzos, dicíndolle a el que un día serían felices naquel lugar, cando el rematase os seus estudios de doutoramento, incluídos os que pensaba facer en Alemaña con aquel profesor de Berlín con quen se viña carteando desde había tempo. Era unha rapaza doce e sosegada, un estanque de auga transparente, como el mesmo lle dixera.

Cando empezaba a sentirse desesperada por aquela situación, unha mañá, mentres paseaba con Ana Montenegro pola Rúa do Vilar, pareceulle albiscalo de lonxe, diante da tenda de Docabo, preto do Toural. Sabía que moitas veces se paraba a ver plumas no escaparate e a observar obxectos en miniatura ou material de escritorio, pero pronto se decatou de que non era el. Regresou á casa máis triste aínda. Dous días máis tarde, por fin, atopouno na Rúa do Franco falando con Servando Valencia diante do Bar Submarino. Cando ela pasou á altura deles, antes de saudalos e seguir andando, escoitoulle dicir a el que Jacinto Benavente non era máis que un gacetilleiro de ecos de sociedade, fillo lexítimo do matrimonio formando por don Serafín e don Joaquín Álvarez Quintero, unha parella decente e feliz. Case no mesmo instante sentiu uns pasos apresurados que a seguían e a continuación escoitou a voz del preguntándolle en que parte do inferno pasara os últimos días, golosamente secuestrada por Satanás. Sen darlle tempo a responder, cun apresuramento que estivo a punto de facela rir, díxolle que a invitaba a ir ó cine aquela tarde. Como se temese que se producira algún silencio incómodo entre os dous, el púxose a falar afeito, co propósito evidente de distraela e impedir que ela lle fixese o reproche que lle adiviñaba no rostro.

Pola tarde foron ver *O rapaz,* de Charlot. Pasaron o tempo que durou a película apretados un contra o outro, rozando de cando en vez a fronte e as meixelas. Ó chegar a escena na que o neno e o mendiño se ven obrigados a separarse por decisión das autoridades, cando arrinca a camioneta e o rapaciño, rodeado dos policías e demais xentes da beneficencia que veñen buscalo, estende os brazos cara ó vagamundo, ela sentiu na súa man a humidade inesperada dunha lágrima. Sorprendida e contenta, achegouse a el e bicouno. El devolveulle un bico na meixela, rozándolle a boca, e deixaron de mirar á pantalla ata que o acomodador se achegou a el e lle dixo en voz baixa que ou se comportaban con decencia ou se viría obrigado a chamar á policía por escándalo. Cando volveron interesarse pola película, Charlot era un anxo que voaba polo ceo estreito dunha rúa. Ó aparecer un primeiro plano do meniño, el díxolle que o actor infantil que encarnaba o papel do rapaciño golfo e abandonado se chamaba Jackie Coogan e que era un americano dos Ánxeles, arruinado pola voracidade económica dos pais.

A fotografía do actor que regalaban á porta do cine antes da proxección, tívoa el colgada nunha parede do seu cuarto en Santiago ata que abandonou a cidade e a levou consigo. Hai tres anos aínda estaba no tabique do fondo do salón da casa del, aí en fronte, do outro lado da rúa. Desapareceu un día pola noite, despois dunha viaxe a Sabucedo, e foi substituída por un óleo, quizais traído da casa de alá, e do que ela só consegue intuír desde aquí unha mancha encarnada de cor moi viva e outra azul, algo máis apagada, talvez un automóbil desprazándose sobre unha estrada, que é a imaxe que ela compuxo na cabeza desde o primeiro día que o viu. Neste momento, a luz do sol daría plenamente no centro do cadro, se non fose porque Mariana se interpón, sentada no sillón azul e co corpo inclinado cara á mesa camilla. Está lendo a folla amarela, a mesma que ela atopou tamén onte tirada no portal. Non deixou de lela esporadicamente en toda a mañá, quizais movida pola incredulidade ou arrastrada pola necesidade de buscar na súa prosa cortante algunha frase ou algunha palabra que permitise poñer en cuestión a brutalidade das afirmacións que veñen ó final.

A primeira vez que apareceu a folla amarela foi cando se cumpriron os catro anos da morte de Antonio Salgado París. O mesmo día do aniversario publicou el no periódico un artigo no que falaba de Dostoievski, aínda que era evidente que se trataba dun pretexto para referirse á responsabilidade moral das persoas que, sen abdicar nin da boa fe nin da bondade, sementaban o rancor no corazón dos tontos e os malvados. Dicía nese artigo que o escritor ruso fora sempre unha alma cándida e que os seus proxectos revolucionarios non pretendían conseguir outros fins que a xustiza social e a redención dos campesiños, sen excluír, para logralos, o concurso da misericordia do propio zar. Pero resultaba inxenuo pensar que a calor inflamada destas propostas non acabaría provocando un incendio incontrolable, da mesma maneira que non parece sensato ignorar as consecuencias que se poden derivar do feito de permitir que un neno xogue alegremente cunha caixa de mistos nun palleiro. O candor de Dostoievski sería, polo tanto, responsable do ardor de algúns dos seus compañeiros de conspiración, moitos dos cales consideraban que calquera medio era lícito para implantar a xustiza, sen descartar nin tiroteos nin atentados nin crimes políticos. A condena a morte do novelista, que el mesmo dixo merecer, foi un acto correcto e só a xenerosidade do soberano o librou de pagar no cadalso a débeda que tiña contraída coa súa acción.

A conclusión do artigo pareceulle que era unha alusión a Antonio Salgado París, a quen o fiscal acusara precisamente de encubrirse baixo un manto de bondade e decencia, pero sen renunciar, a través dos seus discursos e colaboracións anónimas na prensa, a inducir a outros para que fixesen o que a súa covardía ou prudencia lle impedían facer. Conforme ela ía lendo a columna, a figura de Antonio Salgado París, desdebuxada no recordo durante máis de catro anos, perfilábase de novo dunha forma plástica e viva, cunha fidelidade que, a pesar dos esforzos, ata aquel día non lograra recompoñer. Sempre que se acordaba do seu compañeiro de bacharelato, só conseguía recordalo naqueles instantes finais, cando ela abandonou o paraninfo do Instituto e o seu amigo seguía de pé diante do tribunal militar, agardando algún trámite burocrático, quizais botar unha firma ou darse por informado do que lle acababan de comunicar. Aquel día, sen embargo, despois de ler o artigo no que se aludía a Dostoievski, Antonio Salgado París recuperou dentro dela o rostro alegre dos anos anteriores, cando paseaban en pandilla polas rúas da parte vella da cidade ou cando ían todos xuntos, os compañeiros de curso, a bañarse no río nos veráns, ou cando no mes de xuño, durante as festas de Corpus, acudían polas noites ás verbenas do Posío. Ninguén era máis xentil nin mellor amigo que aquel rapaz calado, sempre disposto a converter a vida nunha cousa fácil e agradable para os demais.

Mesmo o que se dicía naquela primeira folla amarela, que a ela non lle acababa de gustar, contribuíu a recuperar na memoria a imaxe verdadeira do compañeiro, de quen a citada folla contaba que abrazara xenerosamente a causa dos humildes, ós que servira coa arma limpa e nobre da súa oratoria e a súa pluma brillante, e que por eso, e non por outra cousa, fora asasinado. As acusacións do cura de Soutelo, que asegurou no xuízo que Antonio Salgado París o ameazara de morte en varias ocasións durante os días que durou a folga pola interrupción das obras do ferrocarril e que nun mitin pronunciado no adro da igrexa na mañá dun domingo, mentres dentro se celebraba a misa, dixera que non había parar ata verlle a cabeza rabanada polo pescozo e colgada no badal da campá no alto do campanario, eran completamente falsas. Dicía tamén que despois de comparecer diante do tribunal militar que o xulgou, Antonio Salgado París fora torturado, ata o punto de que cando o fusilaron en San Francisco, ía coxo, con muletas, a consecuencia dos golpes recibidos. Foi nesta folla amarela onde ela viu tamén por primeira vez o nome del seguido daquel alcume que xa non deixarían de utilizar nas dúas follas que botaron despois, incluída a que apareceu onte nos portais e que Mariana le hoxe unha e outra vez, como sorprendida e asustada.

Ela segue lembrando a Antonio Salgado París, de quen recobra unha enxurrada de imaxes felices que ata agora dera por perdidas para sempre. Veo, por exemplo, facendo o papel do capitán don Álvaro de Ataide nunha velada teatral no Instituto, vestido cun vistoso uniforme de época, no que destacaban unhas botas valonas con espora sobre calzas encarnadas e un sombreiro de ala ancha adornado con tres plumas verdes. Recórdao tamén durante os ensaios. Cando non lle tocaba estar en escena, sentábase só no fondo do paraninfo, apartado de todos, como se estivese triste ou preocupado. Nunha ocasión, ela achegouse para falar con el e atopouno repasando o papel que lle correspondía, irritado consigo mesmo porque confundía dunha maneira incomprensible a orde de dous versos, como se fose tonto. Díxollo acentuando a fermosura grave da voz ó verse obrigado a falar nun ton baixo a fin de non molestar ós compañeiros que estaban ensaiando. Só cando apareceu no escenario Ana Montenegro, que facía de Isabel, Antonio Salgado París deixou de falar, contemplando arrobado a fermosura delicada daquela rapaciña coa cal saía desde quinto curso.

Pode velo tamén paseando polos corredores do Instituto, vestido cuns chamativos xerseis grosos de colo alto, un deles de cor granate e cun espectacular cervo branco debuxado no centro do peito. Ía sempre coa cabeza un pouco inclinada, xogando ás veces, quizais dunha maneira inconsciente, pero graciosa, a darlle leves patadas coa punta do zapato a calquera cousa tirada no chan, un papel, unha pedriña, sen prestar atención ós comentarios das compañeiras que o vían pasar, todas, absolutamente todas, enamoradas del. Recorda un día a Pitusa Conde, sempre tan faladora e precipitada, apostando a que era capaz de achegarse a el para dicirlle se non sabía que era guapísimo e para preguntarlle por qué se empeñaba en ter moza, unha soa, el que podía ser o mozo de todas as rapazas do curso. Está vendo as cores del ó escoitar aquelas palabras e o sorriso franco e comprensivo, pero tamén o desconcerto que fixo que lle caesen os libros que levaba debaixo do brazo, unha circunstancia que aproveitaron todas para achegárense e rodealo, ata que pasou o director do Instituto e pediulles ás alumnas, falando a berros e indignado, que fixeran o favor de entrar na aula inmediatamente e comportarse como verdadeiras señoritas.

Veo por último uns anos despois, o día da proclamación da República, ó lado do concelleiro Sebastián Fábrega Parrado no balcón da casa do concello, mirando con asombro como aquel preboste republicano, grande e barrigón, en vez de botar o discurso que lle reclamaba a xente que enchía a praza, dixo que ía fumar diante de todo o mundo un puro habano que lle regalara Alfonso XIII nunha visita á cidade, e a quen lle prometera gardalo para o día en que chegase tan esperada ocasión. Fora aquela historia, ben coñecida, por outra parte, en todos os círculos políticos da cidade, o motivo principal do breve discurso que acababa de pronunciar. Decatándose da burla da xente, que ameazaba con arruinar a concentración, pois xa na esquina da Rúa de Arcediagos se empezaban a escoitar orneos, foi Antonio Salgado París quen deu os berros a favor do novo réxime e pediu que todo o mundo se comportase da forma civilizada que requiría unha xornada histórica como a que estaban vivindo. Desde aquela quedou investido dunha aura de sabedoría política que o acabou convertendo nun personaxe importante, escoitado con respecto polos demais líderes da vida local, incluído o deputado Luís López Bande, tan conservador.

Dicíalles este ós amigos do partido que Antonio Salgado París era resultado dun cruce explosivo entre cura e criada, aludindo ó conto falso, inventado por un grupo de señoras, dunha suposta orixe sacrílega familiar, que viña do tempo do seu avó, a quen facían fillo dun coñecido abade de Beiro, máis tarde asasinado en circunstancias nunca aclaradas. Aínda así, o citado López Bande aseguraba que Salgado París era un home de ben, con quen sempre se podía contar nas horas difíciles, cando facía falta xente firme e con coraxe, como sucedeu cando a morte dos obreiros asasinados no Café Fornos. Foi Antonio Salgado París a persoa que evitou que aquela noite na cidade se vivise unha traxedia, enfrontándose con valentía ó grupo de exaltados que se dispuñan a plantarlle lume á catedral coas beatas dentro, como eles mesmos dicían, pilladas as infelices das devotas no momento en que se celebraba unha novena para pedirlle ó Santo Cristo a conversión das persoas que estaban levando o país polo camiño do pecado. Subido no alto da fonte da Praza do Trigo, Antonio Salgado París conseguiu calmar a aqueles homes, moitos dos cales se lle arrepuxeron e mesmo o acusaron de sucumbir ás trampas do fascismo.

Por certo que deste pequeno grupo de descontentos saíron sen dúbida os dous traballadores da Fundición que uns días despois decidiron tomar a xustiza pola man. Presentáronse no Café Royalty a eso das cinco da tarde, cando máis xente había nas peñas do fondo. Mentres consumían con calma un par de copas de coñac no mostrador, estiveron observando o escenario. Ó lado dunha das fiestras, medio escondidos entre plantas, estaban os escritores e os poetas, entre eles don Vicente Risco e don Ramón Otero Pedrayo, ós cales consideraban boa xente, segundo confesaron meses máis tarde no xuízo, pero acompañados de Eugenito Montes, de quen dixeron que era un señorito pintamonas, amigo dalgúns dos pistoleiros da Brigada Amanecer, situados naquel momento uns metros máis alá, cerca da mesa de billar, facendo gracias a conta dos falares atiplados do camareiro Secundino Pedrosa, a quen lle chamaban "La Bella Dina". Esperaron a que chegase Anselmo Perille, do que sabían que viña sempre arredor desa hora. Cando o viron entrar, deixaron que tomase asento na mesa dos compañeiros e que lle servisen o café. Nese intre preciso empezaron a disparar.

Uns meses antes daquel suceso, un día de verán viu ela chegar a Antonio Salgado París desde a terraza do Café Moderno, onde eles estaban tomando un xelado, e invitárono a sentarse. Vestía unha chaqueta de punto de cor encarnada, cun pantalón gris de algodón e uns calcetíns da mesma cor. Ía peiteado con raia ó medio, o cal acentuaba o carácter case infantil e unha miga inocente do seu rostro, que dominaban uns ollos claros, de mirada líquida, nos que se transparentaba unha dozura bondadosa, á cal lle quitaba calquera dúbida que a puidese confundir con debilidade ou submisión, a firmeza angulosa do queixo e o poderío muscular do pescozo. Estaba contento porque marchaba a París e pensaba quedarse ata o final do outono, incluso parte do inverno se antes resolvía algúns problemas. Tiña un piso de dúas habitacións que ía compartir cun pintor polaco moi católico ó cal coñecera en Madrid na casa do seu tío Vicente. O polaco, pintor exclusivo de brétemas e néboas, que firmaba sempre cunha cruz grega debaixo do nome, estaba decidido a atraelo de novo á relixión e arrincáralle a promesa de que un domingo polo menos o ía acompañar a escoitar unha misa na igrexa do Sacre Coeur, moi cerca do apartamento.

Pouco despois de que Antonio Salgado París se sentase, empezaron a falar da noticia que dominaba aqueles días a vida da cidade: o novo bispo que acababa de chegar á diócese procedente de Valladolid. A preguntas dela, o seu amigo dixo que vira a procesión da entrada solemne desde a fiestra do despacho do seu pai e o bispo parecéralle un home tranquilo, de mirada cauta ou desconfiada, con aspecto de labrador. Por outra banda, escoitara dicir no concello que o novo prelado tiña o aspecto dun pándigo afeccionado á boa mesa, pouco amigo do latín e menos da teoloxía, e en ambientes próximos á xastrería eclesiástica de Bermello comentábase que ó novo bispo o nomearan para aquela diócese non tanto en mérito da súa piedade ou sabedoría, senón como pago a uns favores que había anos lle fixera ó señor Ministro de Gracia e Xustiza, de quen fora compañeiro de escola. Da índole dos favores só se sabía que gardaban relación cun asunto pouco claro, cando ambos eran aínda novos, no que houbera unha pistola polo medio e que estivera a punto de acabar diante dos tribunais, cousa que se evitara precisamente gracias a unha intervención afortunada do eclesiástico.

Cando aínda Antonio Salgado París non rematara o relato, que ambos escoitaran en silencio, el interrompeuno para dicirlle que aquelo que estaba contando carecía de calquera gracia, nin sequera a que lle podía dar o ton picante da salsa con que pretenderan aliñala no concello, referente ó aspecto físico do novo prelado, un home intelixente e culto, a pesar das aparencias, primeira autoridade española en cuestións de dereito canónico e experto coñecedor lingüístico das sagradas escrituras; que el tamén escoitara o conto relacionado co señor Ministro de Gracia e Xustiza, ampliado ademais con outros detalles máis concretos e saborosos que lle podía facilitar se tiña interese en escoitalos, pero que só persoas pouco escrupulosas respecto da dignidade e a honorabilidade dos demais, eran capaces de inventalas, crelas e divulgalas. Engadiu que o asunto da pistola era falso e que os favores a que se refería non tiñan nada de raros, pois non se trataba de outra cousa que de utilizar o prestixio da dignidade eclesial para evitar que unha pobre idiota da parroquia que entón rexentaba fose manipulada dunha maneira escandalosa por un rival político que pretendía acabar coa carreira do ministro. Nada máis.

Transcorridos uns segundos de silencio incómodo, Antonio Salgado París pediu disculpas e dixo que non tivera intención ningunha de molestar, que se limitara a reproducir o que escoitara no concello e na xastrería, pero sen ánimo de ofender, pois as diferencias que o puideran separar do señor bispo da diócese no plano da doutrina ou das crenzas non significaban de ningunha maneira que non lle merecese todo respecto, como calquera outro cidadán, nin máis nin menos. Despois dunhas frases explicativas por ambas partes, volveron falar os tres da próxima viaxe a Francia e mesmo riron cando o propio Antonio Salgado París, decidido a restaurar o clima de boa amizade que atopara ó sentarse cando chegou, dixo que pola mañá vira o xastre Varela imitando a un paxaro debaixo das palmeiras do Posío. Estaba agachado, cun pano branco posto na cabeza e coas mans colocadas en forma de buguina. A ela veulle á memoria o recordo da figura cómica do personaxe, con aquela cara de sapo que tanto medo lle inspiraba cando era nena e tiña que pasar por diante do taller de xastrería para subir á casa de Fernando Temes, na rúa de Santo Domingo. Aproveitou para contar como un día lle escoitou dicir desde o portal, cando pasaba, que tiña vintesete cualidades e que unha delas consistía precisamente na capacidade de imitar o canto de toda clase de paxaros.

A melancolía que lle producen os recordos de Antonio Salgado París non lle impide que aínda se ría agora ó recordar as historias do xastre Varela, non tanto pola gracia en si do personaxe, como pola reacción inconsciente que provoca nela a evocación duns instantes nos que o seu compañeiro de Instituto, por primeira vez en moitos anos, aparece vinculado coa alegría. É un riso que durante algún tempo consegue mantela distraída, cega por completo para todo canto sucede agora mesmo na casa de en fronte. Sen embargo, cando por segunda vez observa como Mariana, que leva toda a mañá sentada no sillón azul, deixa o periódico que estaba lendo e sae correndo do salón e se perde no interior do piso, ela ponse a mirar con máis atención, cos ollos fixos na fenda de luz que atravesa o corredor, proxectada sobre o roupeiro, e que procede da alcoba onde el está doente, atacado polo andacio de gripe que mantén na cama a moitos amigos e coñecidos desde que comezaron os fríos de xaneiro. Máis alá non consegue ver nada, a non ser pequenas sombras que se moven nese breve espacio rectangular que se contempla a través da porta.

IV

Logo vai facer dúas horas que está sentado no sillón azul cunha manta de cadros sobre as pernas e a cabeza caída cara a adiante. Ela non podería dicir se a postura que adoptou é consecuencia do cansazo que se lle percibe no rostro ou se o que sucede é que está dormido. Entrou no salón arredor das once, arrastrando os pés, collido do brazo de Mariana, cando o primeiro sol da mañá penetraba aínda sen vigor na habitación. Sentouse con dificultade, cun xesto de dor que o obrigou a efectuar os movementos con moita lentitude e que o deixou aliviado, pero tamén abatido, coa cabeza botada para atrás e as mans estendidas sobre os xeonllos. Durante uns poucos minutos non fixo outra cousa que respirar coa boca aberta, acompasado e profundo, como querendo recuperar as forzas que perdera no pequeno paseo que tivo que dar para trasladarse desde a alcoba ata o salón. Despois dixo algunhas palabras, espaciando as pausas, e a súa muller saíu un momento e volveu de seguida co aparato de radio, que enchufou detrás da estantería da dereita e deixou sobre a repisa onde está o bote coas plumas e os lapis. El acendeuno e escoitou algo, pero apagou de novo. Por último refugou con desagrado o almorzo que lle servía Mariana e adoptou xa a postura desmaiada que amosa agora.

Está como derrubado, co peito fundido nunha especie de arco que se pecha cara a adiante entre a cabeza e as pernas. Sen lentes, parece aínda máis delgado. O nariz, branco desde as cellas ata a punta, reflexa un brillo morto, coa excepción dunha especie de colorete encarnado na parte dereita, que se lle desparrama, igual que unha mancha de viño, por debaixo do ollo. Sen embargo, non se ve que teña a barba crecida e ademais leva o pelo arranxado. Botado no sillón, co batín marrón de la apretado contra o corpo, como se tivese frío, parece que non pesa máis de corenta ou cincuenta quilos. Vese ben nos ombreiros, que non son máis que un conxunto irregular de ósos e vultos, con dúas fochancas fondas e ben marcadas no arranque do pescozo. Posta no medio, a cabeza adquire unha proporción desmesurada, a pesar da delgadez do rostro e da forma descarnada e ensumida das meixelas. Por veces, como se lle molestase o peso da manta sobre a pel, retira dun golpe a que lle tapa os xeonllos e deixa ver as pernas, cubertas ata a metade por uns grosos calcetíns brancos sobre os que leva embutidos os pantalóns do pixama. Semellan uns paucińos sen carne, pouco máis que un par de canivelas do grosor do rabo dunha escoba, envoltas nunha pouca tea enrrugada.

A aparencia é de cansazo absoluto, tanto que hai menos de media hora chegou o administrador e el non se decatou da súa presencia. Viña con botas de montar, pantalóns de pana e sombreiro gris de cazador. Entrou no cuarto na punta dos pés, facendo aspaventos cara a Mariana, como se tivese medo a espertar ó amo, aínda que nin dando berros sería capaz de arrincalo do estado de postración no que se atopa. Esaxerando os xestos de precaución, o administrador sentouse na silla de coiro, ó pe da lámpada, e extraeu un polo vivo do capacho que levaba na man. Sabedor dos escrúpulos de Mariana, el mesmo se debeu ofrecer a matalo porque desapareceron os dous pola porta do fondo, viraron á esquerda, cara á cociña, e tardaron máis de quince minutos en volver. Ó regresaren ó salón, o administrador xa non se sentou, tirou un papel do peto interior da chaqueta, abriuno diante dela e estivo escribindo algo cun lapis, explicándolle talvez algunhas contas ou dándolle información. Logo gardou o lapis e fixo un xesto de confirmación do que dixera. Cando Mariana lle deu a entender que estaba de acordo, inclinouse cunha lixeira reverencia de despedida e dirixiuse andando na punta dos pés cara á porta do fondo.

A Mariana, o administrador sempre lle pareceu un home un pouco aloucado, pero inxenuo de corazón. Mesmo pensa que foi esa maneira de ser impulsiva a que o levou a meterse no lío de Celestino Cabezas, cando acompañou a este ata a fronteira e lle facilitou a fuxida precipitada cara a Portugal, despois de que as autoridades o declarasen prófugo e desertor. Naqueles días, se non fose polas xestións que a propia Mariana realizou por oficinas e despachos, valéndose do seu irmán, o comandante Eloi, o administrador tería pasado maiores apuros dos que pasou, pois había xente decidida a que se lle aplicase un castigo exemplar, tendo en conta os antecedentes, dun xeito especial os relacionados coa relixión. Desde entón, en agradecemento polos favores dispensados naquelas circunstancias, este home mantén coa señora, que é o tratamento respectuoso que sempre lle outorga cando se ten que dirixir a ela, unha relación cariñosa, o cal non impide que ela se sume ás veces ás censuras e as broncas do seu home, sobre todo cando se trata de asuntos motivados pola afección que sente polas mulleres.

Esta actitude comprensiva de Mariana non a comparte o seu home, que considera que máis que aloucado ou irresponsable, o administrador é un estúpido con cabeza de mosquito. Cando ocorreu o suceso no que se veu envolto por salvar a Celestino Cabezas, durante a guerra, el era da opinión de que Mariana estaba comprometendo a toda a familia por unha causa podre, pois se o vello empregado da casa acabase diante dun pelotón de fusilamento por aquel motivo, non sabería explicarse a si mesmo por que razón entregara a vida, da mesma maneira que un soldado borracho morre no asalto a unha trincheira sen saber que a euforia producida polo coñac o acabará convertendo nun heroe. Para un home que fixo da súa existencia unha pura actividade sen norte, atoparse de pronto coa boca de dez fusís apuntándolle ó peito non lle debía causar unha sorpresa maior que pasar unha tarde enteira seguindo o rastro dunha alimaña ou dun coello ou dunha bandada de perdices e acabar, sen propoñelo, nos brazos da primeira moza alegre que se lle presentase no camiño. Cobrar unha daquelas pezas ou rematar revolcándose cunha rústica por riba da herba ou nun palleiro eran actividades parecidas, ningunha delas con entidade dabondo para pasar da superficie da pel ata o fondo do cerebro.

Sen embargo, el tampouco debera ter moitos motivos para criticar con tanta dureza o administrador. Serviu a casa de Sabucedo sen reservas, a non ser polas saídas nocturnas e polas cazatas, que ás veces se prolongaban algúns días máis dos acordados. Morto o vello patrón, defendeu o patrimonio da gadoupa raposa dos paisanos, dispostos a mover marcos ó zorro polas noites, para que non se notase, ou a desviar regos, cando non a facer unha corta clandestina para lamberlles unha ducia de carballos. Polo que a el respecta, tivo a paciencia de interesalo na explotación dun capital que estaba practicamente abandonado. Amosoulle as propiedades unha por unha e explicoulle os litros de leite que podía dar unha vaca e o que eso podía significar en cartos á fin do ano. Mesmo houbo unha época na que conseguiu atraelo cara á aldea, aínda que fracasou no propósito de instalalo longas tempadas naquela casa. Desde o asalto ó pazo da Filgueira, cando os atracadores lle prenderon lume pola noite e mataron a don Aurelio diante dos criados, decidiu que en Sabucedo non pasaría máis que unhas poucas semanas no verán. Marchan el e Mariana para alá a primeiros de xullo e volven normalmente nos últimos días de agosto. Como ten comentado cos amigos, ese é o tempo que os seus oídos poden aturar, sen graves consecuencias para a saúde, a voz aguda do administrador, un grilo furón que se lle acaba instalando como un martirio dentro da cabeza.

Agora mesmo, esa voz afiada de navalla aínda se escoita na rúa, diante da casa. De pé onda a porta, o administrador fala con don Felipe Marquina, o señor de Sandiás, que quere saber se é certo, como se di, que na raia de Portugal, pola parte de Lobás, viron este ano o xabaril, desaparecido da comarca hai máis de vinte anos. Cóntalle o administrador que el andou por alí a semana pasada acompañado do cura de Faramontaos, ambos coa escopeta ó lombo e sete cans, pero que non viron nada que se parecese a un xabaril, a non ser o lobo, que a ese si o sorprenderon na fraga de Gudes, alancando por riba dunhas sebes. Di tamén que aquela non é terra de xabariles, que xa antes da guerra, cando el cazaba moito por aquela parte, nunca vira ningún, nin sequera no tempo en que os porcos bravos inzaban nos campos próximos de San Lourenzo, onde os paisanos daban batidas para evitar que lles arrasasen as plantacións de millo. Por último, botándose para atrás, o administrador mira a don Felipe con cara cómplice de pillabán e dille que un ollo tan fino coma o del, un dedo tan rápido e preciso co gatillo, non debía preocuparse pola enormidade basta do xabaril mentres quedasen no aire os corpos delgados e graciosos das perdices. Despois ri a gargalladas e o riso escóitase coma un ruído de pratos rotos en toda a rúa.

Nese intre, acorda el no sillón azul, e como se intuíse en soños unha presencia humana que non encontra ó abrir os ollos, mira cara á porta do salón e ponse en actitude de escoitar, coa cabeza erguida e a boca aberta. Entón chama un par de veces pola muller. Cando se atopa mal, chama constantemente a berros, se cadra irritado porque a febre non o deixa ler nin traballar e o obriga a permanecer pechado durante varios días na casa, sen poder asistir á misa nin á tertulia nin dar os paseos da tarde, antes de cear. Aínda que a febre non sexa moi elevada, extrema tanto as medidas para evitar enfriarse que converte a casa nun zafarrancho histérico de mantas, estufas e contras pechadas, con ordes constantes respecto do estado dunha porta, unha cortina ou o fío imperceptible de aire que poida penetrar a través de calquera fenda invisible das fiestras do salón. Sentado no sillón azul, pasa o día durmindo coma hoxe, co encargo de que cada catro horas o esperten para poñer o termómetro e tomar un remedio a base de leite, mel e coñac. Son prácticas que aprendeu na familia, transmitidas a través do avó Arturo, nas que cre firmemente, como o costume de lavar os ovos con auga quente antes de escachalos na tixola, para evitar unha infección por salmonela.

En situacións como esta, a postura encollida que adopta, dobrado sobre os xeonllos, transfórmao nun pequeno vulto humano encerrado en si mesmo, como se o mundo enteiro estivese concentrado nese montonciño de pel e ósos absolutamente insignificante. Nada existe entón máis alá dese horizonte trazado polos límites do propio corpo: nin Mariana, que parece unha presencia invisible para os seus ollos, nin o gato, que vai e vén por entre os libros e os papeis cunha liberdade que habitualmente nunca lle permite, nin o periódico, que non ousa follear, nin o seu artigo diario, que hoxe non vai ler. Soamente os ruídos que chegan da rúa o poden sacar por uns instantes dese apretado círculo que o rodea. Hai uns minutos foi a voz cortante do administrador falando diante da casa; antes aínda, os berros que se produciron cando se escoitou a sirena dunha ambulancia no momento en que chegaba ó Hospital cos accidentados no suceso ocorrido nunha droguería do barrio da Ponte esta mañá. Cando se producen eses ruídos, abre os ollos con expresión de asombro e pon o corpo nunha tensión que de novo o sitúa no mundo. Nesas circunstancias, o primeiro que fai é dirixirse a Mariana, quizais para preguntarlle que ocurre ou para pedirlle que lle prepare calquera cousa na cociña. Recuperada a normalidade e a calma, volve pecharse dentro de si.

Que a febre ou o malestar o illaban do mundo de arredor desta maneira que fai pensar nun home acurralado, comprobouno ela por primeira vez unha tarde fría dun inverno con moita neve, hai anos, cando foron á casa de Sabucedo para pasaren unhas horas sós, aproveitando que o administrador andaba de caza. Ela ía contenta, coa felicidade trotando no lugar do corazón, deseñando o debuxo alegre dun soño que estaba segura que se acabaría realizando uns minutos despois. Sentía bater na pel un pálpito producido polas alas de mil bolboretas xuntas e na parte baixa do ventre notaba un gozo vivo, igual que se levase unha pomba entre as pernas a punto de voar. A conciencia de que o corpo podía estralar de repente nun delirio de pracer que había tempo desexaba, non lle causaba inquedanza, senón alegría. Miraba para el e toda a atención se concentraba naqueles labios que pronunciaban palabras que ela non podía comprender porque estaba pensando noutra cousa. Tiña nos ollos a imaxe dunha carnosidade vermella e firme, de sandía, que turraba dela e a levaba a achegarse máis a el e sentir como os corpos se tocaban e se estremecían. Moitas veces imaxinara aquela escena que estaba vivindo e sorprendeuse de que a realidade fose tan exactamente igual ós soños e que estes se acabaran por cumprir.

Chegaron a Sabucedo mollados pola chuvia, unha batigada fría que lles caeu por riba coa mesma forza e intensidade que se lles botasen caldeiros de auga pola cabeza abaixo. El entrou na casa aterecido, facendo esforzos para evitar que os dentes batesen entre si e delatasen a febre que lle asomaba polos ollos e lle empezaba a rebentar nos labios e debaixo do nariz en forma de pequenas binchocas encarnadas. Foi á habitación do limoerio para coller unhas mantas, pechou as contras do salón, que quedou totalmente escuro, e pediulle a ela por favor se podía ir buscar unhas rachas ó alpendre para acender a cheminea. Despois, cando o lume medraba e se desbordaba por fóra do fogar, azurrado polo vento que descendía polo tiro, e a habitación se ía quentando, el tumbouse no sofá e pronto quedou dormido. Ela deu aínda unhas voltas polo cuarto, foi despois á cociña a buscar un vaso de auga e regresou andando na punta dos pés. Quedou un anaco mirando para o lume e logo botouse á beira del e pasoulle o brazo dereito por debaixo do pescozo. Apretada contra aquel corpo quente e sudoroso, non tardou tampouco en durmir.

Cando abriu os ollos unha hora máis tarde, el estaba aínda amodorrado á súa beira, pero esperto e coa cara menos acendida, como se a febre tivese baixado despois daquel breve descanso. Sen dicir nada, ela ergueuse dun salto e foi botar un par de rachas no pouco lume que restaba. Pola campá da cheminea entraba unha lufada de aire fresco que agradeceu, ata que se decatou de que non levaba a penas roupa e que o frío lle atravesaba as costas coma un cacho de cristal roto e que lle producía dolor no interior do nariz. Sentiu a vergonza de saber que cando dera a volta, ía aparecer case espida diante del, pero ó volverse atopouno mirando cara á parede, contemplando o retrato do avó Arturo que estaba por riba do piano, na dirección oposta a onde ela se atopaba. Quedou parada no medio do salón, entre sorprendida e desconcertada, contenta tamén por non ter que enfrontarse a unha situación que pensou lle podía resultar incómoda. Foi a primeira vez que tivo a impresión de atoparse completamente soa a pesar da presencia del, como se naquela habitación non houbese máis que un único ser humano rodeado de obxectos e de cousas, incluída ela.

Acordouse da noite aquela en Santiago, cando saíron da casa de Aurora Poch, despois de cear, e el turrou dela ata metela nun portal da rúa do Preguntoiro. Antes de que esa lembranza lle pasase como un cempés repugnante pola memoria, escoitou unha gargallada que a sacou de dentro de si e a levou a fixarse novamente nel, que seguía botado no sofá. Sen deixar de rir, dicía que naquela casa pasara unha semana don Antonio Cánovas del Castillo, o ilustre político da Restauración, invitado polo avó Arturo, e que alí mesmo, naquel salón onde eles se atopaban, roubara unha primeira edición do *Fray Gerundio de Campazas*. Sen tempo para manifestar a sorpresa que lle causara aquela afirmación inesperada, ela escoitoulle dicir a continuación que Cánovas tiña esa manía de roubar libros, incluso das bibliotecas públicas, e que por ese procedemento se fixera con algúns dos exemplares de mérito que aínda gardaba a súa familia. O desconcerto inicial que acababa de sentir transformouse de pronto nunha satisfacción que ela mesma non comprendía, pois seguíase percibindo como un obxecto máis do salón. A pesar daquela sensación, púxose a rir tamén e achegouse ata o sofá para sentarse á beira del.

Aínda hoxe non sabería explicar por que razón decidiu que a man dereita, que levaba disposta para unha caricia, a desviou cara á cómoda e se puxo a xogar sen querer co tirador do caixón. Foi como o sinal de que algo se acababa de romper, porque nese momento, el ergueuse e dirixiuse cara á chimenea, simulando que atizaba o lume. Non era máis que un xesto. Coas tenaces na man, repetía unha e outra vez os mesmos movementos inútiles, cambiando as brasas de sitio ou facendo pequenos montóns cos restos queimados. Era un comportamento que non se podía prolongar, pois pretendía pasar por normalidade o que non era máis que unha actitude de nerviosismo disimulado. Entón saíu do salón dicindo polo baixo algunhas palabras que ela non logrou comprender, pero que entendeu como unha forma confusa de manter a aparencia de que non sucedía nada. Ó volver, entrou asubiando e dirixiuse a unha das estanterías que estaban ó lado da cheminea. Dixo que levaba tempo detrás dun libro de Nietzsche que tiña que atoparse naquela parte da biblioteca, onde o deixara uns meses antes, e que non pensaba quedar tranquilo ata que o encontrase. Pero sen encontralo, achegouse de novo ata o lume, púxose a revolver entre os troncos e confesoulle a súa devoción polas chamas e os incendios, aínda que recoñecendo que non se consideraba un perverso, senón un enamorado da natureza desatada, algo que lle sucedía tamén cos vendavais e as tormentas.

Seguía falando coa mesma velocidade, saltando dun tema a outro cunha rapidez histérica que a ela lle pareceu que debía ter relación coa febre, pero que a desconcertaba e finalmente acabou por inducila a pensar que un comportamento tan excitado debía ter como fin algunha ocultación que ela non podía imaxinar. Aínda ben non rematara de contar a historia de Cánovas, apuntou co dedo cara a unha foto da avoa Amadora para dicirlle que lamentaba non tela coñecido a penas. Só recordaba algunhas imaxes borrosas do día en que soubo que quedara cega: cruzouse con ela no salón, viu que andaba ás atoutiñas e que se paraba apoiada no respaldo dun butacón e que se puña a chorar. A partir de entón comprendeu mellor algunhas frases ditas a media voz, acenos contidos e discretos do avó diante das persoas da familia e lágrimas furtivas da criada Tomasa, que ás veces repetía polo baixo a palabra señora entre saloucos. O resto eran lembranzas transmitidas en conversas ó longo de moitos anos, pero que de maneira inconsciente el fora incorporando á súa memoria ata confundilos con vivencias propias. Por exemplo, a historia de Silverio, a quen a avoa o axudara para poñer a tenda, e de quen el sabía, aínda que non estaba seguro de que fose un recordo persoal e directo, que o tal individuo lle regalara unha vez unha aceituna.

O sorriso involuntario que ela sentiu debuxado nos propios labios reflexouse de xeito simultáneo nos ollos del, que se alegraron de pronto e recuperaron a animación que empezaban a perder despois do tempo que ela levaba coa cabeza baixa, mirando en silencio para o lume. El seguiu falando da avoa Amadora. Nunca soubo por que andaba sempre vestida de negro, aínda que algo oíra unha vez, quizais os restos dunha conversa escoitada en secreto na infancia, non máis de dúas ou tres frases inconexas que co tempo lle serviron para ir reconstruíndo unha historia que os seus pais lle negaron o día que lles falou dela e que atribuíron a un soño da nenez ou a un delirio fantástico. E sen embargo, el estaba seguro de que unha noite, a través da porta entreaberta da habitación do cancelo, cando os maiores pensaban que estaba durmindo, escoitou á avoa falar daquel episodio, que relatou chorando mentres a nai del trataba de consolala dicindo que ela non se podía sentir culpable de nada. No salón falaban tan baixo que a el lle custaba entender ben o que dicían, tanto que acabou por adormecer, arrolado polo ruído xordo das voces que se sentían no fondo.

Foi entón cando ela descubriu a foto de Mariana. Estaba na biblioteca, na mesma parte onde el andara buscando había uns minutos o libro de Nietzsche. Non tiña marco e aparecía medio oculta detrás dunha taza xaponesa, colocada alí seguramente para amparar o retrato e evitar que caese ó chan. Era unha rapaza de dezasete ou dezaoito anos, vestida cunha saia acampanada, que polo enfoque elixido polo fotógrafo, situado uns chanzos máis abaixo na escaleira de pedra da Casa Grande do Miño, permitía ver uns xeonllos pequenos e graciosos, redondos coma melocotóns. Formaban parte da mesma anatomía adolescente que o resto do corpo, do cal se desprendía unha aura de inocencia que corroboraba de maneira terminante a alegría da boca. Sorría con franqueza, como quen pensa que esa é a única postura que se pode adoptar diante dunha cámara. Nin sequera o xesto de erguer a cabeza e adiantar o peito, que noutras circunstancias podería entenderse como pícaro ou coqueto, rebaixaba en absoluto o aire de candor que amosaba aquela rapaza. Para entón, el xa era consciente de que aquela fotografía estaba sendo contemplada por ela.

Deixou de falar da avoa Amadora e apoderouse del unha tranquilidade que se manifestou no repouso das mans, quietas por primeira vez desde que chegaran á casa, e na posición relaxada que adoptou no sillón, sentado coma un neno que está de visita e non quere parecer maleducado. Sen erguer a vista do lume, xogando co anel, dixo que aquela foto levaba alí varios anos. Fora tomada por el mesmo no patio da casa de Mariana tres días antes de que os médicos lles comunicaran o diagnóstico sombrizo que situaba a aquela mociña diante dun porvir incerto. Precisamente aquela mesma noite, unhas horas despois de que fose feita a fotografía, sufriu o primeiro mareo. Sucedeu na solaina, cando xa remataran a cea e empezaban a prepararse para a tertulia. Mariana acababa de situarse no sillón de sempre e estaba recollendo as pernas para sentarse sobre os pés, nunha postura que a súa nai lle reporchaba a veces con cariño, pero que ela mantiña porque lle resultaba cómoda, non sen axustar antes a saia cun lixeiro tirón para cubrir os xeonllos. Entón lanzou un laio agudo, levou as mans á cabeza e perdeu o sentido.

El e Mariana pasaran aquela mesma mañá na horta. Baixaran ata o río coa intención de dar un paseo na barca, pero ó final pensaron que era tarde e decidiron volver ata o merendeiro. Mariana dixo que se sentía feliz e que a felicidade consistía en pensar que estaba contenta e que ó día seguinte o estaría tamén. A calor era intensa, pero agradable polo airiño fresco que corría desde o alto, e o día brillaba cunha claridade inocente, dunha cor azul sen mácula. Desde a casa chegaban as voces das criadas que ultimaban na cociña os detalles do xantar, aquel cabrito dourado con patacas redondas e ensalada que tiña a virtude de espertar nela un apetito case sempre adormecido. Oíase tamén o ruído dos pratos e das potas, unha música que anticipaba a alegría da mesa, as bromas e as conversas. Como contaxiada polo gozo do ambiente, Mariana subiuse no alto dunha das pedras que delimitaban o camiño debaixo da parra e tratou de acadar os primeiros acios vermellos dun racimo que penduraba daquel lado, pegado a un dos postes de perpiaño do paseo. Co esforzo, ó ter que virar o corpo para tocar as uvas, perdeu pé e caeu. Durante o resto do día, el gardou vivo na cabeza o recordo dunha perna fermosa e morena, levemente tinguida de sangue na tibia, unha ferida que el mesmo lle vendou.

Pola tarde, Mariana botouse a descansar na hamaca que lle colocaran no balcón. A temperatura era máis espesa que pola mañá, sen o alivio da brisa que antes de comer baixaba do monte, e por detrás do Pico do Mediodía víase unha luminaria encarnada no ceo que anunciaba a calor do día seguinte. El estaba sentado nun sillón de respaldo alto, cun libro aberto nas mans que non conseguía ler, porque cada pouco púñase a contemplar aquel rostro delgado e branco, cos ollos fixos na cor dourada do pelo, consciente de que un pouco máis abaixo, a transparencia da blusa de seda permitía soñar cuns peitos redondos e tesos, imaxinados a través da abertura que se formaba debaixo do primeiro botón, voluntariamente solto a causa da calor. Tratando de alixeirar a presión da venda, Mariana, sen abrir os ollos, subiu a roupa ata deixar a perna descuberta, moveuse para atopar unha postura máis cómoda e seguiu adormecida como estaba. El mesmo lle confesou que nunca máis volvera evocar aquel momento con Mariana sen sentir dentro de si unha incomodidade vergonzosa, a sensación de sorprenderse a si mesmo espiando a alcoba dunha muller a través da pechadura.

Por eso, cando aquela mesma noite, despois do mareo, a trasladaron á habitación e el a viu botada sobre a cama, coas pernas descubertas ata a ingua, pechou os ollos e axudou a deitala sen mirar. A partir de entón, durante anos, Mariana converteuse nunha rapaza de aspecto lánguido, co sorriso triste das persoas que padecen sen sentir dores no corpo e se resignan a convivir coa incertidume. Dixo estas últimas palabras mirando para a fotografía que estaba no estante da biblioteca e logo, despois dun silencio que permitiu escoitar de novo o vendaval que naquel momento lanzaba trallazos de auga contra as ventás, falando para si pronunciou a palabra pobre, como compadecéndose dunha persoa desgraciada, a quen a vida non quixo tratar coa cativa xenerosidade dispensada á xente normal. A ela non lle gustou o sentimento que se desprendía daquela expresión e, sen saber por que, atopouse a si mesma dicindo que Mariana era moi guapa. Entón el púxose a describir aquel rostro da foto. Falou dos ollos, que eran claros; da transparencia da pel, coas veas marcadas na fronte sobre un fondo branco de neve; das orellas, pequeniñas e ben feitas, como se fosen de nena. Da boca dixo que lle parecía perfecta, nin grande nin pequena, gordiña, formando un corazón que debuxaban os labios no centro.

Ela non recorda máis detalles daquela tarde fría que pasaron en Sabucedo, a non ser que se sentía triste e que no camiño de volta foi calada todo o tempo e que el tampouco falaba. Víase a si mesma como a gata da súa nai, cando esta a invitaba a pasar ó salón polas noites, despois de cear, e cada vez que se lle subía ó colo, abría a porta e a deixaba caer desde o alto dos brazos sobre a alfombra do vestíbulo. Parecíalle unha crueldade innecesaria permitirlle gozar ó animal daqueles poucos minutos de felicidade para condenalo despois ó frío e á soidade que se sentían fóra da habitación. O caso é que aquela tarde, ó volver á cidade, ela pediulle que a levase á casa. Como aínda era cedo, el iniciou unha frase de protesta, pero quedou coas palabras a medio dicir cando viu os ollos que tiña diante, un par de vidros encarnados que o miraban con furia e lle enchían a cara de vergonza. No portal, cando ela se detivo para dicirlle adeus, el aínda fixo un ademán tímido de bicala, pero pronto soubo da inutilidade do esforzo. Contentouse con coller o camafeo que ela levaba pendurado do pescozo e achegar a caixiña ata os labios. Antes de que puidera rozala, ela fixo un movemento brusco e subiu os primeiros escalóns. Logo, detívose no descanso e quedou mirando para el, dubidou un intre, como se pensase baixar de novo ata o portal, pero deu media volta e subiu correndo ata desaparecer. Cando escoitou o seu nome desde abaixo, seguiu subindo sen facer caso.

Meses máis tarde, cando el estaba en Alemaña, na primeira carta que lle escribiu desde Berlín, díxolle que aquela noite se sentira humillado, non tanto pola actitude cortante dela, senón pola incapacidade para comprender a razón dunha conducta que lle parecía pouco nobre. Non lle gustaban aqueles silencios prolongados que confirmaban dunha maneira rotunda, por un lado, o que as palabras negaban formalmente por outro, pois cada vez que el facía a pregunta respecto do motivo dun enfado evidente, a resposta pretendía asegurar que non se debía a ningunha causa en concreto, que nin sequera se podía falar de irritación, senón tan só de cansazo. Na mesma carta falábaballe da hipocrisía, un defecto que detestaba, máis certo como característica moral da sociedade na que vivían, que a envexa, tantas veces citada como vicio nacional. Polo contexto no que empregaba aquel vocábulo, ela non sabía se o utilizaba como reproche, relacionado co que viña dicindo respecto do incomodo daquel día, ou máis ben se trataba dun preámbulo para o que ía escribir despois, sobre todo as palabras que lle ía dedicar a Gerda, a compañeira de doutoramento a quen acababa de coñecer.

O reproche aparecía de paso, ó comentar unha velada na casa do profesor Brüning, xefe do departamento, durante a cal, a muller deste último non deixara de facer observacións irónicas sobre o traballo do seu home. No resto da carta, pasadas as follas destinadas a expoñer as súas queixas, dedicaba máis tempo a describir as reunións do seminario de Historia e Antropoloxía e contarlle como eran os compañeiros de departamento que a preguntarlle a ela como se atopaba. Foi tamén a primeira vez que lle falou de Gerda, a rapaza de Dresde que preparaba unha tese sobre as relacións entre Voltaire e Frederico o Grande. Pintoulla como unha moza lista con ideas antediluvianas, especialmente en materia de sexo, un exemplo claro da regresión biolóxica que se estaba a producir en Europa, onde había médicos, como o da citada señorita, que recomendaban a perda da virxindade como terapia para curar determinados estados de ánimo próximos á depresión ou a melancolía. A el, toda aquela retórica estúpida parecíalle unha maneira interesada e torpe de gozar do pracer da carne sen pagar as contrapartidas que esixen o respecto ós demais e o verdadeiro amor que, para ser auténtico, tiña que estar sempre baseado na renuncia e no sacrificio. Pese a todo, a rapaza que defendía aquelas ideas reprobables era sincera, non hipócrita.

Estas últimas palabras producíronlle a ela un acalorado rubor nas meixelas. Viuse de pronto con el na habitación do Hotel Embaixador, na Coruña, unha tarde de xuño do ano anterior, pouco despois de rematar o curso. O pracer que lle producira sempre a evocación daquelas horas felices, que ela imaxinaba envoltas nunha luz transparente de cor laranxa, converteuse nunha estampa escura e fea. Por primeira vez tivo a idea de que aquel punto de luz que a el lle saía do fondo dos ollos cando se incomodaba era da mesma natureza que a viscosidade branca e mol dunha ostra, e que a boca de ra, estreita e grande, non era máis que unha fenda aberta na cara e rodeada por un reborde grimoso de carne. Mantivo estes pensamentos na cabeza mentres realizaba esforzos para rebaixar a calor que lle abrasaba a cara e fíxose a si mesma a promesa de non responder a aquela carta. Non durou moito o propósito. Mirou para a foto del que tiña por riba da mesiña de noite e pensou que, a pesar de todo, no fondo daqueles ollos cegatos había unha faísca de luz que a ela lle iluminaba o fondo máis escuro do corazón. Entón colleu a pluma e púxose a escribir. Encabezou a carta cun saúdo cariñoso que borrou tres veces e que mantivo ó final.

As cartas del que lle chegaron de Berlín nos meses que seguiron limitábanse a facer descricións da vida nunha cidade que lle gustaba cada vez máis, ó revés do que lle sucedía coas persoas, que lle gustaban cada vez menos. En xeral, os berlineses parecíanlle uns tipos superficiais, dotados da seguridade dos idiotas, convencidos de vivir na fronteira da civilización, que el describía como o imperio da norma e a república da obediencia, derivacións bastardas e menores do nobre espírito prusiano. Paseando por un bosque próximo a Wannsee, nas inmediacións do lugar onde se suicidara o poeta Von Kleist coa súa amante, descubrira un letreiro que avisaba do perigo de tropezar nas pedras, e nos lavabos do Café Kranz había un rótulo que contiña, perfectamente situado debaixo da chave da luz, a palabra "luz": o sentido da orde e da norma convertidos en trivialidade. Aínda que a capital alemana lle parecía moi fermosa, prefería mil veces o provincianismo espontáneo da súa cidade natal, o toque da campá da igrexa das ánimas ou o berro do sereno polas noites acudindo á chamada dalgunha alma perdida, que o cosmopolitismo burgués da Kurfürstendamm, centro neurálxico dunha civilización decadente que deixara de crer en Deus.

Unha mañá, despois dunha visita ó Zoo, sentárase a tomar un refrixerio na terraza do Café Kranz, abarrotada de xente. Á súa beira, na mesa contigua, un home corpulento, aínda novo, de voz gorda, entretiña contando chistes a dúas mozas elegantes que rían sen recato as gracias dunha conversa que a el lle pareceu obscena e vulgar. Dicía o señor aquel que todas as mulleres eran conscientes de que se sentaban sobre un banco de negocios, tal era o potencial económico das súas cachas, mentres que os homes pensaban que nos bancos non había máis que diñeiro. A risotada que o mesmo individuo soltou despois de dicir aquela frase, fixo que el o observara aínda con máis atención. Era un tipo de cara ancha e colorada, fronte estreita e boca de lagarto, cos labios redondos e grosos coma tomates maduros. Ó rir, amparaba a barriga cunhas mans pequenas e gordechas, nunha das cales lucía tres aneis de ouro axustados contra a carne, que lle rebordaba polos lados nunha forma que lle transformaba os dedos en chourizos. A visión daquel individuo pareceulle o símbolo perfecto dun país dominado pola brutalidade e a prepotencia do diñeiro, no que persoas como o profesor Brüning, encerradas nunha campá de cristal, empezaban a converterse en monos de circo, os mesmos animais raros que acababa de ver no Zoo aquela mesma mañá, a poucos metros do lugar no que se atopaba.

Do profesor Brüning dicía nas cartas que era un home de espírito, destinado polo tanto ó sufrimento. Comparado con aquel touro bravo da terraza do Café Kranz, debía considerarse pobre. Vestía coa modestia e a discreción dun sabio e falaba coa precisión de quen pasou unha vida enteira botando luz sobre a realidade do mundo para comprendelo. Sempre que o acompañaba polas noites desde o edificio da Universidade ata a casa, ó baixar do metro, camiñaban durante un cuarto de hora e pasaban por diante dos cafés máis elegantes da cidade, que a aquelas horas estaban cheos dunha multitude de xente voraz consumindo pratos de comida, bebendo cervexas e licores sen moderación e falando a berros, coas conversas convertidas nun ruxido selvático. Naquel marco ruidoso e festivo, o profesor Brüning tiña o aspecto dun ser anacrónico, coma o rinoceronte do Zoo, illado do resto dos animais por un foxo de terra. O traxe gris mal planchado e o sombreiro vello de feltro que levaba calado ata as cellas, como se non quixese ver o espectáculo que o rodeaba, dábanlle o aire dun tipo de outro tempo, o supervivente dunha época desaparecida ou o náufrago salvado dunha catástrofe.

En ningunha das cartas que lle chegaron nos tres meses seguintes había alusións persoais. Empezaban todas cun simple "hola" e remataban tamén todas coa mesma fórmula de despedida: "Acórdome de ti". Despois, comentarios sobre as actividades na Universidade, descricións dos lugares visitados nas excursións que facía os domingos cos compañeiros de departamento, incluída Gerda, ou análises detalladas sobre as características e maneira de ser dos alemáns, aqueles carneiros felices, que detestaba. Nunca correspondeu el ás expresións de afecto que ó principio recibía e que moi pronto ela substituíu tamén por un montón de frases neutras nas que lle contaba que a súa irmá Herminia cravara unha punta nun pé ou que na festa da Asunción un ferreiro do barrio sufrira un accidente ó manipular un foguete. O que nunca puido disimular foron as ganas de escribirlle. Con frecuencia non agardaba a resposta del e valíase de calquera pretexto, desde unha noticia nos periódicos ata o máis insignificante suceso local, para remitirlle unha carta longa, refreando sempre, eso si, os impulsos de falarlle de si mesma ou de referirse a ambos os dous. Esperaba as cartas del con impaciencia e sentía unha rabia que a enfurecía cada vez que chegaba da facultade e o carteiro xa pasara pola rúa sen deixar nada para ela.

A primeira vez que lle falou de Gerda, á parte das consideracións que lle fixera sobre o seu médico e a virxindade, contoulle tamén que se trataba dunha compañeira de seminario moi intelixente, unha miga rara e bastante estrafalaria. Pola descrición física que lle fixo dela, con referencias precisas á gordura das pernas, a anchura dos ombros e os coloretes da cara, non lle custaba imaxinar a unha moza de boa saúde, forte e ben alimentada, quizais unha filla de campesiños estudiosa, decidida a fuxir da aldea para non ter que munguir as vacas nin mazar o leite ou apañar patacas. Pensou que se podía parecer a Carolina, a filla do administrador de Sabucedo, que bebía o leite polo canado antes de fervelo e que xogaba á billarda cos rapaces e que cando se meteu monxa e volvía de vacacións a ver o pai, a gracia branca da touca que lle enmarcaba o rostro acrecentaba aínda máis a cor sonrosada da pel e o aspecto de mazá que tiñan as súas meixelas. Falándolle dela, pouco antes de que a metesen no convento, dixéralle el nunha ocasión que aquela moza era natureza en estado puro, simple bioloxía desatada, onde a conciencia do pecado quedaba sempre a moita distancia do corpo e as súas miserias. Máis ou menos o equivalente do que Gerda podía pensar da virxindade, aquela rapaza a quen unha tarde, paseando con ela polo Tiergarten, el lle criticara as ideas que profesaba sobre o sexo. Sen responderlle, Gerda botouse a rir e sinaloulle co dedo a dous coellos que se estaban emparellando debaixo dunha árbore, medio escondidos entre a herba.

Aquela imaxe de Gerda rindo no Tiergarten tívoa ela na cabeza durante varios días, máis nidia polas noites, cando se metía na cama e tardaba horas en durmir. Imaxinouna na excursión a Potsdam, subida no alto do pedestal dunha das figuras de Mercurio nos xardíns de Sanssouci, abrazada á estatua e facendo un guiño. Podía ver os ollos pícaros da rapaza alemana mentres camiñaban e realizaba comentarios sobre a talla xigantesca dos soldados de Frederico o Grande, enviados como obsequio polos seus colegas europeos, que sabían dos gustos do rei prusiano. Tampouco lle costaba escoitar dos seus labios grosos palabras non santas nin adiviñar o significado do verbo "ficken", que ela empregara naquel paseo polo Tiergarten e que el se negaba a traducir na mesma carta na que lle contaba a historia dos coellos. Non conseguía penetrar, en cambio, na escuridade dalgunhas frases que se referían a aquela moza, a quen ela, a través das cartas, situaba vagamente nunha pensión próxima ó Zoo, na casa dunha tal señora Hornberg, que vivía rodeada de gatos e paxaros. Ás veces facía esforzos por comprender aquelas frases e víao a el sentado nunha silla no interior dun pequeno cuarto pintado de cor amarela, mentres Gerda, deitada sobre a cama, coas mans colocadas detrás da cabeza, sen perder o sorriso, trataba de explicarlle con paciencia como debía poñer os labios para pronunciar correctamente a palabra "Kulturgeschichte", sen que o profesor Brüning o corrixise unha vez máis. Aquelas imaxes de Gerda que ela ía construíndo na cabeza a partir das cartas del, un día acabou descubrindo con agrado que non lle digustaban.

A última vez que el lle falou da rapaza alemana foi para dicirlle que se parecía a ela. Cando aínda estaba lendo a carta, botouse a rir. Despois, no caderno de Química, en vez de estudiar, púxose a pintar unha moza das características físicas que imaxinaba debía ter a tal Gerda. Cada figura que deseñaba, íalle pintando as pernas máis gordas e os coloretes da cara máis marcados. Finalmente, pintou a unha mozota forte e grande, pero guapa. Ó rematar, foi ata o espello do armario, subiu a saia e púxose a observar as pernas. Pareceulle que as tiña un pouco grosas nos nocellos. Pasoulle pola cabeza a tentación de medilas cunha cinta métrica, pero ela mesma se riu do disparate e volveuse sentar para seguir traballando. O que fixo entón foi pintalo tamén a el. Debuxou dous círculos cun puntiño no medio e medio, que representaban os lentes e os ollos e, a partir deles, empezou a trazar raias cara arriba e abaixo, ata lograr un rostro que tiña un certo parecido co orixinal. Somentes a boca non acababa de reflexar aquel xesto distante, por veces irónico, por veces amargo, que lle convertía esa parte da cara nun enigma, sobre todo cando sorría sen ganas e se vía claramente que non había concordancia entre o que os labios amosaban e o que parecía deducirse daquel punto brillante e vermello da mirada.

Estábao vendo o día que regresou de Alemaña, de pé no medio do recibidor, facendo esforzos para controlar aquel movemento involuntario da boca. Chegara sen aviso, máis de quince días antes do que tiña anunciado. Unha tarde, cando ela se atopaba repasando uns apuntes de Botánica na habitación, petaron na porta de abaixo e de seguida escoitou á criada falando con alguén no recibidor. Pola satisfacción ruidosa que se percibía no ton das voces, pensou que podía ser Servando Valencia, sempre tan alegre, pero un par de palabras escoitadas con claridade, ambas referidas a ela, indicáronlle que el estaba alí. A sorpresa produciulle unha espesura enredada nos pensamentos e na memoria, de xeito que non conseguía saber se aquel momento que estaba vivindo xa o vivira outras veces no pasado ou se a viaxe que el fixera a Berlín aínda non se producira. Un picor intenso no nariz, seguido de ganas de chorar, púxoa ante a evidencia de que el agardaba no vestíbulo e que se ían encontrar inmediatamente, cando a criada chegara co recado. Pensou en baixar correndo, pero reprimiu o impulso incontrolado e foise cara á fiestra a esperar que a avisaran. Despois baixou a modiño, impoñéndose a vontade de sentir un por un o ritmo lento dos pasos pisando nas escaleiras. No último momento, xa en presencia del, pensou que había algo que traizoaba aquela falsa serenidade que se esforzaba en aparentar. Era a calor que levaba nas meixelas.

El estaba de pé no medio do recibidor, cun sombreiro tirolés na man e o bastón debaixo do brazo. Achegouse cara a ela e colleulle a man dereita para bicarlla. Logo aproximouse aínda un pouco máis e agarrouna polos cóbados. Estiveron pegados un ó outro, coa respiración ansiosa e afogada, ata que se escoitaron pasos no salón e ela, desprendéndose dun abrazo que empezaba a debilitar a firmeza do corpo, dixo que desde a súa habitación se sentía un cheiro fantástico, o recendo inconfundible que subía desde a cociña cando estaban facendo chulas de leite, o seu postre predilecto. Non sabía ben que dicir, pero prefería falar de calquera cousa antes que prolongar aquel silencio que se producira despois do encontro e que os mantiña ós dous cada vez máis apretados, cunha intensidade vermella florecéndolles no rostro. Preguntoulle pola viaxe, se pasara moita calor no tren, e a qué hora chegara. Aínda que el lle contestou con detalle ás dúas preguntas, ela non escoitou as respostas, en parte porque estaba pensando que non se peiteara antes de baixar e que debía ofrecer unha imaxe demasiado doméstica, a mesma que ela tantas veces tiña observado con desagrado nalgunhas compañeiras. Entón tivo o impulso de botarse a correr polas escaleiras arriba, pero antes de que se lle ocorrese calquera disculpa para facelo, el díxolle que se arranxara, se quería, e que podían saír dar unha volta.

Atravesaron a praza do Obradoiro e subiron cara ás Praterías. El foi encamiñando os pasos cara á catedral, pero ó decatarse de que estaba pechada, baixaron pola Rúa do Vilar e seguiron andando ata o Café Español. Alí, sentados nunha das mesas do ventanal que daba á rúa, cando o camareiro lles acababa de servir té con pastas, el dixo que se sentía feliz de estar de novo con ela. Díxollo cunha voz branda, que a ela lle pareceu de froita, e foi tanta a felicidade que se lle estendeu pola pel como un enxame de animais minúsculos facéndolle cóxegas, que non puido evitar o movemento de alongar a man dereita e pasarlla lentamente pola meixela. Un brillo de auga transformou os ollos del nunha mancha borrosa de cor azulada, no fondo da cal ela creu descubrir unha acumulación desordenada de sentimentos. Pensaba que el a quería, pero que nalgún lugar recóndito do pensamento daquel home había un buraco escuro que retiña no seu interior unha parte da ledicia que lles correspondía a ambos os dous e que nunca conseguían compartir dunha maneira plena, como sucedía naquel intre. Preferiu pensar que aquelas bágoas, nas que había algo máis que emoción polo reencontro, eran a primeira manifestación dunha nostalxia que acababa de empezar. Por eso lle pediu que lle falara de Berlín.

Repetiu cousas que xa lle tiña contado nas cartas, pero estendéndose na explicación miúda dos detalles. Do profesor Brüning díxolle que, pechado na súa casa de vacacións de Wannsee, á beira do lago, levaba meses dedicado á cría de galiñas e coellos, desentendido en parte dos estudios de antropoloxía, convencido de que os seus compatriotas, de costas ós valores esenciais da nación, deixaran de interesarlle. Entre o tendeiro do barrio, o señor Bauer, un lambonciño sen alma, preocupado unicamente polo monto diario da caixa do negocio, e un daqueles bichiños que o profesor coidaba con amor nun recuncho coutado do xardín, a única diferencia era unha pura cuestión fonética, non exactamente lingüística. O tendeiro podía comunicarse de forma verbal cos seus semellantes, dicir bos días, atender pedidos, incluso facer algunhas bromas e alardes de enxeño, pero nada que traspasase ese nivel instrumental das palabras, que manexaba cunha destreza similar a que podía empregar co machete cando cortaba un quilo de costeletas para un cliente. Cuestións como o porvir da patria, a recuperación do sentido da vida ou a restauración da vella cultura campesiña eran tan alleas ó seu pensamento como o podía ser a idea da liberdade para un daqueles cazapos que daban brincos por entre as herbas e as azaleas do xardín.

Rindo, ela preguntoulle se viña tamén disposto a dedicarse á cría de coellos. El respondeu que no seu propio país nin esa actividade bucólica estaba permitida, pois o señor Braulio, o tendeiro da esquina do Parque, preto da casa, ademais de ser tan bruto coma o veciño do profesor Brüning, por riba roubaba no peso e limpaba os mocos coa man. Entre a barbarie de alá e a de acá, había a mesma diferencia que pode haber entre un banqueiro alemán que matina nos negocios mentres asiste a un concerto con música de Mozart e o seu homónimo español, que só chora de emoción cando escoita unha banda de música que interpreta *O sitio de Zaragoza.* Engadiu que máis que á cría do coello ou ás galiñas, o que procedía era dedicarse a criar manadas de lobos. Dixo estas últimas palabras non coa voz de froita con que lle falara había uns instantes, senón cun ruído da gorxa que se parecía moito ó golpe de martelo que empregan os matarifes cando baten contra a cabeza dos becerros no matadoiro. Ela observou entón que na boca del se debuxaba, agora máis dramaticamente preciso, aquel movemento incontrolado que ela sentiu que lle despracía máis que nunca.

Ese xesto da boca desaparece cando dorme, como agora. Entón, cos músculos da cara relaxados, recobra o aspecto sereno do primeiro día que saíu con ela. Son os únicos instantes en que o rostro enteiro está en perfecta harmonía consigo mesmo, sen esa oposición que se produce entre a suavidade azul dos ollos, dominados por unha chispa intelixente de luz, ás veces inquietante, e a dureza pálida dos labios, da mesma textura de mármore que a brancura amarela e ríxida dun cadáver. Só nunha ocasión o viu liberado daquela contradicción, aquel día en Sabucedo, a última vez que estiveron xuntos, cando na horta lle contou a conversa que acababa de ter con Mariana. Ela tivo a evidencia de que por primeira vez desde que o coñecía, entre os ollos e a boca non había distorsión algunha: a mirada era doce e tranquila e os labios non tiñan a finura apretada de antes, como se nuns poucos minutos engordaran e adquiriran unha cor intensa e vermella, case radiante. Foi o xesto del que máis lle custou olvidar, aquela harmonía da que ela non gozara nunca, a non ser nos primeiros días, cando se coñeceron e que ó pouco tempo, ó volver con Mariana, se converteu nun sorriso aberto e limpo. Mesmo hoxe, ó recordalo, non consegue liberarse da furia que naquel momento se apoderou dela.

A primeira vez que o viu despois daquela conversa sobre Mariana foi na terraza do Café Moderno, durante o verán. Estaba só, lendo o periódico, alleo ó que sucedía arredor del. Ía vestido cun chaleque gris de punto e pantalóns brancos, perfectamente planchados, coa raia dereita e impecable. Un limpabotas dáballe lustre ós zapatos. Ela pasaba falando con Ana Montenegro pola beira do outro lado, entretida coa conversa da súa amiga e curiosa por saber que pasara coa historia que aquela lle estaba contando do pesado que a sacara a bailar a véspera pola noite, no baile do Liceo. De pronto Ana deixou de falar e deulle un golpiño disimulado coa man no cóbado para advertila de algo e despois, cun simple aceno, sinaloulle de maneira inequívoca a presencia del. Non mirou máis que un segundo para a terraza, pero a primeira impresión que lle entrou polos ollos foi a expresión feliz da boca, a mesma que tiña aquela tarde en Sabucedo, a última vez que falaron. A partir de entón, sempre que o volveu ver, a expresión nunca cambiou.

Así ata o día do xuízo de Antonio Salgado París. Cando o observou ó regresar do estrado, pareceulle que a boca era de novo a mesma que ela coñecera, estreita e afiada, con aquela enrruga na parte dereita que a veces lle producía, cando estaba nervioso, os tremores no labio que a el tanto lle desagradaban.

Aquela mañá, os tremores foron un martirio. De cando en vez, en canto agardaba a ser chamado a declarar, tiraba o pano do peto dereito da chaqueta e levábao ata o nariz, non para limparse, senón para disimular aquel movemento involuntario. O xesto chegou a ser tan continuado que un dos membros do tribunal, un oficial grande, de bigotes de foca, que pasara o tempo da vista distraído en debuxar garabatos nunha libreta, ergueuse a falar con el, probablemente para preguntarlle se non se atopaba ben. Ela viuno desculparse con aqueles ademáns excesivamente amables que empregaba ás veces diante de persoas que lle impuñan respecto pola súa presencia física, como sen dúbida debía ser o caso. Incorporouse na silla sen acabar de poñerse de pé e mantívose enguruñado sobre si mesmo, coa cabeza revirada cara ó militar, que o empurraba coa man no ombro esquerdo para que permanecese sentado. Se non fose porque naquel momento ela estaba chorando, convencida de que a condena de Antonio Salgado París era inevitable, tería deixado escapar un sorriso: posto naquela situación diante do oficial, tiña o aspecto dun moucho ou unha curuxa asustada.

Agora mesmo, segue durmindo, sentado no sillón azul coa manta de cadros tapándolle as pernas. Non é nada, a penas un exiguo montonciño de carne do que emerxe unha cabeza grande e abatida, como se o pescozo fora de trapo e non tivese forza de abondo para sostela. Sen embargo, por ese home que ten aí diante, a poucos metros da ventá desde a cal o está observando, ela soubo que levaba dentro de si mesma sentimentos poderosos como os que aniñaban nos corazóns dos deuses. Bastou que el lle dixera un día, paseando á beira do Miño, pouco despois da volta de Berlín, que pasase o que pasase entre eles os dous, Mariana sería tamén un recordo imborrable na vida del, para que ela empezase a experimentar un conxunto de sensacións enguedelladas, mesmo como se no medio e medio do peito lle nacera un niño de cobras. E cando el lle confesou unha vez máis o seu amor, pero lle dixo que a Mariana a tería sempre tamén como a unha irmá preferida, un demo negro e noxento se lle puxo a dar saltos dentro da cabeza: estaba disposta a compartir con el esta última relación, pois intuía que se trataba dun lazo máis forte que aquel que o ataba a ela.

Neste momento, Mariana está calcetando. Calceta con rapidez, parándose ós poucos para contar os puntos que debe minguar cada cinco voltas. Ás veces fai unha pausa no traballo e érguese para poñerlle a man na fronte ó seu home e comprobar se aínda ten algo de febre. Hoxe sería imposible recoñecer nesta muller gorda e desgreñada a delicada figura adolescente daquela mociña que el tiña evocado para ela aquela tarde, paseando á beira do río, en Santiago, hai anos. Vai vestida cunha bata rosa sen cinguidoiro que deixa ver por debaixo un camisón branco e longo, bordado no escote cunhas pequenas flores de cor encarnada. O camisón, que noutra época debeu ser como unha túnica frouxa e solta, agora está estreitamente pegado á carne e marca con precisión uns peitiños pequenos, absolutamente desproporcionados coa gordura do resto do corpo. Na fronte xa non quedan os sulcos azuis das veas, e o rostro, noutrora esbrancuzado, é hoxe unha turxencia sonrosada, cun par de coloretes marcados en cada lado, xustamente debaixo de cada ollo.

V

Hai máis de dez minutos que está sentado no sillón azul, sostendo na man dereita a folla amarela que a súa muller non lle entregou o outro día, cando aínda se atopaba na cama. Leuna xa varias veces, sempre co mesmo xesto ríxido, coas mandíbulas apretadas e o corpo encollido, como se sentise frío. É un papel escrito a máquina, encabezado por un debuxo borroso que representa a cara dun home sorrindo e o canón dun fusil. Nel fálase do asalto ó cuartel de San Francisco e de como os individuos que partiparon nel se viron envoltos casualmente no suceso, pois a súa intención non era tomar aquela instalación militar, senón abrir o cerco que lles tendera a Garda Civil cando baixaban á cidade e foron sorprendidos nun monte da parroquia de Velle. Na folla acúsase ó gobernador civil de entrar borracho nos calabozos pola noite, cando volve de farra cos amigos e se dedica con eles e os policías de garda a bater nos presos e a xogar á ruleta rusa apuntándolles cun revólver á cabeza. Despois de ler o papel unha vez máis, déixao sobre a camilla e acende un pito. Logo ponse de pé e camiña ata a fiestra, mira para a rúa e queda quieto naquela posición, cos ollos perdidos no aire e a fronte enrugada polo fume que sube do cigarro.

De aquí a pouco, como cada mañá, entrará no salón a súa muller, que vai retirar a bandexa do almorzo, non sen mostrar antes a súa sorpresa porque as tostadas seguen intactas no pequeno prato de cristal e porque o café a penas recibiu un par de sorbos, xustamente os que lle deu antes de iniciar a lectura do papel que agora descansa por riba da mesa. Probablemente non se vai decatar da preocupación del, tan sorprendida como está porque non probou bocado. Seguro que lle acabará preguntando se lle sucede algo, se aínda non se repuxo da gripe que pasou nos últimos días ou se quere que avise ó médico para que lle receite algunha vitamina ou lle dea algún remedio para espertarlle de novo o apetito. Se Mariana coñecera ó seu home mellor do que o coñece, evitaría dirixirse a el en situacións como esta. A reacción é sempre igual. Primeiro dá unha volta arredor do salón sen dicir nada, pasa despois por diante dela, que o contempla coa cara desconcertada de quen non comprende onde está a culpa que cometeu para que a traten dun xeito tan desconsiderado, e finalmente sinálalle o camiño para que se vaia. Cando sae coa bandexa na man en dirección á cociña, el pecha a porta.

O resto da mañá vai estar só, desentendido de todo canto suceda fóra do salón. Nin sequera vai permitir a presencia do gato, que acabará durmindo no peitoril da ventá da cociña, uns metros máis alá. Despois de pechar a porta de golpe, dá un par de voltas pola habitación e logo detense diante da fiestra mirando para a rúa, como agora, consumindo un pito detrás de outro e movendo o corpo de lado a lado. Logo séntase de novo no sillón azul, coa cabeza apoiada na man dereita e as pernas cruzadas, case enroladas unha na delgadez esmirriada da outra. Nesa postura pode pasar varias horas, case sen moverse, coa man esquerda metida entre as coxas. Só despois de xantar irá saíndo pouco a pouco desa especie de apatía que se apodera del cando se sinte triste ou contrariado. Ó chegar ese momento, despois de tomar a primeira taza de café, desdobra o periódico e pasa as follas, sen deterse en ningunha delas. A continuación érguese e coloca dous ou tres libros nas estanterías, cambia de sitio algunha das figuras de porcelana e as miniaturas con que adorna a biblioteca e finalmente volve sentarse no sillón. É entón cando colle o xornal de novo e se pon a lelo con calma.

Agora mesmo, parado diante da fiestra, con ese xesto de sorpresa que ela lle coñece tan ben e que non é máis que a consecuencia da miopía que transforma nunha difusa mancha esvaída todo canto sucede catro metros máis alá dos seus ollos, aproveita para observalo con atención. Decátase de que perdeu bastante peso nos últimos días. O colo da camisa deixa arredor do pescozo un espacio baleiro de dous dedos de ancho que a frouxidade da pel non consegue encher e a chaqueta gris de punto que leva posta cáelle como unha saia arredor da cintura, unha delgadez escorreita, incapaz de reter o escaso diámetro do elástico sobre o saínte dos cadrís. As olleiras, aínda disimuladas polo espesor dos lentes, están máis pronunciadas que outros días e a enruga da boca aparece hoxe profundamente marcada. Os pómulos, sempre avultados, acentúan os ángulos da cara e fórmanlle como dúas fochancas redondas en cada unha das meixelas. Son signos claros de cansazo ou quizais o resultado das preocupacións que o asaltan desde hai días, perfectamente reflexadas nos tres últimos artigos publicados no periódico.

No primeiro deles falaba do profesor Brüning, agora trasladado a unha vila do Báltico, preto do balneario de Warnemünde. Dicía que se imaxinaba a si mesmo paseando co seu mestre pola praia, baixo o ceo cincento do atardecer, bañado pola claridade grisallenta dunha luz melancólica que non admitía comparación con ningunha outra no mundo e que invitaba a pensar. Naquela parte septentrional de Europa, en presencia da furia destructora das máquinas de guerra que sulcaban o aire, o profesor Brüning observaba con aprensión e impotencia como se estaba decidindo unha vez máis o futuro do seu país, o destino de todos. Había pouco, unha tarde que se atopaba traballando no xardín, viu como sobre a vertical do ceo, só a uns centos de metros de altura, dous avións se confrontaban como monstros nunha loita a morte sen piedade. O ruído dos motores compuña unha música monótona, pero dunha grandiosidade heroica, e os círculos e as curvas que trazaban un en busca do outro tiñan unha beleza impoñente e tráxica, pero dunha elegancia fráxil. O dramatismo non estaba, polo tanto, no espectáculo, senón na cabeza de quen observaba desde abaixo. O profesor Brüning pensaba que ningún dos dous pilotos merecía a morte, pero que a salvación dos valores en disputa esixía aquel sacrificio que se estaba celebrando como un rito xigante sobre a ara inmensa do ceo.

No artigo do mércores pasado falaba da morte das árbores e no do venres referíase a Mariana, pero sen dicir o seu nome, disimulando a identificación da casa natal da súa dona polo procedemento retórico, utilizado noutras ocasións, de situala nun lugar distinto, desta vez nunha vila próxima a Berlín, concretamente nunha casa de Plaue, transformada ademais aquela rapaza delgada e loira, nacida nunha fermosa mansión do Miño, nunha dama alemana de pelo escuro e ollos mouros, triste e lánguida, sentada no parladoiro dunha ventá fronte ó lago cun libro na man. Era a evocación exacta dunha historia certa, cando el mesmo sorprendera a Mariana nunha situación semellante, avellentada de súpeto nunha tarde polo disgusto de saber que por primeira vez desde que eran rapaces había unha parte da vida del que xa non lle pertencía a ela. Sucedera un día de verán pola tardiña, cando el volvía de pasear só pola horta. Antes estiveran falando á beira do pozo, referíndolle el episodios da súa vida en Santiago, incapaz Mariana de alzar a voz para reprocharlle absolutamente nada do que lle estaba contando. Sen dicir unha palabra, ela subiu polo carreiro da parra cara á casa e el seguiu sentado sobre a beira do tanque de lavar, cunha herbiña na man, xogando a facerse cóxegas a si mesmo. Dúas horas máis tarde, cando volveu, atopouna daquel xeito, convertida na figura borrosa e sinxela dunha estampa.

Estaba sentada no parladoiro da ventá que daba ó río, co rostro borrado polo efecto da contraluz. Antes de que el tivese tempo de dirixirlle a palabra, Mariana ergueu a man dereita e, sen volverse, sinalou a un lugar inconcreto cara a afora. Un grupo de nenos espidos batexaban na auga, entre berros. Dixo que os levaba observando desde que subira da horta e que había un que aínda non se movera en todo ese tempo. Permanecía encollido á sombra dun bidueiro, pendente dos xogos e as carreiras dos seus compañeiros. Non sabía quen podía ser aquel rapaz nin cal era a razón daquela actitude pasiva que adoptaba, pero identificábase con el. Esa mesma fora a súa vida nos últimos anos, permanecer nun recuncho como observadora mentres os demais xogaban e se divertían correndo e brincando. Non se sentía frustrada, sen embargo. Decatouse das vantaxes que se podían extraer dunha posición como aquela o día que observou o disgusto que levara a súa irmá Isolina cando Alfonso Nieto lle dixo que aquela tarde non se quedaba a merendar porque os seus pais tiñan unha visita na casa á cal debía asistir. A única que coñecía a trampa era ela: sen escoitar unha soa palabra, sabía que Alfonso quería estar a soas con Marita Fuentes.

Dixo a última frase sen deixar de mirar pola ventá e co mesmo ton tranquilo que empregara para dicir o anterior. Logo engadiu que, como el podía imaxinar, non levara ningunha sorpresa. Había tempo que ela sabía que as explicacións que lle daba para aprazar algunhas visitas a aquela casa non eran máis que desculpas, non sempre artelladas de maneira intelixente. Un día, por exemplo, dixéralle que se tiña que quedar en Santiago porque estaba convidado a cear na casa do profesor Varela Campos, o cal podía ser certo, pero resultaba incompatible cunha viaxe que el mesmo confesaría que fixera a Noia aquela mesma tarde. Recordoulle que un mes despois, esquecido da disculpa que lle puxera para non ir vela un venres, contou que estivera de excursión na vila citada. Naquela ocasión, nunha longa sobremesa na que a nai de Mariana non facía máis que gabar a capacidade del para narrar historias, entusiasmado polos eloxios e a admiración que espertaba, púxose a contar un episodio gracioso acontecido naquela viaxe, protagonizado por unha señora que ía no autobús e á cal se lle afogara coa calor unha galiña que levaba metida dentro dun capacho.

A denuncia da trampa era tan clara que el non intentou sequera defenderse. Preferiu saír ó balcón e contemplar a vista do río. Os nenos deixaran xa de berrar e emprendían naquel momento a marcha en dirección ó alto da aldea, reclamados polas voces femininas que chegaban potentes e agudas, como berros de galiña, desde algunhas casas, nas que sen dúbida pronto se ía servir o xantar. O rigor abafante do sol naquela hora convertía a auga nunha cinta escura, pero coa superficie cegadora e brillante. Non sabía se se trataba dunha visión alegre, pola luz de prata que saía do río, ou dunha visión amarga, pola negrura moura que se adiviñaba debaixo. Entón empezou a soar o piano. A tristeza romántica da música de Chopin que viña do interior do salón lembroulle que era Mariana quen estaba tocando. Apoiou os cóbados na varanda de pedra do corredor e seguiu contemplando a paisaxe. Das casas da aldea subían cara ó ceo azul os últimos fumes da mañá. Probablemente, o mesmo vento que os arrempuxaba cara ó monte, máis alá da torre da igrexa que se erguía no alto do primeiro dunha serie de outeiros que semellaban o lombo suave dun animal doméstico, tamén arrastraba naquela mesma dirección as notas que saían do piano. Sentados na mesa para xantar, seguro que os paisanos bendicían naqueles instantes á señorita da Casa Grande.

Na mesa, Mariana comportouse aquel día coa naturalidade de sempre, sen que ninguén puidese sospeitar do seu disgusto, e estivo falando co pai dalgúns episodios relacionados coa infancia. Pediulle que lle aclarara se fora Chinto Varela quen a axudara a atravesar o río o día do incendio da casa ou fora Paco, o sancristán, pois tiña as ideas confusas ó respecto. Cando o pai lle dixo que fora o primeiro, que a atopara perdida e chorando no campo de Barreiros, sen que ninguén se puidera explicar como chegara ata alí, tan pequena como era, ela comentou que levaba uns días soñando con aquel suceso e que nel aparecían sempre aqueles dous personaxes, disputándose ambos o privilexio de seren os seus salvadores. Mirou para el, que estaba sentado do outro lado da mesa, e sen deixar de miralo, dirixiuse de novo ó pai para preguntarlle se era certo que de nena tivera un raposo, como lle contara a criada Isaura, ou se aquel animal non era máis que un can pequeno, como lle dixera Cándido. A nai, que asistía en silencio á conversa, mandoulle un bico cariñoso polo aire e chamoulle pichón en voz baixa. Logo, como sucedía todos os días despois de xantar, mentres os demais tomaban café, ela ergueuse, bicou ós pais e retirouse a descansar.

O tempo da sesta daquel día pasouno el sentado no banco de pedra que había debaixo da cerdeira, fumando e pensando nas horas que acababa de vivir. Unha soa idea o libraba da angustia que sentira cando pola mañá, ó regresar da horta, despois de falaren, encontrou a Mariana sentada no parladoiro co libro na man. Nunca, desde que a coñecía, a vira tan ben de saúde e cunha cor tan sa. Mesmo se sorprendeu, cando chegou á casa o día anterior e a atopou axudando ás mulleres na cociña, de que engordara un pouco. As veas azuis que antes lle atravesaban a cara e se debuxaban como un aviso alarmante na brancura enfermiza da fronte estaban cubertas por unha pel tostada, e os ollos, sempre afundidos, perderan en parte aquela negrura triste que pouco a pouco se lle ía adonando da mirada. Foi aquela aparencia a que o axudou a dicirlle a verdade. A reacción posterior dela, cando estaban sentados na mesa e empezou a falar co seu pai, fíxolle pensar que non estaba equivocado. Soamente sentiu unha leve angustia despois de xantar, pois durante uns instantes, ata o asento da cerdeira onde el se atopaba, chegou o sonido xordo e calado dun pranto que viña da parte alta da casa. Tardou en decatarse de que era a criada Isaura, que lle facía monadas a un gato na cociña e falaba cunha voz infantil e gangosa, como se estivese chorando.

Na viaxe de volta a Santiago, ó tempo que se distraía mirando pola ventá do coche de liña, ía recordando as veces que fixera aquela ruta, primeiro de a cabalo, cando aínda non abriran a estrada e había que chegar á Casa Grande do Miño por un carreiro que discorría paralelo ó río. Durante anos, esperaba aqueles días de verán coa ilusión de percorrer aquela legua e media que o separaba do pazo acompañado de Cándido, o criado que lle contaba historias de ladróns de camiños. A escopeta que aquel home levaba ó lombo acentuaba o medo de que os bandidos puidesen aparecer en calquera volta, emboscados na fraga das Riscas, onde un día lle deran o alto ó pai de Mariana, que os puxera en fuga facéndolles fronte el só a tiros cun revólver. Máis adiante, cando xa cumprira dezaseis anos, a excitación que se apoderaba del desde días antes de emprender a viaxe, nada tiña que ver xa con aquela aventura infantil, senón coa ilusión de atoparse con Mariana. Pasaba sempre o mesmo. No instante en que o cabalo atravesaba o portalón do patio e o ruído das ferraduras, ó pisar no empedrado, avisaba da chegada, ela baixaba correndo polas grandes escaleiras de perpiaño, deixando ver sen disimulos a alegría que sentía.

Contárallo uns días despois merendando no Café Derby, coa voz apagada que puña cada vez que falaba de Mariana. Dixo que acababa de pasar na aldea os días máis tristes da súa vida e que volvera a Santiago coa conciencia sucia e atormentada de ter actuado dun xeito innobre, convencido de ser algo parecido a un daqueles bandidos dos que lle falaba Cándido. Ó pronunciar aquela palabra, mentres arrincaba cun xesto brusco o pano de seda que levaba arredor do pescozo, perfectamente colocado por baixo do colo branco da camisa, meteu a cabeza entre as mans, como abrumado. Por dúas veces, ela tratou de iniciar unha conversa, que el rechazou ó non responder ás preguntas que lle facía. Probou despois sacudíndolle uns grans de azucre que lle caeran sobre un dos puños da chaqueta, pero el seguía na mesma actitude ensimesmada. Entón ela bicouno na meixela. Foi nese momento cando se atopou outra vez cos ollos del cargados de carraxe. Mordendo as palabras lentamente para conter a violencia que lle convertía o corpo nun arco a punto de disparar, pediulle por favor que se fora, que quería estar só.

Reaccións como aquela, en adiante non serían novas para ela. Unha tarde de verán, na casa dos Vallejo, na Limia, pola festa das Neves, na primeira semana do mes de agosto, despois de tomar o café, cando os anfitrións se retiraron a durmir a sesta, quedaron eles os dous sós no salón, sentados no sofá do fondo, xusto fronte por fronte da cornucopia que ocupaba o centro da parede que daba á solaina. Ó se veren reflexados no espello, el fixo unha carantoña, estirando a pel próxima ós ollos cos dedos índices de cada man e levantando a punta do nariz cos maimiños, como se quixese imitar a un chinés. Riron os dous en voz baixa, temerosos de espertar á xente que durmía, e ela retrucou pegándose a si mesma un golpe na caluga e sacando a lingua de súpeto, como se unha cousa fora consecuencia da outra. Cando o viu rir tan contento, ela fixo o xesto espontáneo de colocar os labios como para mandarlle un bico, chiscándolle un ollo ó mesmo tempo. El ergueuse dun pulo, púxose a pasear a grandes alancadas polo salón, dando voltas arredor da grande mesa de nogueira que ocupaba o centro, e cando ela se achegou para preguntarlle que lle pasaba, estendeu a man cara á porta e invitouna a saír e deixalo só. Exactamente igual ó que fixo esta mañá coa súa muller, que a estas horas aínda debe ignorar o motivo daquela actuación.

Os sucesos ós que se refire o papel que estaba lendo cando Mariana entrou no salón, escurecidos polos moitos rumores que circulan estes días pola cidade, aínda son mal coñecidos. A versión que aparece na folla amarela pretende ser obxectiva e detallada, indicando os nomes dos presos e dos mortos e referindo as circunstancias en que caeron estes últimos, coa mención especial de Francisco Martín Suárez, natural de Parada de Outeiro, de vinte anos de idade, asasinado no interior do despacho do capitán Enríquez, o cal, durante o interrogatorio, despois de preguntarlle polos motivos que o levaran a participar no asalto ó cuartel, cando o detido lle dixo que non pensaba contestar a unha soa pregunta, sacou a pistola e alí mesmo lle pegou un tiro na cabeza. Pero ademais deste e doutros datos concretos, algúns deles xa coñecidos polas versións que circulan pola rúa, a folla publica tamén unha lista de individuos considerados indignos da condición de seres humanos, merecentes de apareceren catalogados entre as alimañas. Nesa lista figura o nome do gobernador civil, exactamente en terceiro lugar, entre o capitán Veneno e o inspector Ferreiro, a quen se acusa de introducirlle o canón da pistola pola boca a un rapaz chamado Camilo Fernández Picouto, natural de Piñeira Seca, de vinteún anos de idade, antigo carpinteiro, e rebentalo dun tiro. O panfleto remata cunha pregunta aparentemente enigmática: "¿Quen son os bichos?"

Cando el se puxo a lelo, inmediatamente despois de empezar o almorzo, quedou coa tostada na man, sen acabar de levala ata a boca. Coñece ben a frase con que finaliza o escrito. Hai anos, recén concluída a guerra, publicou un artigo no cal, comentando a morte do cura párroco de Sarois, a quen unha partida de fuxidos lle voara a cabeza meténdolle un cartucho de dinamita na boca, utilizara precisamente esa pregunta. Era o remate dunha reflexión na que dicía que a condición humana, e polo tanto os dereitos que a ela lle son inherentes, perden todo valor como consecuencia dun proceso de regresión cultural ata formas de comportamento propiamente animais. Era o caso dos integrantes daquela partida que asasinaran dun xeito tan inhumano a un sacerdote inocente e bondadoso, coñecido pola caridade que practicaba coas persoas máis necesitadas da parroquia, incluído un veciño que o ameazara de morte nos últimos meses da República e ó cal salvou dunha condea segura cando pouco despois testificou a favor del diante dun consello de guerra, dicindo que aquel home era un bo cristiano e que cumpría de maneira exemplar cos deberes da Igrexa, o que evidentemente non era certo. Polo tanto, a execución dos verdugos daquel santo sacerdote, capturados e fusilados tres días despois, era un acto moralmente intranscendente, similar á morte dun coello ou dun lobo.

Esa opinión repetíaa el con frecuencia na súa época de profesor en Santiago. Fixérao unha vez, en público, no transcurso dun coloquio, despois dunha conferencia sobre os delictos e as sancións pronunciada polo profesor Fernández Alba, da universidade de Oviedo, na facultade de Dereito. No debate que se abriu ó final, en clara discrepancia co conferenciante, que estaba en contra da pena de morte en calquera circunstancia e suposto, empeñouse el en soster que efectivamente había que estar en contra da pena de morte aplicada ás persoas, e que el tamén o estaba da mesma maneira que se opuña a calquera manifestación de barbarie, pero que para saber exactamente de qué cousa se estaba falando cando se afirmaba tal cousa, antes cumpría definir, como condición previa a esa discusión, o que se entende por condición humana. El distinguía entre condición humana outorgada e condición humana merecida, un matiz que consideraba fundamental, pois a sanción penal só podía ser regulada á luz da citada distinción. Dicía que se resulta que non se nace home, senón que se chega a selo, a aplicación da pena debe estar en consonancia con este feito determinante. Aplicar a benevolencia ou a bondade en beneficio dun animal, por exemplo, sería un acto irrelevante desde o punto de vista xurídico ou moral, o mesmo que facer o contrario.

Ó relembrar agora aquelas palabras, ela pensa unha vez máis en Antonio Salgado París, fusilado pouco despois de empezar a guerra. Asociar a súa imaxe de rapaz apracible e tenro cun bicho, aínda coa máis inofensiva das criaturas do reino animal, incluídos os cans e os gatos, pareceríalle unha metáfora mentirosa. Era un ser humano pleno, desbordado. A súa eliminación, polo tanto, non foi un acto gratuíto, como o que consiste en esmagar unha formiga, senón a morte deliberada dunha persoa inocente. Ninguén na cidade se atrevería a mencionar unha soa acción reprobable ou degradante levada a cabo por aquel mozo no exercicio da súa actividade pública. O mesmo fiscal se viu obrigado a retirar da acusación unha das bases nas que descansaba a forza incriminatoria do seu discurso: que Antonio Salgado París fora o responsable de que os bombeiros disolvesen coas mangueiras de auga a un grupiño de mulleres que se manifestaron diante do concello, tocadas as cabezas cos veos e portando os misais e os rosarios nas mans, para protestar contra a retirada do Cristo das escolas. Non só non tomou el a citada medida, senón que se opuxo a ela, como quedou suficientemente demostrado gracias ó testemuño de varios testigos.

Non podería supoñer ela, cando se iniciou a discusión sobre os delictos e as sancións, no coloquio que seguiu a aquela conferencia, que as palabras empregadas por el, coa aparencia de ser un xogo dialéctico enxeñoso e brillante, acabarían co tempo converténdose nunha realidade tanxible ó caer en forma de condena a morte sobre a vida dalgunhas persoas. Houbo un instante, sen embargo, no que ela sentiu que un daqueles argumentos deixaba de ser un simple entramado verbal. Dixo el que a primeira vez que estivera en París, cando se atopaba no alto da Torre Eiffel, ó mirar para baixo, sobre o Campo de Marte viu unha pequena mancha verde que se movía en dirección ós Inválidos. Era un desfile militar. Contemplados desde a altura, os homes parecían moscas e os batallóns en formación non tiñan unha entidade maior que unha caixa de mistos. Pensou entón que se puidera ascender aínda máis, aquela masa de xente acabaría por perder calquera aparencia humana, transformándose nun borrón difuso e inconcreto, quizais unha pequena excrecencia orgánica. Un home que tivera a dimensión dun xigante coa mesma estatura que un deus, situado na posición na que el se atopaba, alí no alto da torre, podería dispoñer da vida daqueles insectos coa mesma naturalidade e falta de remordementos que nós empregamos para librarnos dun mosquito ou dun piollo que nos molestan.

Mentres el expuña aquel argumento, o profesor Fernández Alba tiña os ollos postos no teito, sen que se puidera deducir daquel xesto nin irritación nin amargura, talvez só unha actitude resignada. Cando lle tocou o turno de réplica, despois de facer unha digresión moral na que dixo que mesmo o trato correcto dos animais, sen excluír os piollos, debía ser unha aspiración do home civilizado, engadiu que a brillantez nos argumentos era sen dúbida unha proba segura de enxeño, quizais tamén unha mostra de intelixencia, pero que nunca se podía tomar como a garantía dun pensamento correcto. Chocoulle a ela que estas palabras do profesor non provocasen nel ningún xesto de desagrado. Ó revés, observouno e viuno contento e sorrinte, case triunfante, sen aquel nerviosismo que se apoderaba del noutras situacións adversas, como acontecía ó principio, cando se coñeceron e ían os dous cear á casa de algúns amigos, de xeito especial nas primeiras veladas que se celebraron no piso de Aurora Poch. Antes de que o profesor completase o seu argumento, el volveuse cara a ela e fíxolle unha carantoña que era unha mostra evidente do estado de ánimo que o dominaba.

Aquela mesma noite, despois da conferencia, foron cear ó Hotel Compostela co profesor Fernández Alba e outro grupo de estudiantes e profesores. A discusión proseguiu, reiterando cada parte os seus argumentos unha e outra vez, sen que ningún puidese convencer ó contrario. Cando el dixo que lle había que quitar dramatismo á calquera morte, incluída a propia, ela sentiu que o velliño de barba branca que se sentaba ó seu lado lle pousaba a man sobre o brazo, como tratando de chamar a atención, e lle dicía en voz baixa, case falándolle ó oído, que os mozos amaban as palabras máis que a realidade, quizais por unha cuestión de estética, pero que o drama da morte sempre sería un drama espantoso, tanto para quen a pasa como para quen a presencia, se non é un canalla. El mesmo tivera unha experiencia durante o inverno. Un fillo descarriado, do que renegara moitas veces, despois de queimar a vida na aventura e no pecado, volvera a casa arrepentido e roto, só para morrer. Acabara nos seus brazos, cos ollos aterrorizados conforme a morte se ía achegando: unha pestilencia de vómitos de sangue, dores e maldicións. É dicir, nada que tivese que ver coas palabras que alí se estaban utilizando. Dixo aquelo, volveulle pousar a man sobre o brazo, desta vez con máis forza, pediulle desculpas cun sorriso e saíu do comedor discretamente, sen que ninguén se decatase.

Contoullo a el despois da cea, cando quedaron sós e iniciaron o camiño de volta para a casa. El limitouse a escoitala con atención, para poñerse a falar logo do profesor Fernández Alba e da súa afección á caza da perdiz, algo máis grande que un pobre piollo, da que lle contara aquel algunhas aventuras, unha delas relacionada cun paisano de Ourense, criado nun cigarral toledano, que as mataba a pedradas. Máis tarde, cando ían atrevesando a Praza do Toural, como se lle acordase o que ela lle acababa de contar, dixo que coñecía ben ó vello que se sentara á beira dela, profesor pintoresco da Facultade de Letras. Respecto do fillo, un infeliz esmagado pola personalidade histriónica do pai, marchara a Madrid fuxindo dun ambiente que lle resultaba agobiante, farto de ver a aquel en situacións que non podía aturar. O citado profesor era coñecido nos ambientes estudiantís polos seus xestos teatrais. Nunha ocasión, paseando pola Rúa do Vilar, desprendeuse da capa, que estendeu no chan, para que dúas alumnas non pisaran nunha pucharca de auga. Outra vez, presumindo de forza física, nunha clase desafiou a un estudiante a botar un pulso, que gañou, polo cal se remangou para amosar o poderío muscular dos seus bíceps. O fillo, afeccionado ó viño e ás mulleres, morreu co peito desgraciado pola tuberculose.

Uns días despois, cando se viron por primeira vez no Hotel Embaixador da Coruña, discutiron por unha causa semellante. Ela acabara os exames o día anterior e el suxeriu a posibilidade de ir a fin de semana á Coruña, con Ana Montenegro, para ver unha corrida de touros. Era un día claro de verán e pasaran a mañá na terraza do hotel, fronte ó mar, gozando da alegría das primeiras calores do ano. Pola tarde, durante o segundo touro, no instante en que Juan Belmonte lle cravaba o estoque ó animal, este chuspiu o ferro de maneira inesperada con tal violencia e rapidez que o lanzou polos aires cara ó tendido e foise cravar como un raio no pescozo dun espectador que ocupaba asento nunha das barreiras, á sombra, a menos de dez metros da localidade onde se atopaban eles. A corrida suspenduse durante un cuarto de hora. Finalmente, confirmada a morte daquel home, un silencio sobrecolledor se apoderou da praza, ata que desde os tendidos de sol xurdiu un berro pedindo música, ó que seguiu rapidamente un coro unánime facéndolle eco. Cando ela o observou a el sorrindo ante un espectáculo tan brutal, fascinado polo ritmo crispado do griterío, sentiu que os ollos se lle enchían de bágoas e xa non puido ver o resto da corrida.

Escoitaba as voces da xente que ocupaba os asentos de arredor. Ó seu lado, dúas rapazas novas e bonitas, ambas vestidas de branco, con grandes pamelas na cabeza, acompañadas dun tío cóengo, esperaban que Curro Caro lles dedicase un touro. Segundo lle explicaba o tío a un dos seus veciños de localidade, os tres estaban no

Hotel España, o mesmo no que se hospedaban os matadores e as cuadrillas. A véspera pola mañá, cando almorzaban no comedor, achegouse o toureiro, que pediu permiso para presentarse. Despois de darlles un bico na man ás rapazas, sentouse e púxose a dicir galanterías, comparándoas con dúas virxes de marfil, unha xentileza que o tío valorou como fina e apropiada. Pouco a pouco, os piropos fóronse centrando na máis alta, que era tamén a máis fermosa, desculpándose constantemente co cóengo, que non deixaba de repetir, ó tempo que mollaba os churros no chocolate, que había que comprender a mocidade. O eclesiástico estaba recordando os detalles do encontro naquel momento, mentres unha señora pedía silencio, pois quería seguir con atención as incidencias da corrida. As rapazas, nerviosas pola expectativa do brinde prometido, non deixaban de rir. Cando apareceu Curro Caro na praza, puxéronse a aplaudir, fixeron comentarios sobre a elegancia con que se movía e algo máis tarde, iniciada a faena, taparon os ollos coas mans, horrorizadas nun par de lances que aquel fixo co capote. Ó ver que o toureiro se achegaba cara a elas buscándoas coa mirada, antes de que pronunciase o brinde, a máis guapa púxose a chorar, profundamente emocionada.

Aquela noite, durante a cea, el seguía empeñado en xustificar a actitude dos espectadores, acumulando argumentos a favor dun tipo de conducta que a ela lle seguía parecendo inhumana. Novamente, igual que sucedera no coloquio da conferencia de Fernández Alba, uns días antes, falaba da morte en abstracto, cando ela tiña na mente a visión real dunha persoa concreta, exactamente un home delgado, alto e loiro, cun fermoso cabelo liso, vestido cun traxe azul, que estaba sentado moi cerca da localidade que eles ocupaban e a quen ela observara casualmente uns segundos antes da traxedia, quizais xa cando o estoque ía polo aire camiño daquel pescozo que a ela lle pareceu que no momento do impacto estralara coma un petardo. Despois aínda lle puido ver o rostro, convertido de súpeto nunha masa branca, como desparramado do papo para abaixo. Con aquela imaxe gravada no fondo dos ollos, aínda impresionada, falaba con nerviosismo, case con rabia, mentres el a escoitaba tamén enfadado. Cando rematou, ofendido el pola agresividade das consideracións que lle facía, ergueuse e achegouse por detrás á silla que ocupaba, co xesto decidido de axudala a levantarse e abandonar o comedor do hotel. Unha resistencia firme, motivada máis pola rabia que pola terquedade, mantívoa cravada no asento.

El volveuse sentar, pero sen poder conter a penas unha indignación que o levaba a facer movementos incontrolados e que mantiña todo o seu corpo nunha tensión que nos ollos adquiría o ton escuro dunha tronada a punto de estralar. Pousou a man dereita sobre o antebrazo esquerdo dela e agarrouna con tanta forza que lle arrincou un berro de dor. Falando entre os dentes, coas mandíbulas apretadas e cos labios formando unha buguina estreita e enrugada, díxolle que ela era un ser vulgar, atrapada na miseria dun racionalismo estúpido, incapaz de comprender os misterios do espírito. Dicíao a golpes, trabucándose nas palabras e coas meixelas acendidas, como se as veas da cara lle foran rebentar. Cando ela sentiu que aquelas palabras que lle estaba dicindo ían perdendo violencia e rancor, ergueuse con calma, disculpouse dicindo que lle doía a cabeza e foise para a habitación. Tal como esperaba, antes de saír do comedor observou de esguello como el se deixaba afundir na cadeira, botaba a cabeza para atrás e prendía un cigarro.

Xa na habitación, máis tranquila, pero tamén moi cansa, meteuse na cama e non tardou en sentir a chegada morna do sono como un rumor suave de auga lonxana en cada oído. O recordo borroso duns golpes dados na porta pouco antes de que o sopor dominase completamente o seu corpo, foi o primeiro que lle veu á memoria ó día seguinte, cando espertou. O ruído do mar, mesturado coa alegría daquel sol intenso que anegaba a habitación, fíxolle esquecer a tristeza do día anterior e concentrou toda a súa atención en evocar a felicidade que sentía no comedor dos hoteis, sobre todo á hora de almorzar. Soltou a longa melena loira sobre a cor rosa transparente do camisón, espiuse, viu de pasada a firmeza xuvenil dos peitos reflexados no grande espello do armario e meteuse na ducha. A auga bateulle na cara e no pescozo e logo empezou a escorregar por ela abaixo. Ó chegar a altura do ventre converteuse nun frescor lixeiro que desde alí se estendeu ata as coxas e foise perdendo como unha procesión de formigas polos pés. Púxose a cantar en voz baixiña e pensou que aquel verán ía ser fermoso, como o foran case todos desde que cumprira os quince anos. Sentiu o desexo de iniciar pronto as vacacións e marchar para a casa, onda os seus pais.

Para vestirse dubidou entre a saia escocesa e a saia branca plisada, pero pensou que ningunha das dúas era adecuada para aquela estación. Coa primeira colocada por diante do corpo, tratou de ver no espello o efecto que facía combinada coa chaqueta azul de punto que trouxera de Londres o ano anterior. Ó retirala, sorprendeuse contemplando o seu propio sexo, divertida do sentimento que lle inspiraba. Levou a man lentamente ata o pube e así estivo, cun pequeno arrebol sobre as meixelas, observando o xesto pícaro que compuña. Ó final, lembrando unha tarde de había cinco ou seis anos, na casa dos avós, cando a súa irmá Herminia a sorprendera espida na habitación e lle preguntou por que tiña pelo naquel sitio tan raro, púxose a rir, non sen botar un pequeno resoprido, como para aliviar a calor que lle abrasaba a pel arredor dos ollos. Volveuse meter na ducha, ergueu o rostro cara ó teito e deixou que auga lle dese directamente na cara. Sentiu que lle entraba polo nariz e pola boca e seguiu así durante moito tempo, ata que notou que a pel se lle empezaba a arrugar nas xemas dos dedos e que tiña moita fame. Cando saíu do baño, optou por poñer a saia branca. Ó rematar de vestirse, anoou un pano de seda arredor do pescozo, colleu o bolso e baixou ó comedor.

El estaba lendo o periódico, sentado de costas ó mar. Ía vestido cunha camisa de raias encarnadas, chaleque gris de punto, sen mangas, e pantalóns da mesma cor. Cos lentes redondos apoiados na metade do nariz, o peiteado marcado con fixador e as pernas cruzadas, pareceulle máis atractivo que nunca. Estaba contento coa reseña da corrida. Co vaso de laranxada na man, despois de ironizar sobre o cranio desproporcionado dun dos picadores, que máis parecía de vaca que de persoa, dixo que o espectador morto o día anterior durante a corrida de Belmonte era un avogado de Muros, de trinta anos, coñecido nas peñas de aficionados pola erudición taurina, que incluía o proxecto dunha biografía, xa moi adiantada e comprometida cunha editorial madrileña, de Joaquín Rodríguez "Costillares", o matador sevillano do século XVIII a quen se lle atribúe o invento da verónica. Despois dun breve comentario sobre o desgraciado accidente da véspera, no que non faltaron unhas palabras ambiguas sobre o comportamento do público, rematou desculpándose pola discusión, da que se consideraba único responsable, propuxo ir dar un paseo pola cidade despois do almorzo, seguir a continuación cun bo xantar, dormir logo unha sesta reparadora e asistir finalmente a unha proxección de cine pola tarde. Poderían quedar aquela noite, se Ana Montenegro estaba de acordo, e regresar a Santiago ó día seguinte pola mañá.

Hoxe, tanto tempo despois, nada recorda nese vello prematuro que ela ve agora ó outro lado da rúa, detrás da fiestra do salón da casa de en fronte, a aquel rapaz pequeno e delgado que nunha lonxana tarde de xuño de hai uns anos a fixera tan feliz. En aparencia, segue sendo o mesmo. As mans, que un xesto de cansazo lle fai colocar neste momento sobre as meixelas, gardan a delgadeza osuda que tiñan daquela, aínda que sen o anel de ouro que lucía no dedo mediano da esquerda e que estaba quitando e poñendo continuamente. O cabelo, algo máis débil e frouxo, consérvao como era, loiro e brillante, aínda que sen a rebeldía aquela que o obrigaba a empregar sempre fixador. O que máis cambiou son os ollos. Agora mesmo miran pola ventá cara afora, extraviados na espesa nebulosa a través da cal ve as cousas. Xa non teñen aquela inquedanza nerviosa que os facía saltar dun lado para outro, apreixados pola mesma curiosidade sen límites que o dominaba, nin aquel puntiño que lle brillaba como un raio cada vez que se incomodaba. Tamén cambiou a boca: agora é máis estreita e os labios carecen da firmeza aquela que tiñan, sempre apretados nas beiras, como se compuxesen un xesto permanente de noxo ou de desprezo.

Aí está, abrumado polo papel que acaba de ler, incapaz de facer outra cousa que agardar, ensumido dentro de si, indiferente a todo canto sucede ó seu arredor. Os golpes fortes e reiterados que alguén dá no petador do portal arríncano de súpeto do estado de modorra en que se atopa. Érguese para mirar pola ventá, bota medio corpo fóra do antepeito e trata de averiguar quen peta con tanta insistencia. Cando se decata de que é o seu amigo Teodoro Bugallo, director do periódico, chama á muller para que baixe abrir a porta do portal, que xa está pechada, e el diríxese á entrada da casa para recibir a visita no alto das escaleiras. Ó pouco tempo, entran ambos no salón. Ó contrario do que sucede outras veces, nesta ocasión o seu amigo non sorrí. Saca do peto interior da chaqueta un papel, esténdeo por riba da mesa e comenta algo con xesto preocupado. Probablemente se trata da mesma folla de papel amarelo que el coñece xa. Quizais por ese motivo non lle presta demasiada atención ó seu interlocutor, pois achégase unha vez máis á fiestra e queda mirando distraído para o ceo. Por un momento, fai un xesto que ela recoñece ben: relaxa os músculos da cara, deixa caer lixeiramente a mandíbula e abre a boca como se fose un neno. Era así como a ela lle gustaba que lle dixese que a amaba.

A primeira vez fora aquel mesmo día que pasaran na Coruña, no comedor do Hotel Embaixador, despois de xantar, xusto cando ela lle daba o último sorbo ó café que pedira despois das fresas do postre. Entón tivo unha reacción que máis tarde se había reprochar moitas veces a si mesma e que aínda hoxe non sabe ben a que causa se debeu. Cando el estaba recordando en voz alta unha tarde que pasaran xuntos na aldea, o día que lle confesou que Mariana se estaba convertendo para el nun recordo cada vez máis incerto e lonxano, como se fose un personaxe dun soño vivido entre néboa, ela púxose de pé, dixo que lle doía a cabeza e atravesou o comedor con pasos rápidos, pois sabía que as lágrimas que levaba nos ollos e que tornaban borrosa a cara do camareiro que lle abriu cerimoniosamente a porta que daba ó vestíbulo, acabarían transformándose nun pranto irresistible. Subiu as anchas escaleiras alfombradas pisando no medio e medio de cada chanzo, consciente das miradas sorprendidas que seguían os seus pasos desde a recepción, pero correndo abertamente, pois xa non podía disimular os saloucos que lle estouraban na gorxa. Atravesou o corredor, abriu a porta da habitación e deixouse caer por riba da cama. Estivo chorando ata que escoitou un ruído na porta.

Eran uns golpes pequeniños. Despois sentiu que alguén pronunciaba o seu nome en voz baixa. Deixou de chorar, volveuse naquela dirección e viu o rostro del asomando, cos ollos paralizados pola intensidade da luz que entraba pola fiestra e que lle daba de fronte. Entrou case sen facer ruído, dirixiuse cara á cama, púxolle a man sobre a cabeza e quedou mirando para os ollos dela. Bicouna na cara ós pouquiños, rozándolle a penas a pel, e cunha determinación que a sorprendeu, agarrouna contra si e pousou os labios na boca dela, primeiro suavemente, pero de seguida con forza, mesmo ata sentir que a estaba mancando. Aínda hoxe, a pesar de que non deixou de evocar a escena un só día desde entón, non sabería compoñer de xeito ordenado a secuencia de todo canto pasou despois dentro daquela habitación. Ó final, cando lembra aqueles momentos, vese a si mesma asustada e espida sobre a cama, coa man dereita del acariñando os seus peitos e a firmeza dunhas pernas mornas apretadas contra as súas, mentres lle preguntaba en voz baixa se era feliz. Ela sorría, acenaba coa cabeza e púñalle o dedo índice sobre os labios del.

O que si recorda xa con nitidez é que aquel día, pola noite, saíron a pasear polas rúas veciñas. Ela sentíase feliz, por máis que non conseguía axotar do fondo da cabeza un temor inconcreto que atravesaba voando pola conciencia coma un corvo e a facía pensar que o futuro era como un túnel. Ese mesmo sentimento xa o tivera outras veces, case sempre relacionado con momentos intensos ou felices da súa vida. Por eso tratou de combatelo. Cando pasaron pola Rúa das Tabernas, debaixo dunha casa branca de madeira, cunha fermosa galería, arrimouse ben á parede do muro que a separaba da rúa, temerosa de que unhas señoras que falaban nun balcón os descubriran bicándose ó abeiro dun farol apagado. Logo seguiron sen rumbo, calados, pensando ela nas horas da tarde que pasaran xuntos na habitación do hotel. Cada detalle que evocaba, o mesmo o intenso tremor que se lle apoderara das pernas no momento en que el, despois de aloumiñala demoradamente nos peitos, deslizou a man polo ventre dela, que a respiración de ambos resoando na alcoba, producíalle unha sensación como concentrada arredor do embigo que lle causaba dor. Só cando chegaron á Rúa Real, perdidos entre a multitude alegre que paseaba, empezaron a falar de novo.

Recorda aquela conversa, pero a súa atención está agora pendente do que sucede no salón da casa de en fronte, onde el sigue falando con Teodoro Bugallo. Hai como crispación no ambiente, como se o amigo lle estivese reprochando algunha cousa. Por veces, colle o papel cunha man e coa outra bate nel con determinación, quizais indignado. Non consegue ela imaxinar o motivo da disputa, pero pensa que Teodoro Bugallo pode estar preocupado por ver o periódico citado na folla amarela, aínda que sexa de xeito indirecto, a través da nota que fala dos bichos. Cando os fuxidos mataron ó periodista Arcadio Silvela na Coruña, pasou máis de un mes metido na casa e desde aquela evita saír á rúa despois das oito da tarde, convencido como está de que os atentados se producen sempre entre esa hora e as dez da noite, como sucedeu co estanqueiro da Rúa de Colón e co alcalde de Paderne, a quen fusilaron na praza do concello, despois de repicar as campás e convocar á xente. Naquela ocasión, Teodoro Bugallo asegurou que prefería ir ó cárcere ou pagar unha multa antes que publicar sen retoques o comunicado enviado polo Goberno Civil, que levaba mención expresa de ser un escrito oficial de inserción obrigatoria. A única corrección, que consistiu en cambiar a palabra atracadores pola palabra fuxidos, costoulle unha sanción de vinte mil pesetas e unha bronca persoal do gobernador civil, que lle chamou covarde e traidor.

Polos xestos da boca e os movementos das mans, Teodoro Bugallo está berrando. El segue mirando pola fiestra, co mesmo aspecto indiferente que amosa desde que empezou a visita. Se non fose pola conducta do director do xornal, que avanza ata pegarse practicamente ás súas costas, falándolle coa mesma viveza que leva empregando desde que chegou, parecería que el está sereno, igual que sucede moitas tardes a esta mesma hora, despois de escribir o artigo. Para quen non o coñeza ben, nada permitiría supoñer que debaixo desa aparencia tranquila hai un descontento profundo. E sen embargo, ela sería capaz de prever todo canto vai suceder a continuación. Aínda terá que pasar algún tempo antes de que el se revolva para responder a todo canto lle está dicindo o director do periódico. Empezará falando con calma, erguendo constantemente a man dereita á altura da boca e expoñendo con parsimonia o seu parecer. Máis tarde, como arrastrado pola lóxica implacable do seu propio discurso, será el quen faga as acusacións, empezando quizais pola miseria económica da cantidade que recibe por cada un dos artigos, medidos con regra e pagados por centímetro, desquitado ademais un tanto por cen para o colexio de orfos de periodistas e unha porcentaxe lixeiramente menor para a ficha azul.

Se non ese, algún argumento semellante debe estar empregando agora mesmo, pois Teodoro Bugallo, que se atopa arrimado contra a parede do fondo, acaba de cambiar o xesto de enfado que mantiña por unha expresión desconcertada de sorpresa. De cando en vez fai un aceno coa man, como pedindo turno para dicir algo, pero el non lle permite que o interrompa e segue falando sen parar. Non sería raro que lle estivese pedindo contas por algúns agravios do pasado, como a tempada en que lle desprazou o artigo, sen consultalo previamente, desde a terceira páxina do diario ata a sección onde se dan informacións sobre o mundo das empresas e o traballo, inmediatamente despois das páxinas de deportes. El sempre sospeitou que aquel castigo, do que nunca lle deron unha explicación satisfactoria, lle fora suxerido polo gobernador civil ó director como consecuencia dun artigo no que el se permitiu facer algúns comentarios irónicos, expostos dunha maneira enrevesada e cabalística, sobre un proxecto elaborado polo Delegado Provincial de Sindicatos que pretendía facer o río navegable. Ó día seguinte, o propio Teodoro Bugallo sacou unha nota firmada co seu nome e apelido na que eloxiaba aquel plan, do que estaba convencido de que se habían derivar algúns beneficios económicos importantes para a industria local, especialmente para a rama dos cortadores de madeira.

Sexa cal sexa o argumento que el está empregando arestora para retrucar ás acusacións do director, a actitude deste vai sendo cada vez máis submisa. Hai xa uns minutos que non ergue a man para pedir turno e o xesto da cara non reflexa sequera a primeira actitude de sorpresa, cando el se volveu e empezou a replicarlle. Coa cabeza baixa e as mans metidas nos petos dos pantalóns, mira para o chan. Seguramente non ten nada que obxectar ás razóns que el lle está dando. Abondará con que lle relembre unha soa vez a obriga que ten todo cristiano de dicir a verdade, para que Teodoro Bugallo, con quen coincide todos os anos na casa sacerdotal para facer exercicios espirituais, se sinta paralizado, collido entre os seus intereses materiais e a súa conciencia escrupulosa, a mesma que o levou a vencer o medo e presentarse en plena guerra civil no despacho do gobernador militar e pedirlle que cesasen tantas mortes innecesarias, unha alusión ás persoas que aparecían mortas nos barrancos do monte Furriolo, cara á parte de Celanova. Daquela sufriu un arresto de tres días e se non fose pola intervención decidida do bispo da diócese, que recorreu a altas instancias militares, son moitos os que pensan que Teodoro Bugallo tería acabado, tamén el, entre os cadáveres do barranco.

VI

No salón hai hoxe un movemento incesante de xente coñecida, case todos amigos da casa que entran e saen cada poucos minutos, como se viñesen dar o pésame por algún morto ou interesárense polos detalles dalgún suceso desgraciado. Empezaron a chegar arredor das nove da mañá e aínda non pararon agora, cando o reloxo acaba de dar as doce. Un dos primeiros en aparecer foi o comandante Eloi, o irmán de Mariana, que se presentou cando el estaba almorzando, pouco despois de vir da misa. Vestía uniforme de campaña, coa pistola ó cinto, e levaba na man un rolo de papel que abriu sobre a camilla nada máis chegar, como se tivese présa por coñecer algún asunto importante, quizais os puntos concretos que sinalaba co dedo no papel. Falaba de corrido, sempre co aspecto tenso dun home indignado. Hai uns minutos, sen embargo, cando estivo de visita o secretario do señor bispo, o cuñado interrompeu aquela actividade exaltada, sentouse á beira do eclesiástico nunha posición tranquila e estivo escoitando con atención as súas palabras. Ó rematar a visita, acompañouno ata a porta, bicoulle a man con solemnidade castrense e despois volveu á actitude crispada de antes. Agora mesmo está de pé ó lado da estantería da dereita, fronte ó sillón azul. Como se fose consciente da situación de dominio que pouco a pouco vai conquistando, acentúa o dramatismo dos xestos e imprímelle unha enerxía maior ó movemento dos brazos.

Mentres o cuñado Eloi fala sen parar, el remóvese no sillón azul onde segue sentado e insinúa coa cabeza un movemento de fastidio, pero parece máis unha mensaxe destinada a si mesmo ou un desafogo para liberarse da presión do ambiente que un acto de protesta dirixido ó seu interlocutor. Ó principio, cando este observaba ese aceno case imperceptible, aínda interrompía o seu discurso, esperando unha resposta, pero hai xa tempo que se debeu decatar de que ese movemento non significa nada. Entón segue falando. Por veces achégase ata o sillón azul e chántase diante del cos brazos caídos ó longo do corpo, lixeiramente empinado na punta dos pés, cos ollos moi abertos e as palmas das mans voltas cara a arriba, como pedindo unha vez máis unha resposta inútil para unha pregunta que talvez non sexa máis que unha simple afirmación. Nada cambia tampouco neses instantes. El segue pechado na mesma posición que adoptou desde o principio, coa man dereita afundida no peto do pantalón e a outra sostendo sobre o apoiabrazos do sillón o peso desganado da cabeza. Canto máis se atrincheira nesa actitude concentrada e pasiva, pero determinada e teimuda, máis se acentúa a axitación do cuñado, que desde hai uns minutos parece que fala a berros.

A noticia empezou a circular onte á mañá pola cidade. As primeiras versións aseguran que durante unha semana enteira estiveron cavando o buraco na cociña da casa de Sabucedo, debaixo do banco onde se atopan as olas coa auga de beber, que lles servía de tapadeira para disimular a trampa que fixeron no piso. Cando remataron a obra, o refuxio tiña máis de dous metros de fondo por tres de longo e catro de ancho, e ventilaba co exterior a través dun tubo que ía saír á horta entre unhas silveiras, a dous pasos do cabaceiro. Parece ser que non o utilizaban máis que polas noites, para durmir. O resto da xornada pasábana agachados no interior da casa, entre copa e xogueta, esperando o día da feira do vintesete, data na que pensaban baixar á cidade, aproveitando a aglomeración de xente para poder burlar con facilidade a vixilancia e os controis que se reforzaron na zona do centro desde que se produciron os sucesos do cuartel. Din que eran cinco, incluído o propio Raúl, que mandaba o grupo. Conseguiron fuxir pola noite, cando detectaron a chegada das primeiras camionetas con gardas civís. Estes seguíronos durante máis de cinco horas, cos cans nerviosos detrás do rastro, ata que o perderon ó chegar cerca de Calvos de Randín. Hai quen pensa que deberon atravesar a fronteira e que se internaron na serra do Gerés, en terras de Portugal.

Polo que respecta ó administrador, aseguran que admitiu a súa responsabilidade nos feitos e que cantou de plano. Dixo que levaban na casa desde finais do outono e que foi alí mesmo onde se refuxiaron cando asaltaron a casa do cura de Parada, fuxindo da Garda Civil. Como xa se comentara no seu día, a pesar de que moita xente se negara daquela a crelo, a Camilo Deus, un dos atracadores, de quen o cura sospeitaba que ía gravemente ferido por un tiro de escopeta que el mesmo lle pegara nunha perna, debeuno curar o médico de Sabucedo. Nos días que estiveron agachados na casa, tal como confesou o propio administrador, recibiron a visita dunha persoa importante que viña de Asturias e que traía o encargo de pedirlles que nos próximos meses se mantiveran á espreita, dedicando o tempo á organización e á creación de apoios nas aldeas e que evitasen calquera confrontación de tipo militar, a non ser aquelas que se considerasen estrictamente necesarias por motivos de seguridade. Non todos estiveron de acordo con estas medidas, xa que Celestino Cabezas era partidario de accións contundentes, como o asalto ó Goberno Civil, que propuxo en varias ocasións, pero que Raúl rechazou por consideralo demasiado arriscado, sen moitas posibilidades de coller o gobernador dentro.

O interrogatorio, que se fixo na cociña do cuartel da Forxa, segundo os informou o comandante Eloi, durou máis de sete horas. A eso das tres da mañá, cando xa contara todo o que sabía e estaba autorizado a deitarse e descansar antes de que chegasen os reforzos para o traslado á capital, o administrador pediu que o deixasen saír á horta a facer unha necesidade maior. Aínda que a vixilancia era estreita, nun intre de descoido, inevitable en parte pola propia situación, cunha rapidez de lebre que sorprendeu ós dous números que o acompañaban, o preso conseguiu fuxir amparándose na noite. Saltou con disimulo a parede do fondo, pola parte máis baixa do muro, e pasou logo ó carreiro que alí separa a horta da nabeira veciña, que naquel lugar está cuberto polas ponlas de catro mazairas, botándose a correr a continuación monte abaixo en dirección a Filgueira, a pouco máis de tres quilómetros do lugar onde se atopaba. Alí perdeuse sen deixar rastro, escondido, polo menos nun primeiro momento, entre as espadanas e os xuncos que medran á beira do río, para pasar máis tarde a algunha das casas de arredor, onde contaba con amigos. Buscárono máis de vinte gardas civís durante toda a noite sen resultado. A eso das sete da mañá, no romper do día, apareceu no bosque do Mato, pendurado dun carballo, aforcado co seu propio cinto.

A casa de Sabucedo foi queimada coa intención de atrapar os atracadores dentro e impedir que tratasen de rachar o cerco que lles fora tendido co despregue de trinta e sete números e o emprazamento de dúas pezas de artillería, unha delas situada na Costa das Carrizas. O oficial que mandaba a operación, que non sabía aínda que a aquelas horas os atracadores xa fuxiran, parece que pretendeu sacar as vacas e os porcos da corte, pero ó final non lle foi posible, pois tampouco quería arriscar no intento a vida de tres ou catro homes. Máis tarde, cando despois do incendio puideron entrar na casa os primeiros gardas civís, dous xatos aínda vivían. Eles mesmos os arrastraron ata o medio da aira e avisaron ó veterinario para que os atendese, pero todo foi inútil, xa que pasaran máis de dúas horas desde que se iniciara o lume e tiñan os pulmóns moi afectados. Cando todo rematou, só quedaron en pé as paredes da fachada principal e unha parte da galería de atrás, que se librou, así como a adega, situada debaixo. O viño, polo tanto, non se perdeu nin catro xamóns nin a tulla do centeo, que quedou intacta. Tamén se salvaron dúas olas de chourizos do verán, que gardaban os atracadores no refuxio, igual que un touciño case enteiro e dous untos. O resto desapareceu, incluídos a roupa e os mobles.

De todo canto se perdeu, ela pensa agora no reloxo da sala, tan ligado ós primeiros tempos da relación entre eles os dous. Recorda o sonido claro da súa campá, unha música de cristal que durante moitos anos tivo asociada na memoria coa exaltación dos encontros iniciais, cando pasaban horas falando naquel cuarto, ela embriagada pola presencia del, rendida ó engado máxico da súa conversa. Sentiu por primeira vez a alegría daquel sonido unha mañá do mes de maio de hai anos, cando el, que estaba sentado no chan á beira dela, sobre unha alfombra de cores vivas e debuxos de pé de elefante, lle acababa de dicir que tiña os ollos de seda. Foron doce campanadas inesperadas e rotundas, aínda que tamén algo fráxiles, que ela escoitou con xesto pasmado, sorprendida de que a felicidade que sentía fose rubricada por aquela música. Poñendo unha cara infantil de abraio que ela mesma supuxo que podía parecer cómica, virou a cabeza con lentitude esaxerada cara á parede que se erguía ás súas costas e quedou mirando para o reloxo. Imitando o mesmo xesto, el abriu a boca cunha carantoña que pretendía aparentar medo e xirou o pescozo con idéntica parsimonia na mesma dirección. Ó completar o movemento, emitiu un berro de asombro, como se nunca ata entón tivese escoitado aquel sonido e despois púxose a rir a gargalladas.

Aquelas doce campanadas formaron parte da memoria máis feliz dela durante moito tempo. Ata hoxe aínda lle semellaba que as podía escoitar por entre a néboa esfiañada dos anos, resoando na lonxanía cunha forza que ela sentía que se ía apagando, pero que estaba segura habían permanecer para sempre, quizais convertidas nun punto minúsculo, mesmo como se fose o cantar dun paxariño agonizante, nun recuncho inalcanzable da conciencia. Agora sente a desaparición daquel reloxo como se lle deran cun sacho no corazón, como se aqueles ollos de seda dos que el lle falaba, se transformaran nun pano áspero e seco, incapaces de chorar. Neste preciso instante, cando pensa naquel salón, xa non escoita as campanadas do reloxo. Só pode ver o moble de madeira escura, os dous cabalos esculpidos no remate da porta de arriba, erguidos sobre as patas de atrás e coas de adiante suspendidas no aire, e a esfera branca de porcelana, con aquel golpiño que partía o número tres case pola metade e que o convertía nunha especie de mosca moribunda, como el lle dixera. Ve tamén o ramillete de cereixas encarnadas, intensamente vermellas, resaltadas sobre o esmalte como se fosen de verdade, que aparecían debuxadas no centro da parte inferior, exactamente debaixo das seis.

De neno, el subíase moitas veces no alto dunha silla para tocar aquel ramillete, atraído pola viveza da súa cor, a única alegría que sentía nunha habitación onde tiña que permanecer estudiando dúas horas cada mañá durante o verán. Cando sentía as voces das mulleres falando na cociña, seguro de que ninguén o vixiaba, botábase no sofá do fondo, tapizado en cretona verde con raias brancas, cubría o corpo con todos os coxíns que atopaba e logo metíase medo a si mesmo coa imaxe do criado Francisco, a quen vira morto naquel mesmo salón, un par de anos antes, posto nunha caixa e rodeado de cirios. Sempre facía o propósito de non iniciar aquel xogo, pero sempre claudicaba tamén. Ás veces, asustado pola viveza daquela escena que el mesmo conseguía recrear na imaxinación, calculaba canto tempo tardaría aínda a agulla grande en chegar á cereixa que estaba na parte de abaixo da esfera. Entón aparecía a criada Tomasa a buscalo para comer. Ó sentila chegar, saltaba do sillón, pedíalle que non lle dixese nada ós seus pais e dáballe cinco bicos sonoros, contados en voz alta un a un. Comían na galería, el sempre de cara ó cadro dos tres cans que lle desgarraban as patas a un cervo, prometéndose a si mesmo non mirar para aquela pintura que detestaba. Finalmente, acababa mirando sen podelo remediar.

Cando non quería comer, sen enfadarse nin erguer a voz, a nai pedíalle á criada Tomasa que o levase ó despacho de abaixo, onde se percibía sempre aquel mesmo cheiro a aire pechado, húmido e podre. A primeira vez pasou alí unha tarde enteira, acochado nun curruncho, debaixo da vitrina que gardaba, xa cheo de polvo e perfectamente inútil, o instrumental médico do avó. Aínda non sentía medo naquel cuarto. Eso chegaría máis tarde, cando descubriu o libro dos mortos, unha mañá que fora enviado ó despacho por negarse a comer as papas do almorzo. Foi entón cando atopou aquel libro, que estaba tirado no chan, moi cerca da vitrina, entre un periódico vello e os restos dun cristal roto. Abriu as súas páxinas abarquilladas e ó ver a primeira lámina sentiu como lle doía de súpeto na raíz do cabelo e como a respiración se entrecortaba, igual que se o aire lle entrase a raxadas nos pulmóns. Era a fotografía dun neno morto botado sobre unha mesa de mármore e cun buraco negro na fronte, no espacio comprendido entre os dous ollos, no arranque mesmo do nariz. Tanto como o retrato do rapaz, impresionouno a presencia de dous homes maiores que estaban ó lado, os dous vestidos con bata branca, un deles sinalando cun lapis, case tocando nel, aquel punto escuro do que non daba arrincado a mirada.

Nunca lle perdoou a súa nai que non acudise a salvalo daquel medo, por máis que el tampouco berrou nin pediu auxilio. Escoitábaa tocar o piano no piso de arriba, ignorante do terror que o dominaba, o cal entendía el que era a proba de que non o quería, pois noutro caso daríase de conta do que estaba sucedendo alí abaixo, naquel despacho abandonado. Para aguantar as lágrimas, botouse no chan, mirando para o teito e esforzándose en seguir as notas do piano, que trataba de situar mentalmente nun pentagrama imaxinario. Non tardou en decatarse de que era o *Para Elisa* de Beethoven, que el practicara tantas veces. Aquel descubrimento serviulle para aminguar o terror. Cando a criada Tomasa o veu buscar varias horas despois, unha vez cumprido o castigo por non comer as papas da mañá, era xa a hora de xantar. Sentouse calado no seu sitio, diante do cadro dos cans que atacaban ó cervo, e negouse a probar bocado, agardando de novo polo castigo. O pai e a nai falaban entre eles, rindo dos ronquidos dun dos criados que chegaban da cociña. Antes de que empezaran co café, a nai decatouse de que el non comera nada e deulle un bico na cara. Logo pasoulle a man pola fronte e pediulle á criada que o levase a durmir a sesta, que estaba canso.

Neste momento, el segue sentado no sillón azul, mirando para o chan, coa cabeza apoiada na man esquerda, en tanto que o seu cuñado Eloi continúa falando cos mesmos xestos bruscos, movendo as mans con firmeza, como se lle estivese rifando. Nada nesta actitude resignada e vencida del fai pensar na fortaleza e arrogancia de outro tempo, a non ser a determinación terca de non dicir unha palabra. Era a mesma postura obstinada que adoptaba de neno cando se negaba a comer, aínda sabendo o castigo que lle imporían despois. Mariana, que entrou hai máis de media hora no salón, mantense en silencio, na esquina onde se ergue a lámpada, arrimada contra a parede do fondo e na mesma postura submisa de sempre. Se chega unha visita, unha vez cumpridos os requisitos da cortesía obrigada, Mariana desaparece discretamente pola porta do fondo e torce no corredor cara á dereita, como se fose realizar algunha tarefa, pero probablemente para refuxiarse no dormitorio e chorar sen que a vexa ninguén. Non volve ata a hora da despedida. Entón ocupa o mesmo lugar que antes ocupaba e alí segue na mesma actitude silenciosa, erguendo os ollos cara ó seu irmán Eloi, como se lle pedise perdón polos problemas que lle están causando.

Hai dez ou quince minutos, cunha decisión que nada ten que ver co comportamento pasivo que mantivo ó longo de toda a mañá, el ergueuse do sillón azul sen dicir nada, alleo ás palabras que naquel momento lle dicía o seu cuñado coa mesma vehemencia que vén empregando desde que chegou, e dirixiuse a modiño cara ó corredor do fondo, deixándoo coa palabra na boca. Alí, na mesma porta do salón, detívose un momento e torceu despois á dereita, para desaparecer no interior da casa. Mariana puxo cara de asombro, sorprendida quizais por aquela decisión inesperada do seu home ou temerosa talvez de que o seu irmán se puidese ofender aínda máis. Este fixo un xesto de impotencia, como se aceptase de maneira resignada unha situación que tiña asumido xa que non conseguiría dominar. Para recalcar a sensación que con toda seguridade quería transmitir, levou o dedo índice da man dereita ata a cabeza e fíxoo xirar comicamente como un tornillo sobre a tempa. Por primeira vez na mañá, Mariana botouse a rir. Sen embargo, ó comprobar a expresión adusta do seu irmán, volveu á actitude triste e preocupada de antes, abrumada pola traxedia que está vivindo.

El regresa ó salón precisamente agora. Observa sen interese ó seu cuñado, que segue apoiado na estantería da dereita, vai cara á parte da librería onde se atopa o bote cos lapis e colle un par de follas e a pluma estilográfica. Logo vólvese sentar no sillón azul. Debrúzase sobre a mesa e empeza a escribir, non coa lentitude de pendolista coidadoso e aplicado que emprega cando se trata das súas cousas, senón coa velocidade que pon sempre nas tarefas que non lle agrada facer. A muller e o cuñado permanecen de pé, sen moverse cada un do sitio que ocupaba cando el entrou no salón, e observan con sorpresa o que el fai nese instante. Ó rematar, cunha enerxía que unha vez máis contrasta coa pasividade na que estivo mergullado durante toda a mañá, sen erguerse, desde o sillón, entrégalle ó seu cuñado o papel que acaba de redactar. Este leo, aínda co xesto de incredulidade que se empezou a debuxar no seu rostro cando el se puxo a escribir, dóbrao pola metade e gárdao no peto dereito da guerreira. Axusta o gorro cun movemento enérxico das dúas mans, dalle un bico á súa irmá e despídese del cun saúdo militar. Cando abandona a casa, quedan os dous calados, ela arrimada contra a parede e el sentado no sillón, sen se miraren, cos ollos prendidos nas cores apagadas da alfombra.

Parece que Mariana está chorando, quizais pola desaparición da casa de Sabucedo ou talvez, con máis seguridade, pola morte do administrador. A estas horas debe saber que acabou o interrogatorio completamente destrozado, coa cabeza desfeita a golpes de culata e o brazo dereito partido por varios sitios, entre os pulsos e o cóbado. Eso dixeron algunhas persoas do entorno de Palacio e a propia Carolina, a filla monxa, que puido rezar diante do cadáver durante uns minutos por intercesión directa do señor bispo da diócese, que se trasladou con ela ata a localidade da Forxa, onde impuxo a súa autoridade, invocando un permiso verbal do gobernador civil para que a rapaza puidese contemplar por última vez o corpo sen vida do seu pai. Saíu arrasada en lágrimas da casa na cal o tiñan custodiado, ou máis ben tirado no chan de terra dunha adega, dicindo que lle recordaba a Cristo Noso Señor, coa fronte arruinada, como se alguén lla tivese traspasado con enormes cravos de ferro, non cunha simple coroa de espiñas. O prelado levouna novamente consigo de volta para a cidade e pediulle que non asistise ó enterro, ofrecendo ese último sacrificio, tan difícil, polas intencións e as obrigacións do seu defunto.

O sepelio tivo lugar na parroquia da Filgueira, a aldea natal do administrador, coa presencia masiva dos veciños, a pesar de que había ordes de que entre as oito da mañá e as seis da tarde non se autorizase a entrada de forasteiros na localidade. Aínda así, acudiu moita xente de toda a bisbarra, especialmente vellos e mulleres, que se negaron a aceptar a prohibición, aducindo moitos deles que un enterro era un enterro e fosen cales fosen as culpas daquel home, ningún cristián merecía ser sepultado coma un porco, senón como se lle dá terra ás persoas, é dicir, co acompañamento de cantos en vida as coñeceron e trataron, tendo en conta ademais que o defunto fora xente cabal e bo veciño de todos e que no tempo que servira na casa de Sabucedo remediara moitas calamidades en cousa de medicinas e asuntos de comer. Era tan grande a multitude que se botou ós camiños, que pasados os primeiros momentos, despois de facer o imposible porque se cumprisen as ordes recibidas, os gardas civís encargados dos controis situados en distintos lugares, nun perímetro de varias leguas á redonda, optaron por retirárense cara as inmediacións das Casas da Veiga e permitir que o enterro transcorrese en paz.

Agora ela recorda tamén ó administrador. Coñeceuno na casa de Sabucedo hai anos, nunha das primeiras visitas que fixo a aquel lugar. Apareceu no salón a eso das oito da tarde, desculpándose por non estar presente cando eles chegaran, e ofreceuse para calquera cousa que fose precisa, incluída a posibilidade de achegarse a cabalo ata o alto da aldea para traer algo de comer. El díxolle que se podía retirar, que non necesitaban dos seus servicios e que fixera o favor de pechar os cans no cuarto da tulla, pois armaban demasiado barullo no patio e eles viñeran alí para estaren tranquilos e descansar. Cando o administrador se retirou facendo unha reverencia e farfullando algún cumprido que ela non comprendeu, pero que deduciu, el compuxo con todo o rostro un xesto irritado de significado moi preciso. Confesoulle que aquel home lle producía un anoxo irreprimible, o mesmo que podía sentir diante das lesmas, o bicho máis repugnante de todo cantos coñecía, probablemente creado por Deus nun instante de aburrimento. Dixo aquelas palabras de corrido, sen alterar a inflexión habitual da voz, torceu logo a boca cara a un lado e anunciou que non pensaba dedicarlle un minuto máis de atención.

Non obstante, seguiu falando del. Aseguroulle que o administrador representaba todo aquelo que el máis podía detestar, desde a covardía pusilánime dun ser absolutamente servil, nacido para ser criado, ata a tiranía que as paixóns da carne exercían sobre a súa alma, dominada por un instinto animal semellante ó celo ou á fame. Tíñao observado moitas veces, ó longo de máis de vinte anos, desde o balcón da casa, metido entre o millo das hortas, entocado como o raposo, facendo que facía, pero co ollo revirado, ó disimulo, pendente unicamente das mulleres que traballaban nos campos, á espreita de calquera migalla que puidera aproveitar, aínda que non fose máis que a pobre satisfacción que lle ofrecese unha simple mirada. Polo demais, como lle escoitara dicir moitas veces á criada Tomasa, que nunca o puido ver, aquel home falaba sempre sen permiso da cabeza. Ía e viña con contos dunha parroquia a outra, como se fose a gaceta, opinaba de todo canto ignoraba, incluída a doutrina da Igrexa, e metíase en apuros sen pensalo dúas veces, como quen ten sede e bebe un vaso de auga, igual que sucedera na Dictadura de Primo de Rivera, cando se complicou no asunto dun rapaz de Ganade que andara fuxido polo monte para non ir á guerra de África.

A última vez que ela se atopou persoalmente co administrador foi tamén en Sabucedo, hai xa anos, na visita final que fixo a aquela casa. Chegaran un domingo pola mañá, co desgusto aínda non resolto da discusión e o enfado que os enfrontara uns días antes, concretamente na mesma tarde en que se celebrara a concentración relixiosa da Alameda para recibir a imaxe da Virxe de Fátima, en peregrinación desde Portugal. Sen que ela acertase a explicarse por qué, naquela visita de ambos os dous a Sabucedo, el non fixo nada para alonxar ó administrador do entorno deles, mesmo aceptou que entrase un par de veces no salón, cando aquel lle veu comunicar primeiro que o novo médico lle dixera que tiña interese en visitar o señor e que lle encargara que o avisase cando estivera na casa, e pouco despois para dicirlle que había que retellar a cuberta da cociña, xa que o último vendaval arrasara unha parte do tellado e chovía en varios sitios. Respondeulle con amabilidade nas dúas ocasións e incluso lle pediu que fixese o favor de liarlle un cigarro, pois viñera sen tabaco e tiña moitas ganas de fumar. Despois preguntoulle pola filla monxa e interesouse polo novo cargo que esta desempeñaba dentro da orde, nun convento de Vilagarcía.

Era no verán, antes de comer, coa calor, que ata aquel momento se mantivera fóra da casa, contida polos anchos muros das paredes, penetrando xa en forma de aire enrarecido e cálido no interior. Referíndose precisamente ó bochorno que se empezaba a sentir, dixo el que aquel ambiente caluroso o levaba a revivir a mesma sensación que experimentara uns días antes, cando durante un paseo polo bosque da Fontemoura, buscando o amparo fresco das árbores e das sombras, Mariana perdera o sentido e estivera a punto de morrer. Nada máis rematar a frase, fíxose un silencio longo e desconcertado. Ambos eran conscientes do que acababa de pasar, aínda que cada un o percibira quizais dunha maneira diferente. Outras veces, en situacións semellantes, cando el dicía algunha inconveniencia sen darse conta, facía intentos pueríс para tapar o que dixera, ou ben cambiando de conversa ou introducindo ambigüidades que lle permitisen saír airosamente das dificultades ou as contradiccións nas que se acababa de meter. Naquela ocasión, sen embargo, non tratou de introducir ningunha clase de disimulo na frase que viña de pronunciar, máis ben alongou deliberadamente unha pausa, talvez para observar a reacción que no rostrou dela provocaban aquelas palabras.

Acórdao con precisión no amplo salón da casa que o lume acaba de destruír, sentado naquel sillón que estaba sempre protexido por unha funda branca de liño, debaixo do reloxo, cun cigarro na man esquerda, escoitando sen inmutarse os reproches que ela lle dirixía. Soamente cando pronunciou a palabra mentira, iniciou el un movemento defensivo, nada firme, por outra parte, que acabou diluído ademais nun sorriso irónico, aínda que nada agresivo. Dixo que a mentira era un pecado que nunca se debía invocar como acusación contra outro. Por se non comprendía o que pretendía explicar, podía aclararlle que, a maior parte das veces, o que un entende por trampas ou enganos son vistos sen cinismo pola outra parte como simples exercicios de prudencia, por non falar de valores menos apreciados, pero igualmente honestos, como poden ser o pragmatismo ou a eficacia. Rematou o argumento poñéndose de pé e mentres se dirixía cara á ventá para entornar a contra, ata aquel momento aberta de par en par, e deixar o salón nunha media penumbra, engadiu que a vida non se rexe só polas normas grandilocuentes dos principios, senón tamén por un conxunto complexo de deberes que algúns prefiren chamar responsabilidades.

Pouco despois, coa mesma serenidade que viña empregando desde que chegaran á casa, recordoulle que fora el quen lle falara sempre de Mariana sen ocultacións, con naturalidade, e que se houbo un momento en que aquel asunto se excluíra das conversas entre ambos, foi porque un día, paseando os dous á beira do Sar, en busca de follas e plantas para o herbario da asignatura de Botánica, quedou claro que a ela non lle agradaba que lle volvese mencionar a aquela rapaza. Dixo que, posto que non gardaba memoria das circunstancias en que se producira aquela reacción, el podía reconstruír para ela cada minuto e cada xesto. Lembroulle entón que levaba un vestido branco con asas e escote cadrado e o pelo solto, cunha cinta igualmente branca na cabeza; os zapatos eran de medio tacón e, no pé dereito, disimulada polo rigor velado das medias, víase unha pequena ferida, non máis grande que o rasguño feito por un gato. Fiel á súa memoria puntillosa, describiu tamén o entorno, sen excluír ó pescador que lles preguntara se viran pasar por alí, había cousa de media hora, a un individuo vestido cun mono gris, calzado con botas altas de goma e cuberto cun sombreiro de palla.

É certo que foi a última vez que el lle falou de Mariana e que ela tamén pode recordar con exactitude o que el lle estaba contando: como unha vez, cando aquela rapaciña non tiña máis de seis anos, se presentara de noite na habitación dos pais para dicirlles que o Neno Xesús lle acababa de contar un conto moi bonito e que ela llelo quería contar tamén a eles. Non foi, sen embargo, esta historia, nin sequera a maneira del de narrala, coa satisfacción que lle producía aquel relato no deleite que se transparentaba na boca, a que lle causou o desgusto que ela tratou de reprimir, pero que resultaba imposible de ocultar. Sabía que aquela moza era un ser parecido a un anxo, porque eso mesmo llo escoitara dicir a el moitas veces ó longo de varios anos. A contrariedade experimentouna ó descubrir que por primeira vez desde que o coñecera a el, sentía que aquela rapaza delicada e de porte distinguido, que sempre imaxinara como un retrato ou como unha pintura colgada dunha parede do salón na Casa Grande do Miño, tiña de pronto corpo de muller. Foi ese sentimento repentino o que fixo que pegara un salto e se puxera de pé e fose correndo cara ó río. Non quería que el advertira os temores que lle empezaban a alterar a serenidade dos ollos e que se concentraban na presión das mandíbulas, tan facilmente perceptible para quen observase a tensión do seu rostro, que ela sentía en forma de dor nos músculos da cara.

Nunca se atreveu a confesarlle os motivos daquela reacción que el interpretou como un enfado ocasionado polas cousas que lle estaba contando de Mariana. Estivo a punto de facelo aquel último día que pasaron xuntos na casa de Sabucedo, pero desistiu cando el, despois de defenderse da acusación que ela lle acababa de facer, se pechou nun silencio acoirazado que a excluía como presencia real e a convertía na nebulosa intanxible dunha pantasma. Entón escoitou a voz do administrador falando no patio. Ó principio pensou que podía estar co médico, cumprindo talvez co recado que viñera traer unhas horas antes, pero pasaron varios minutos e a voz seguía encorada no balbordo monocorde dun soliloquio de ton baixo e ronco que lle devolvía a ela a conciencia de non atoparse soa naquela casa. Aproveitou para saír ás escaleiras e descubriu ó administrador sentado sobre un tronco, xogando cos cans. Facíalles cóxegas, agarrábaos polo pescozo e xuntaba a súa cara coa cabeza deles. Ela estivo observando a escena desde o alto, en silencio, ata que o home, ó advertir aquela presencia que o miraba, púxose de pé, sacudiu os pantalóns e díxolle que eran uns animais moi bos e cariñosos, sobre todo o negro, que era tan listo que parecía xente.

Aínda que ela pretendía ser amable con aquel home que lle sorría dunha maneira franca e amistosa desde o fondo do patio, non conseguía concentrar a atención na realidade que tiña diante dos ollos. Deuse de conta de que o administrador intuía que algún desgusto se manifestaba no rostro dela porque lle enviou un sorriso tan comprensivo que foi como se lle aplicasen un bálsamo que lle aliviaba a pena que desde había unhas horas lle doía no medio e medio do peito. Ela correspondeu ó xesto e despois volveu ó interior da casa. Ó dar volta, viu como o administrador baixaba os ollos, chamaba por un dos cans e o abrazaba suavemente, como quen abraza un neno. Con aquela imaxe nos ollos, entrou no salón: el estaba durmido. Mirouno e acordouse daquel xove profesor que coñecera uns anos antes. Había algún xesto naquela cara tranquila que non podía identificar. Viuse de pronto despedíndose del no portal, uns anos antes, o día que o coñeceu, subindo as escaleiras cunha excitación que a ela mesma a sorprendía e que lle aconsellou non ir directamente ó comedor. Pasou antes pola habitación para evitar que as compañeiras lle notasen aquela evidencia que levaba impresa nas meixelas e que dúas horas despois aínda sentía como un incendio que lle queimaba a pel. Estivo pechada no cuarto, tratando de recordar cada un dos momentos daquela tarde, repasando unha por unha as palabras que el lle dixera. Como un fulgor, repentinamente soubo que fora aquel rostro desvalido do final, cando se despediron, o que a conquistara.

Ese home a quen quixo tanto, aí o ten, do outro lado da rúa. Segue na mesma posición que adoptou cando se foi o seu cuñado Eloi hai uns minutos. Desde entón está repregado sobre si mesmo, sentado no sillón azul, coa man dereita metida entre as pernas e a esquerda amparando a cabeza, que lle cae cara a aquel lado. Ata hai a penas uns segundos, non se decatara de que un pouco máis alá, ó pé da lámpada do fondo, Mariana estaba chorando. Chora ademais de maneira axitada, tapando a cara coas mans, co corpo inclinado cara a adiante e situada de perfil respecto do lugar que ocupa el, como se non quixese molestalo. Parece que por fin el se acaba de dar de conta da situación porque se ergue e vai ata a ventá. Ela veo agora de fronte, rosmando algunhas palabras, quizais algún reproche dirixido á súa muller. Non é o home firme e teimudo que desde primeiras horas da mañá resistiu impasible a algunha proposta ou petición do seu cuñado Eloi que non lle gustaba ou que temía. Agora está visiblemente enfadado con Mariana, que segue no mesmo recuncho, no fondo do salón. A enruga da parte dereita da boca aparece profundamente marcada e os ollos miran cara a afora con esa intensidade de metal que a ela lle trae á memoria os peores momentos da relación entre ambos.

Cando xa se deixaran de ver, un día atopouno na Alameda falando desde o palco da música diante de máis de mil persoas. Tamén entón estivera observando os seus ollos. Miraba de fronte á multitude congregada ós seus pés e mantiña a man esquerda metida no peto da chaqueta mentres coa dereita executaba movementos rápidos de arriba a abaixo, cos dedos índice e polegar unidos polas xemas e formando un anel. A suavidade e escasa potencia da voz non se correspondían coa enerxía da mirada. Entre unha e a outra había a mesma relación que se podía apreciar entre o ton pausado do discurso, pronunciado na segunda metade dunha forma tan lenta que unha parte do público se puxo a falar e deixou de atender ó que dicía, e a rotundidade dos conceptos expresados; ó contrario do que sucedía cos demais oradores, todos eles co verbo inflamado de metáforas, pero absolutamente desprovistos de contido. Por suposto, ó chegar a hora dos aplausos, o fervor estivo sempre do lado dos outros. A efusión veulle a el, non do público, senón das autoridades que ocupaban o palco, dun xeito especial do coronel xefe do Rexemento, que ó rematar o discurso lle deu un abrazo.

Ningún dos individuos que participaron no acto daquela mañá fixo outra cousa que expresar a berros a indignación que sentían. Falaron da morte de Anselmo Perille e os seus camaradas nun ton exaltado e vengativo, con ameazas. Mesmo un deles chegou a dicir que aquelas mortes se multiplicarían por seis. El, en cambio, comezou por facer o relato directo e detallado do que sabía: como dous individuos vestidos con mono de traballo e gorra na cabeza entraran de súpeto no Café Royalty e empezaran a disparar contra os mozos que ocupaban o ventanal da entrada, á esquerda da porta. Contou despois como un dos rapaces que estaban sentados, ó sentir os tiros, escachou o cristal da fiestra e saltou á rúa e como un dos que disparaban, ó ver que fuxía, saíu correndo detrás del pola Rúa do Progreso adiante, entre a xente que se apartaba abraiada, ata que diante do Bar Fornos, puxo un xeonllo en terra, levou a pistola ata a altura dos ollos, apuntou e atravesouno polas costas. Anselmo Perille pegou un pincho no aire e caeu estarricado no chan. Aínda moveu as pernas tres ou catro veces, como fan os cabritos cando os matan, e alí quedou tendido, invadida a súa pel de seguida por unha cor branca de fariña ou de neve.

Mentres contaba o suceso, a xente seguiuno cunha atención que se percibía na expectación dos rostros, pero cando se puxo a falar do valor do sacrificio e da necesidade de non confundir a fortaleza coa grandilocuencia nin a firmeza cos berros, o interese do principio empezou a relaxarse, ata que ó final daba a impresión de que ninguén o escoitaba. Ela coñecía ben aquela sensación. Foi a mesma que experimentou cando leu a primeira novela del. Leu dunha forma voraz, case sen alento, a primeira parte, onde contaba polo miúdo, deténdose de forma demorada na acumulación de detalles e feitos concretos, a historia de Pedro Santamarina: catro atracos a outras tantas rectorais fortes, incluída a morte dun dos curas e os cinco cans que lle gardaban a casa; logo, a fuxida, primeiro de a cabalo, en barco despois; a continuación, a aventura brasileira nas minas de Juiz de Fora, os cartos a moreas e as pendencias nos bares, sempre a tiros, e a volta trinta anos máis tarde convertido en millonario; finalmente, a procesión de penitencia, descalzo e chorando, cun cabalo negro á súa beira, símbolo da banda que tiña aterrorizada a comarca. Pasadas estas cen páxinas, viñan despois corenta máis de monólogo do propio Santamarina: unha reflexión intelixente sobre o valor da acción en si, pero pesada e aburrida como a segunda parte do discurso.

Dixo que a pasividade, como a submisión, era a actitude que correspondía ós pobos en decadencia, ovellas indefensas agardando a chegada do lobo. E o lobo estaba alí, oculto entre todos, disfrazado incluso de alma bendita, predicando a bondade, a tolerancia e a comprensión para debilitar a capacidade de resistencia e a fortaleza das súas víctimas. Abondaba con reflexionar un pouco sobre o acontecido. Por un lado, había uns mozos sentados no café, divertíndose inocentemente, confiados. Ó mesmo tempo, cumpría imaxinar a actividade decidida dos asasinos, dispoñendo os preparativos para consumar a súa acción. Primeiro, algúns encontros e reunións, algún breve debate, se cadra, pero sobre todo a planificación perfecta do atentado, un obxectivo nada difícil de definir: seleccionar as víctimas, elixir a hora e o lugar e designar ó comando executor. Uns días despois, poñer en marcha a operación. En todo ese tempo, os sinalados para seren liquidados seguiron facendo a súa vida tranquila de sempre, falando quizais da necesidade de reflexionar sobre os problemas e buscarlles solución. Así ata ese momento definitivo, cando un tipo delgado e resolto entra nun café e descarga unha pistola sobre as cabezas daqueles mozos indefensos.

Despois do discurso, situado novamente entre o bispo e o coronel, el seguiu, sen dar mostras de emoción ningunha, as intervencións dos demais oradores. Mantiña a vista no chan, nunha actitude que ela non sabería dicir se era de reflexión ou indiferencia. Soamente modificou a súa posición no momento en que Antonio Montero dixo que un dos asasinos procedía de Madrid, que viaxara expresamente para cometer o atentado e que estivera na cidade facendo os preparativos durante unha semana, seguindo as víctimas pola rúa para averiguar os seus costumes e evitar así calquera fallo. Logo, cando o orador, que ata aquel momento empregara un ton máis ben baixo, ergueu a voz para avisar a berros que había que estar alerta fronte do inimigo e desconfiar de todos aqueles elementos que puideran ser sospeitosos polas súas ideas, volveu á mesma actitude de antes. Nin sequera se alterou cando os berros empezaron a ser como chiídos de paxaro e a multitude que escoitaba se puxo tamén a berrar, reclamando a coro a pena de morte para os asasinos. Nese intre, xirou cara ó seu lado esquerdo e ergueuse na punta dos pés para comentar algunha cousa ó oído do bispo da diócese, que lle respondeu dándolle un pequeno toque cos dedos no brazo dereito.

Na manifestación que se organizou máis tarde, el ía en cabeza, ó lado do bispo e do coronel. Ela viuno pasar desde o alto das escaleiras do pazo episcopal. Camiñando entre aqueles dous homes altos e fortes, parecía aínda máis pequeno e miúdo e víase obrigado a andar case a saltos para seguir a marcha acelerada que impuña a propia indignación da multitude, que marcaban os berros do pequeno grupo de mozos vestidos con camisa azul e peiteados con gomina que ían diante. O coronel e o bispo coreaban as consignas dos rapaces con determinación, aínda que no momento en que a cabeza da manifestación pasaba por diante dela, cando a xente empezou a pedir que os asasinos fosen ó paredón, o prelado pechou a boca e púxose a mover os labios dunha maneira que non deixaba dúbida ningunha de que estaba recitando unha oración. Polo contrario, el pasou en silencio, coas mans recollidas sobre a parte de atrás da cintura e mirando de fronte, sen deterse a observar á multitude que enchía as beirarrúas ou as persoas que desde os balcóns e as ventás saudaban con panos e bandeiras, berrando frases ditas con vehemencia, inchando a gorxa, que non se podían entender a consecuencia do barullo que se tiña formado na rúa.

Cando a manifestación se detivo diante do Goberno Militar, fíxose un momento de silencio que rompeu unha voz de muller que berrou algunha cousa contra os comunistas, os xudeos e os masóns. Nunha esquina do Parque escoitouse unha gargallada e case ó mesmo tempo abriuse un claro na concentración, como o refluxo dunha onda que se retira da praia. No medio apareceu un individuo tirado no chan, sangrando pola cara, e un grupo de mozos armados con porras que lle pedían á xente que se xuntara de novo, que alí non pasaba nada. Desde o alto do balcón, o gobernador militar, inclinado cara a afora e colocando as mans en buguina, trataba de enviarlle unha mensaxe a el, que puña cara de non comprender. Despois de intercambiar algúns xestos entre a xente do balcón e os que se atopaban na rúa, na cabeceira da manifestación, el saíuse do lugar que ocupaba e dirixiuse cara á porta do edificio. Ós poucos minutos apareceu arriba, respondendo coa man, igual que facían o resto dos presentes, ás aclamacións das persoas de abaixo. Estaba serio, sen deixarse arrebatar pola emoción dos manifestantes, que de pronto empezaron a corear a palabra paredón. Somentes amosou un lixeiro sorriso, cando un individuo que acababa de agatuñar coma un mono por un poste da luz arriba despregou unha tea branca cunha inscrición pintada en azul que dicía: "Pao ó burro branco, pao ó burro negro, pao a todo burro que non ande dereito".

Nun artigo que publicou unha semana despois daqueles sucesos comentaba que daquela mostra de condena só quedaba a explosión emocional do momento, pois el tiña o convencemento de que as manifestacións non eran máis que recursos perdidos. Dicía que ó día seguinte da demostración popular en contra do asasinato de Anselmo Perille e os seus amigos, el andara paseando polo centro da cidade e que na monotonía da vida diaria a xente comportábase como se nada sucedera: ían e viñan das súas tarefas, entraban nos comercios, acudían a facer xestións nas dependencias oficiais ou consumían refrescos e xelados nas terrazas dos cafés. Nada era igual, sen embargo, despois dos acontecementos luctuosos que tanto conmocionaran á opinión pública naquelas tristes datas. Para evitar unha catástrofe, había que manter a tensión dentro dos espíritos, extremar a vixilancia, non contra unha pandilla de extremistas, executores cegos e arrastrados polo odio, senón contra os que sementaban, a través da insidia dun pensamento vulgar, o futuro dun mundo sen Deus. Os que pedían o paredón para os autores materiais da morte de Anselmo Perille, deixándose levar polo lexítimo sentimento de xustiza que aniña en todo corazón ben nacido, erraban se crían que, coa execución dos asasinos, se restablecía definitivamente a orde violada. Esa fora a trampa na cal caeran algunhas almas fervorosas no pasado, unha equivocación que non se debía repetir.

Lendo aquel artigo, ela comprendeu as palabras que el dixera unha noite na casa de Aurora Poch uns anos antes, ós poucos meses de regresar de Berlín. Eran eles os dous os únicos invitados. Ó chegaren, aínda de pé, antes de pasar ó comedor, estiveron falando dunha lámpada que había no recibidor, debaixo do cadro que representaba ós catro presidentes da Primeira República e que Eduardo, o marido de Aurora, lles explicara noutra ocasión, a primeira vez que os convidaran a cear ós dous xuntos. Estaba formada por unha figura feminina de mármore verde, en posición de marcha atlética, cunha antorcha acendida na man. O marido de Aurora sentía entusiasmo por aquela peza, que mercara en Madrid un par de meses antes, pero a súa muller, menos convencida, pensaba que a lámpada era demasiado moderna e que desentoaba co conxunto da decoración, sobre todo polo lugar que ocupaba, no alto dunha pequena columna estriada de madeira, entre un bargueño e unha vitrina. De colocala nalgún sitio, ela era partidaria de buscarlle acomodo no despacho. Mesmo xa lle tiña atopado o lugar exacto, que lles quixo amosar. Entón iniciouse unha discusión entre os anfitrións, nada dura na aparencia, pero que deixaba translucir, aínda con bromas e sorrisos, un desagrado e unha contrariedade difíciles de ocultar.

Para rebaixar unha tensión que non lle agradaba, el dixo que a antorcha daquela figura era o símbolo da sabedoría e que a intelixencia aconsellaba non inventar problemas, senón resolvelos. Entón púxose a falar dunha procesión nocturna que vira en Berlín había uns meses, entre a Porta de Brandenburgo e a Illa dos Museos. Era como unha cobra de luz. Ó contemplar aquela liña silenciosa, pensou na inutilidade das manifestacións populares que tiña observado no seu propio país, nas que a forza se reducía á detonación instantánea, poderosa e inútil como unha bomba de palenque, simples xogos do corazón. Vendo pasar aquela masa organizada de xente en Berlín, na que a emoción se reservaba para os cánticos, tivo o convencemento de que aquel era o inicio dunha etapa grandiosa na historia da humanidade. Os pasos lentos dos manifestantes, rubricados pola sobriedade rítmica dun pequeno grupo de tambores, parecían indicar que non se trataba dunha explosión de ira ou dunha conmoción pasaxeira, senón dunha acción meditada. El estaba seguro de que aquelas antorchas ardendo non anunciaban a derruba dun castelo devorado polas chamas, senón o inicio dun lume destinado a limpar un fermoso xardín comido pola frouma e as silveiras. Dixo esto, botouse a rir e recordoulle a Eduardo que a antorcha daquela figura estaba para iluminar o rostro de Aurora, tan fermoso, non para ensombrecelo.

A galantería da frase non conseguiu rebaixar o anoxo do dono da casa. Mirando con sorna ó invitado, Eduardo díxolle que tiña que cambiar de lentes, porque os que levaba o facían máis vello do que era e lle daban un aspecto de xudeu miserable e cotroso. El, sen inmutarse, dominando a indignación que sentía, retrucoulle cun sorriso pouco natural, dicindo que xa que falaba dos xudeus, debía saber que a fortaleza non se podía representar nunca pola figura bronca e dura do rei Asuero, senón pola fráxil Esther, que acabou sendo a vencedora do litixio que enfrontou a ambos. Sorprendido, Eduardo gardou silencio, desconcertado por unha resposta que non agardaba. El aproveitou a confusión do amigo para engadir que en cuestións de poder, resultaba fácil equivocarse, confundindo a debilidade coa intelixencia. Se lera a Vicente Risco, sabería que un pobo tan pouco agresivo como os xudeus, que nunca se rebelaron contra os seus verdugos, que pasaron a vida laiándose dos seus males, eran o pobo máis forte do mundo, os verdadeiros destructores do núcleo ideolóxico sobre o que se asentaba a civilización cristiá.

Volvéndose cara a Aurora, pediulle que estivese tranquila, que resultaba evidente que a lámpada acabaría ocupando o lugar que ela indicara. A Eduardo, chamándolle feroz Asuero, aconselloulle que aprendese a lección e non a esquecese, e que tivese sempre presente que os homes fortes non son aqueles que matan tigres ou elefantes ou panteras nun safari, senón aqueles outros que na súa casa, lonxe de calquera aventura cinexética, son incapaces de matar unha mosca. Eduardo ergueuse da mesa e fixo o xesto cómico de atrapar unha mosca imaxinaria no aire e esmagala co zapato contra o chan. Foi o final da tensión. Cando pouco despois pasaron ó salón para tomar o café, Aurora preguntoulle qué impresións traía de

Berlín e se era certo que os xudeus estaban sendo perseguidos da maneira que contaban algúns periódicos. El recordoulle o que dixera había un momento, durante a cea, respecto do enfrontamento entre o rei Asuero e a raíña Esther. Se non coñecía a historia, podíalla contar resumida en poucas palabras: condenados os xudeus a seren exterminados como pobo polo rei, a intervención suave da súa muller, perfectamente guiada e aconsellada pola sabedoría raposa de Mardoqueo, volveu as cousas do revés. Ó final, foron os xudeus quen pasaron a coitelo a todos cantos quixeran acabar con eles.

El tíñaos observado moitas veces en Berlín: silenciosos, desprazándose polas rúas coa prudencia fuxidía das serpes, saíndo sixilosamente das súas covas, agrupados como corvos nas esquinas dos seus barrios, tiñan a aparencia indefensa das falsas víctimas. El mesmo presenciara un incidente cerca da Sinagoga, un día que paseaba con Gerda por aquela parte da cidade, camiño do Dorotheen Friedhof, o cimeterio onde pensaban visitar as tumbas de Fichte e de Hegel. De súpeto chegou unha camioneta de cor gris, coa parte de atrás cuberta cunha lona. Pegou un freazo violento e do seu interior, como se xurdisen da nada, saltaron vinte ou trinta rapaces e un par de individuos de cincuenta anos, gordos e fortes, que se dirixiron ás carreiras cara a un edificio de aparencia ruinosa, cunha das ventás do primeiro piso completamente cega, tapiada con ladrillos. Non se escoitaba unha soa voz, como se todos aqueles mozos que rapidamente se ían perdendo na escuridade do portal, fosen mudos. Soamente se oían os pasos retumbando nos chanzos de madeira, que chegaban ata a rúa como un troupeleo acelerado de elefantes. Ó pouco tempo, volveron saír, levando diante de si, ós empurróns, a dous vellos e tres rapaces novos.

Cando os viu aparecer, Gerda pronunciou algunhas palabras entre dentes, que el non soubo se ían dirixidas a si mesma ou se, polo contrario, lle quería comunicar algunha cousa que el non deu entendido. Entón preguntoulle que dixera. A moza mirouno cun sorriso que máis parecía unha carantoña e díxolle que observase o rostro dos rapaces que estaban axudando a subir na camioneta. Nin un só xesto que relembrase a cara de terror de calquera outra persoa que se vira nunha situación semellante; máis ben a serenidade de quen sabe que a traxedia, se sobrepasa os límites da condición humana, converte ás víctimas en seres de outro mundo, quizais en habitantes dun territorio no que non existe unha referencia para saber en que consiste a dor. Cando Gerda lle estaba facendo aquela observación, el fixouse nun dos mozos. Era pequeno e miúdo, co pelo completamente rapado, como se alguén tivese medo de que collera piollos. O ancho dos pantalóns contrastaba coa delgadez das pernas, sobre as que lucían, case caídas, unhas medias enrugadas e escuras cubríndolle as canivelas. Os zapatos eran uns tres ou catro números maiores que a medida aparente dos pés. Ó poñerse a camioneta en marcha, o rapaz atopouse coa mirada curiosa del e fíxolle un aceno coa man dereita. El non sabería dicir a que lugar o levaban e para que, pero fose o que fose, o neno tiña o aspecto despreocupado e curioso dun escolar que parte de excursión.

VII

Agora mesmo son as cinco da tarde e el segue sentado no sillón azul, coa actitude indolente que adoptou xa pola mañá, ó regresar da misa, e que non abandonou nin sequera para comer. Todo o que fixo desde entón foi pasear polo cuarto, dando voltas desde a parede do fondo ata a ventá, coa regularidade exasperante dun oso engaiolado. Debeulle pedir a Mariana que o deixara só, porque en todo ese tempo ela non apareceu polo salón, a non ser cando chegou a hora do xantar, que hoxe non durou máis de vinte minutos e transcorreu en silencio. El sorbeu soamente unhas poucas cucharadas de sopa e do pequeno anaco de tortilla que se serviu, non comeu máis de dous ou tres bocados. Postre tampouco tomou. O que fixo foi beber catro tazas de café e unha máis que agora aparece situada por riba da mesa camilla. De cando en vez alonga o brazo dereito, mentres mantén a man esquerda metida entre as pernas, e bebe a pequenos sorbos, moi breves e distanciados. É o único momento no que abandona o estado de indolencia no que se atopa e que o gato aproveita para ocupar o seu lugar predilecto. Non lle importa que o bicho estea deitado sobre un montón de folios escritos nin que a taza do café, colocada entre as patas do animal, tocándolle case na barriga, se poida derramar sobre os papeis.

Son escritos dos últimos días, en boa parte redactados polas noites. Desde que se repuxo da gripe, prolonga a xornada ata moi tarde e non se deita antes das catro da mañá. Onte, por exemplo, empezou a escribir despois da cea e non ergueu a man do papel ata que o reloxo deu as tres. Non é normal que escriba durante tanto tempo seguido, por máis que eso é o que vén facendo de maneira habitual desde o martes pasado. O resultado son eses folios situados sobre a mesa e que agora mesmo lle serven de cama ó gato. Non deben ser menos de corenta ou cincuenta, o cal significa moitas horas dun esforzo que non parece estimar demasiado, polo menos tendo en conta a escasa preocupación que demostra diante da eventualidade de que poidan sufrir algún tipo de percance. Tal actitude de abandono, que se manifesta ademais na maneira calmosa de sentarse, hoxe máis acentuada que noutras ocasións, pode deberse ó descontento que sente diante do resultado conseguido despois de tantas noites de traballo, ou pode ser tamén consecuencia dos problemas que o afectan desde hai días, concretamente desde que coñeceu o contido da folla amarela.

Con excepción do que sucedeu hoxe pola mañá, nos últimos días Mariana acompáñao durante moitas horas. A maior parte do tempo permanece sentada na silla de coiro, ó lado da lámpada, calcetando ou pelando xudías ou remendando calcetíns. Esa presencia muda, que noutro tempo sería insoportable para el, parece agora non soamente tolerada, senón incluso querida. Vese ben nos sorrisos que se intercambian, cando el fai un alto no traballo e comenta algunhas cousas coa súa muller, ou cando falan de seguido, mentres el pasea polo salón fumando un cigarro. Hai tres días, despois de xantar, nunhas circunstancias semellantes ás de agora, ó pasar ó lado de Mariana, detívose de pronto diante dela e colleulle a cabeza entre as mans. Parecía que lle ía dar un bico. Mantivo aquela postura durante algún tempo, como se dubidara, e logo fíxolle unha caricia na meixela. Cando ía de volta, camiño da ventá, Mariana seguiu mirando para el, pero non puido verlle a expresión da cara. Non transmitía preocupación exactamente, quizais tampouco se podería dicir que fose tristeza, talvez non fora máis que a manifestación resignada dunha sensación de impotencia.

Estes días debe estar recordando unha parte da súa vida. Nos artigos publicados na última semana aparecen referencias frecuentes ós anos da nenez, especialmente ós veráns en Sabucedo; ou comentarios relacionados cos seus tempos na Universidade, escritos nun ton atemperado e suave, sen que se traduza neles aquela arrogancia con que falaba e actuaba entón; ou alusións ás horas vividas na Casa Grande do Miño, cando ía ver a Mariana. Por certo que nun dos artigos que tratan deste asunto, ó lelo, descubriu ela unha historia que a atingue, pero que ignoraba de que maneira fora vivida por el. Naturalmente, os feitos deberon ser alterados nos seus aspectos máis visibles e aparentes, unha técnica que el segue de maneira habitual, talvez por razóns de pudor ou de retórica, aínda que neste caso ela está segura da exactitude dos datos de fondo empregados. O nome de Mariana escóndese baixo a ficción dunha tal Luísa, a Casa Grande do Miño aparece transformada nunha residencia de campo, en terras do

Ulla, e el mesmo disimúlase detrás da cobertura que lle outorga a referencia inconcreta a "un coñecido". Todo o demais é certo, excepto nos detalles.

Trátase dun breve apunte literario, o esbozo do que puidera ser un relato, pero escrito en forma de artigo de periódico. É un recurso que emprega ás veces, de maneira especial cando a melancolía o empuxa a efusións líricas ou confidenciais. Para non caer en referencias autobiográficas que detesta, bota man desa forma cortés de distanciarse. O que probablemente querería contar é como se produciu o reencontro con Mariana, non por exhibir un sentimento, senón por cumprir con esa teima que o leva a pasar constantemente a súa vida polo cribo da reflexión. O caso é que ese "coñecido" indeterminado, despois de vivir unha longa aventura cunha muller intelixente e bonita, culta e forte, descobre que o verdadeiro amor non está nos valores relacionados coa intelixencia e a vontade, senón co mundo escuro do corazón. Por eso decide volver coa súa antiga moza, unha rapaza de pouca saúde, bondadosa e discreta, criada na sinxeleza na que antes foran criadas tamén a súa nai, a súa avoa e a nai da súa avoa e todas cantas mulleres a precederan na familia.

Convertida a reflexión en relato, a historia empeza un día pola tarde en Santiago, cando o "coñecido" vai buscar a súa moza para saír de paseo, e ela lle confía un desexo que non deixa de ser unha trivialidade aparente: a ilusión que lle faría saltar en paracaídas dun avión, unha afirmación que el non comprende porque lle parece a manifestación dun espírito aventureiro e despegado, pouco temeroso e demasiado audaz. A partir desa discusión, o protagonista empeza a recordar outros feitos que tamén o desgustan: que a rapaza asegurase nunha ocasión anterior que non tería reparo en pasar ela soa unha noite de velorio en presencia dun cadáver; que manifestase que a fisioloxía era un compoñente esencial do que a xente chamaba simplemente amor ou que defendese a idea de que a relixión, desligada dunha certa dose de escepticismo, podía converterse nun sentimento explosivo, potencialmente perigoso. Aquela noite, ó se despediren, o "coñecido" ten a impresión de que os últimos anos da súa vida os pasou sometido baixo a forza e o dominio da intelixencia e que se ten que liberar dun poder que moitas veces é o disfraz máis amable que adoita Satanás para conquistar as almas. É así como se inicia o camiño de regreso.

As cousas non sucederon así, pero o artigo reflexa talvez as tribulacións del naquela época. É verdade que a el non lle gustaba que ela carecese de sentimentos de temor, por máis que nunca falaron da historia esa do velorio en solitario cun cadáver, nin que manifestase a disposición a experimentar calquera sensación nova, nin moito menos que expresase desexos de saltar en paracaídas. Quizais haxa nesta parte da narración a reminiscencia dunha conversa que tiveran unha noite na casa de Aurora Poch, durante unha cea, cando ela dixo, falando dunha rapaza francesa da que contaran os periódicos que se dispuña a dar a volta ó mundo en bicicleta, que a ela non lle importaría facer outro tanto. Reprochoullo el despois, cun argumento que a ela lle pareceu entón incomprensible, pois confesoulle que ó dicir esas cousas, que ningunha outra rapaza se atrevía a dicir, tiña a sensación de que o deixaba en ridículo diante dos amigos, entre outras razóns porque se estaba tan disposta a correr unha aventura como aquela, eso significaba que non sentía demasiada ansia por el, xa que parecía capaz de abandonalo durante todo ese tempo por propia vontade, sen que mediara ningunha necesidade imperiosa, por puro divertimento, quizais tamén por afán de protagonismo.

Respecto da relixión, a frase que aparece no relato ten que ver, con toda certeza, coa visita que fixo á cidade a imaxe da Virxe de Fátima, no ano 1935, en pleno verán. El empeñouse en acudir á Alameda desde un par de horas antes para coller un bo sitio e seguir os actos desde a primeira fila, unha teima que ela non conseguía comprender. Por eso lle dixo que non había ningún motivo razoable para aturar aquela calor, expoñéndose a unha insolación, cando o importante non era o lugar no que se estaba, senón estar ou non estar. El volveuse indignado cara a ela e contestoulle que, en vez de corazón, parecía que tiña unha fábrica de xeo no peito e na cabeza. En todo o tempo que durou o acto relixioso, non lle volveu dirixir a palabra. A ela, aquel fervor que el manifestaba figuróuselle novo, moi diferente da relixiosidade formal que ata entón lle coñecía. Nunca o vira como aquela tarde, extasiado diante da imaxe da Virxe, abandonado a un entusiasmo e unha exaltación que a ela lle producían temor. Aínda que tampouco lle confesara antes que tales sentimentos lle parecían perigosos, como el insinuaría máis tarde naquel artigo, non era difícil deducir semellante afirmación da actitude reservada que ela adoptou aquela tarde.

Cando rematou a concentración da Alameda e eles regresaron cara ó centro da cidade, coa intención de sentarse na terraza do Café Moderno, a ela sorprendeulle que, ó revés do que sucedera noutras ocasións, el se esquecese da discusión que acababan de manter e se puxese a falar cunha naturalidade que contradicía unha maneira de ser e comportarse que habitualmente era moi diferente daquela e que ela coñecía tan ben. Estaba contento. Baixando pola rúa de Lamas Carvajal, díxolle que de novo sentía ganas de retomar a novela que empezara había tempo sobre a presencia do demo no mundo, un estímulo que ela entendeu que lle viña dunha historia tétrica que contara o predicador aquela tarde, na que se falaba dun campesiño polaco, descrido e blasfemo, que a noite en que estaba sendo velado pola familia, nunha pequena casa de madeira no medio do bosque, a pesar de que era inverno cru e había neve, veu unha lufada de vento tórrido, con cheiro a xofre, que arrombou as trancas das portas e as ventás e arrebatou o corpo do condenado. Un episodio máis para engadir ós moitos que xa tiña acumulados.

A alegría daquela tarde durou pouco tempo. Como se se sentise arrepentido das palabras que lle dixera antes de empezar os actos da Alameda, quizais porque sabía que a ela lle molestaba sentir o sol do verán directamente na cabeza, preguntoulle se non lle importara ter que aturar aquela tortura. Sen medir a transcendencia que para el podían encerrar aquelas palabras, respondeulle que tanto lle tiña. Foi como se abrise unha caixa de víboras. Púxose encarnado e empezou a remexerse na silla e logo iniciou de carreira un discurso indignado en contra daquela indiferencia enfermiza, repugnante e impropia dunha muller. Preguntoulle se había algunha cousa na vida, distinta das puras sensacións epidérmicas, que a puidera facer vibrar con algo. Preguntoulle tamén se non sabía que a intelixencia, diante dalgunhas realidades misteriosas, era cega, incluso ridícula, e se convertía nun trasto tan inútil como un coitelo para cortar unha pedra ou un anaco de ferro. Logo confesou que ás veces, falando con ela, tiña a sensación de estar vendo por un buraco o rostro xélido, empaquetado de soberbia, do mesmo Satanás. Por fin, acaboulle recordando o episodio do perfume.

Moitas veces se tiña arrepentido ela de contarlle aquela historia que lle sucedera un día durante un concerto, o ano anterior a coñecelo a el. Chegara tarde, acompañada da súa nai, coa sala xa en penumbra e a orquestra a punto de empezar. Unha vez pasado o afogo que lle producira a présa, sobre todo nos últimos metros, xa no vestíbulo do teatro, que atravesaron ambas correndo, e cando xa levaba uns minutos sentada, escoitando o primeiro movemento, tan melancólico, da *Sinfonía Patética* de Tschaikovski, un arrecendo sutil produciulle de súpeto un desacougo que non podía identificar. Ó principio pensou que a súa nai se puxera algún perfume novo, distinto da esencia de rosas que usaba habitualmente, pero non tardou en decatarse de que o aroma, algo máis forte do que normalmente usaban as mulleres, era moi diferente de calquera dos perfumes que ela estaba afeita a sentir e que podía recoñecer. Pronto notou que proviña do seu compañeiro de asento, un home de arredor de corenta anos, vestido cunha chaqueta inglesa de color gris, pelo branco, bigote natural, a penas recortado, e lentes finos de carei. Unha curiosidade irrefreable obrigouna a mirar para aquel individuo, que nese momento tamén a mirou.

Cando sentiu que todo o seu corpo era atraído por aquel home descoñecido que a estaba mirando cuns ollos amables, nada agresivos, a pesar dos esforzos que ela facía por evitalo, tomou a decisión de abandonar a sala e fuxir daquel lugar a toda présa, pero ó mesmo tempo unha forza superior ó medo a mantiña cravada no asento. Como para defenderse, arrimouse cara ó lado contrario, dunha forma tan violenta que a súa nai lle reprochou coa mirada o movemento que acababa de facer. Entón situouse no centro, cos brazos pegados ó corpo e a cabeza inclinada cara a adiante e procurou distraerse deixándose arrastrar polo engado dunha música que estivera esperando escoitar con ilusión durante todo o día. Sen embargo, o perfume que lle chegaba do seu compañeiro de butaca non lle permitía pensar noutra cousa que no pracer que lle producía aquel arrecendo e no temor que lle inspiraba unha reacción tan nova para ela e que non conseguía controlar. Ó rematar o concerto, saíu correndo, arrastrando practicamente a súa nai, que non entendía a razón daquel comportamento atolado. Cando chegaron a casa, meteuse na habitación para repasar unha lección de Botánica, pero non puido borrar dos sentidos aquel cheiro, aínda que xa menos perturbador na distancia.

Durante varios días foi incapaz de liberarse do recordo. Erguíase pola mañá e esa era a primeira idea que lle viña á cabeza, coa imaxe daquel home incrustada no centro do cerebro e a fragrancia do perfume gravada na memoria. Ó longo do día, íase apoderando dela o sentimento vergonzante de ser, non unha muller, senón unha femia. Unha tarde, ó dobrar a esquina da Rúa do Vilar coa Praza das Praterías, subindo en dirección á costa de Xelmírez viu un home que lle pareceu o seu compañeiro de concerto. O desexo de seguilo non durou máis que un instante, pero cando de maneira consciente se puxo a andar para o lado contrario, torcendo o rumbo que levaba, aquel sentimento repentino que lle pasara fugazmente pola cabeza converteuse nunha nube de auga que lle encheu os ollos de vergonza. Así ata que unha semana máis tarde foi á casa, a ver a familia, e ó darlle un bico ó seu pai comprobou con alivio que era aquel perfume, que el empregara había moitos anos e que ela recordaba de nena, o mesmo que levaba aquel home que estaba sentado á súa beira no concerto. Ó descubrir a orixe daquel comportamento ata aquela tan difícil de entender, e que agora por fin comprendía, sentiu como se lle quitasen un coágulo do fondo da gorxa e respirase mellor. Entón botouse a rir.

Contárallo a el un día caloroso de verán na horta da casa de Sabucedo, sentados os dous á sombra dunha das árbores do paseo central, no recoveco amante da fonte. Estiveran falando de cousas da infancia, de cando el baixaba ata aquel lugar e como lle gustaba poñer as pavías a remollar debaixo do cano, onde deitaba a auga, para comelas despois fresquiñas e limpas. A lembranza do recendo doce da pavía que el colleu para ela aquel día, tróuxolle á memoria o episodio do concerto. Cando ela lle estaba narrando a parte inicial da historia, o momento en que o seu nariz se sentiu inundado de súpeto polo aroma que lle chegaba do asento veciño, escoitouna cos ollos saídos cara a afora, cunha expresión que ela descubriu moi pronto que non lle gustaba, pois amosaba unha fealdade no rostro del que só un pouco máis tarde, cando se decatou de que naquelas circunstancias se parecía a unha ra, foi capaz de aceptar con humor. Díxolle que non comprendía como era capaz de contar un episodio semellante sen sentirse avergonzada, coa mesma indiferencia de quen come un caramelo ou fala do frío que sentiu un día de inverno. Tratando de dominar un enfado que lle facía tremer a voz, pero mantendo unha ambigüidade deliberada no ton empregado, acaboulle chamando Periquita Audaz. Cando ela se botou a rir, el apurou o paso e marchou directo para a casa.

A tarde do domingo que seguiu a aquel enfado, despois dos actos en honor da Virxe de Fátima, foi o último día que pasaron xuntos na casa de Sabucedo. Despois, o martes non se viron nin o mércores; o xoves, el mandoulle recado de que se atopaba mal; o venres informouse por Ana Montenegro de que fora á Casa Grande do Miño e que botara alí ata o luns pola mañá. Nunca soubo que sucedeu entre el e Mariana naqueles días, aínda que non lle resultaría difícil imaxinalo. Podía velos paseando pola horta, sentados á beira do pozo ou descansando ó atardecer no gran balcón da parte de adiante da casa, fronte do río, o mesmo lugar onde transcorrera aquela escena, que tan ben lle soubera describir, cando Mariana se mancara ó tratar de coller unhas uvas e el a estivera contemplando máis tarde, coa propia carne alterada por unha axitación non querida, mentres ela durmía nunha hamaca. Non lle resultaría tampouco difícil imaxinar de qué falaron naqueles días quentes de xullo. Había tempo que el sentía como se tivese a conciencia esmagada polo peso dunha pedra, sobre todo desde o día en que lle dixo a Mariana, quizais envolvendo as palabras en algodón, que as cousas xa non eran como antes. Con seguridade esa debeu ser a expresión exacta que empregou, non máis explícita que eso. Tería que ser a intuición de Mariana a que puxese o resto para entender o sentido pleno da mensaxe. Polo demais, el sabía que contaba de antemán coa bondade e a comprensión daquela rapaza.

Nin sequera tería que aclarar equívocos do pasado, axustar algunhas contas e render explicacións dalgúns asuntos non resoltos. Con Mariana non era necesario. Abondaría dar un paseo por debaixo do emparrado e sentarse na pedra grande, á beira do tanque de lavar, para que todo fose como antes. Unha vez alí, el podía recordar algúns episodios felices, evocar, por exemplo, o pacto de sangue, cando prometeron non tocarse, e dicir que el se sentía contento de atoparse naquela mesma horta onde tiñan pasado tantas horas xuntos. Fora alí mesmo, sentados sobre aquela laxe en forma de roda, onde el lle dixera unha vez, había xa moitos anos, que estaría disposto a deixalo todo, o encanto da cidade e os amigos, para vivir naquel lugar apartado do mundo, só con ela, cos papeis e cos libros, pechado durante horas na biblioteca da torre e escoitándoa tocar o piano no salón ou xogando cos nenos na horta. Era cando a saúde de Mariana, daquela tan fráxil, parecía de cristal e os médicos non estaban seguros de que chegase a pasar dos vinte anos, que debía cumprir sete meses despois. Entón el facía aqueles proxectos para instalarse na aldea, unha perspectiva que non lle producía entusiasmo, pero que xulgaba necesaria.

Abondaría con poucas palabras para que Mariana entendese o que el lle quería dicir. Seguro que eso quedou resolto o primeiro día pola tarde. A idea de chegar á noite coa alma en paz resultáballe atractiva, pois tal como el mesmo tiña dito moitas veces, as veladas que se organizaban na casa formaban parte das horas máis felices da súa vida. No inverno, porque lle entusiasmaban os contos do Cándido contados ó pé do lume, debaixo da grande lareira da cociña; no verán, porque sentía un pracer doce sentado na solaina, despois de cear, para facer tertulia ó aire libre, cos restos da calor aínda pegados nas columnas de pedra e un cantar incesante de grilos que chegaban ata alí como luces repicando na escuridade desde os campos e as viñas de arredor. El sentábase sempre no vello sillón de bimbio pintado de branco, sobre un coxín verde, ó lado de Mariana, que ocupaba o asento xemelgo, os dous situados ó abeiro das paredes do fondo, na esquina da esquerda conforme se sae do salón. O resto dos presentes distribuíanse polos demais sillóns, con excepción da nai de Mariana, que por razóns de saúde se sentaba nun asento especial de madeira tapizado cunha tea estampada, algo descolorida cos anos. Diante estaba o río, un relanzo de metal brillante no que se reflexaba a alegría do ceo.

Aquel venres fixera calor. Buscando o alivio da noite, ela sentárase tamén no balcón, este mesmo balcón que agora contempla do outro lado da ventá, detrás dos cristais. A rúa estaba deserta, pero escoitaba as conversas dos veciños que tomaban o fresco e que facían comentarios sobre o tempo ou sobre a situación do país. Alguén dicía que se as cousas seguían daquela maneira, con mortos e asasinatos a cada hora e os asuntos de goberno desbocados e sen control, habería que facer algo para evitar unha catástrofe. Pareceulle a voz do cóengo Congil, que vivía na casa veciña e de quen se dicía que estaban a punto de nomealo bispo de Orihuela. Ó pouco tempo, ela acabouse illando por completo do que sucedía na rúa. Pensaba na Casa Grande do Miño. Víao a el sentado na solaina, no sillón de bimbio, ó lado de Mariana, fumando e bebendo a pequenos sorbos un refresco de limón con azucre, enfriado no pozo do patio durante toda a tarde para servilo no seu punto a aquela hora. Vía tamén a Mariana, vestida cun vestido branco e un groso xersei encarnado, acochada contra o coxín e cos pés pousados nun banquiño de madeira, escoitando ó seu pai.

Era unha escena que ela tiña imaxinado moitas veces, sempre guiada polas palabras del. Ó recreala de novo, agobiada aínda polo calor do día, tivo o presentemento de que en adiante aquelas imaxes serían fotografías fixas, anacos da súa historia persoal colgados para sempre nun instante feliz da súa vida. Estaba convencida de que nunca máis oiría falarlle a el daquela Casa Grande do Miño, das veladas nocturnas en familia, dos paseos á beira do río ou das cabalgadas polo monte. Tiña a seguridade de que non volvería experimentar endexamais aquela mestura de sentimentos que a levaban a querer que el lle contara o que acontecía naquela parte do mundo onde ela non podía estar e que ó mesmo tempo lle facían temer que aquel ambiente que el sabía recrear dunha maneira tan fiel exercese sobre ela unha atracción que non quería sentir. Desde aquela noite, as imaxes que estaba lembrando non serían outra cousa que alimentos para a nostalxia, dor asegurado para moito tempo, quizais para toda a vida. Cando tivo a evidencia de que ía ser así, empezou a chorar. Ó principio non foi máis que unha humidade pequeniña en cada ollo, pero pouco a pouco empezouse a converter nun pranto ruidoso que a obrigou a entrar na casa para evitar que os veciños a escoitasen.

Pasou toda a noite chorando. Pechada na habitación, coa luz acendida para sentirse menos soa, contemplaba a fotografía del a través das lágrimas. Era un rostro difuminado e borroso, no que non lograba distinguir ningún dos rasgos máis marcados, nin aquela luz incrustada coma un diamante no centro de cada ollo nin a enruga da parte dereita na boca. Non lle importaba. Sabía de memoria cada centímetro daquela cara. Podía recordala en miles de situacións diversas, o mesmo na crispación dos peores momentos de enfado, tan frecuentes, como na placidez infantil e serena das horas máis felices, non menos raras. Durante a noite fóronse alternando sucesivamente. Pasou de velo na habitación do Hotel Embaixador, na Coruña, deitado ó lado dela, nos instantes previos a aquela explosión de pracer que tiña imaxinado que ocorrería algunha vez, pero que se presentara de súpeto como un regalo ou unha sorpresa inesperados, ata recordalo unhas horas antes na praza de touros, fascinado polo espectáculo brutal que estaba protagonizando unha multitude enlouquecida pola irrupción imprevista da barbarie. Pareceulle que en todas as situacións, polo menos tal como podía lembrar naqueles instantes, conservaba o mesmo atractivo que a deslumbrara o día aquel que o coñeceu, cando non entendía por qué lle gustaba tanto aquel mozo pequeno e delgado, resabido e cunha timidez que trataba de encubrir dicindo frases rechamantes.

É ese mesmo home a quen nestes momentos está observando a través da ventá. Segue sentado no sillón azul, exactamente igual que hai un par de horas e nunha posición que vai conservar durante o tempo que queda de día. Non lle pode ver o rostro, pois está de costas. Probablemente ten os ollos pechados, aínda que con toda seguridade non está durmido. Ese abaneo do pé dereito, que sobe e baixa a un ritmo lento e regular, e esa inclinación desmaiada da cabeza, son para ela unha proba inequívoca de que permanece esperto. Está convencida de que unha rolda de pensamentos amargos o manteñen nesa situación de abulia, como se fose un vello que sabe que, por moito que se estire, a vida chegou ó final e que xa non hai ilusións capaces de arrincalo da apatía e a indiferencia que lentamente se van apoderando del. Quizais é a hora de darlle voltas ó pasado e repasar historias e acontecementos. Sen esta actitude, ela non podería entender o artigo de onte. Leuno tres ou catro veces, sen poder determinar que clase de sentimentos espertaba nela, se de nostalxia, de sorpresa ou de rabia.

Falaba dun can abandonado. Viuno tirado á porta da catedral, comido pola tiña e a miseria, xa sen fame e a punto de morrer. Alguén lle dixo que o sancristán tratara de escorrentalo de alí, pois había mulleres que protestaban, pero que nin sequera pegándolle couces conseguía movelo do seu sitio. Pareceulle a representación viva da crueldade humana, a condena rotunda dunha civilización que perdeu o sentido da compaixón. Para recuperala, propuña fortalecer os valores da cultura dos paisanos, na que as relacións persoais tiñan aínda un sentido de fraternidade e cooperación que recordaba as primeiras comunidades cristiás. Mesmo polo que respecta ó trato dado ós animais, algúns deles considerados como membros da familia, dicía que a conducta dos campesiños non deixaba de ser unha prolongación da súa maneira de relacionárense cos demais, tal como se podía deducir do costume de chamar ós cans con nomes de per-soas, é dicir, Tomás, Fernando ou Vicente, unha práctica que desgraciadamente rematou coa invasión de 1808, cando a xente da aldea, enrabechada pola violencia dos gabachos, empezou a bautizar ós cans cos nomes de Soult e Ney, mariscais de Francia.

É o artigo dunha persoa triste. Só na palabra gabacho aplicada ós franceses brilla durante uns segundos a raza dos momentos de coraxe, a vitalidade daquel home que un día lle dixera, nunha carta escrita desde Berlín, que se sentía con forzas para transformar o mundo. Naquela ocasión, viña do estadio de Grunewald, onde asistira a un festival ximnástico. Estaba fascinado pola beleza plástica dos movementos dos rapaces e as rapazas, executados cunha marabillosa perfección xeométrica, como se Deus estivese dirixindo en persoa aquela exhibición desde o ceo. Un grupo de mozas vestidas cunha roupa axustada, que facían pensar no corpo espido e libre dos atletas da antigüidade, realizaba movementos coa mesma gracia lixeira das cervas, axudadas duns inmensos globos brancos que sostiñan coas mans sobre a cabeza e compuñan no terreo do estadio unha ledicia pacífica de pombas. Desprazábanse dun lado ó outro do rectángulo, que ocupaban nas dúas terceiras partes, cunha lentitude que servía para manter a harmonía dun conxunto ordenado e cunha forza que resaltaba o poderío espectante e concentrado do grupo. Aqueles breves pasos que se iniciaban co alzado lento da perna dereita e que remataban cun golpe rápido e seco contra o chan, observados desde a grada, tiñan a enerxía dunha bala.

Na carta, esta última palabra aparecía escrita en letras maiúsculas. Dicíalle entón que unha bala en por si, vista sobre unha mesa ou situada detrás do cristal dunha vitrina nun museo, carecía de toda significación sentimental, ese magma estúpido de bos sentementos que case sempre impedía tratar con intelixencia o asunto da guerra. Nese pequeno cilindro metálico, sen embargo, dotado da beleza funcional que adorna os obxectos prácticos, gardábase unha forza capaz de cambiar o curso da historia, igual que a enerxía que el acababa de descubrir na exhibición ximnástica daquela mañá. Nada lle compracera tanto desde que chegara a Berlín. Fronte á compulsión nerviosa, profundamente gratuíta, das confrontacións que se observaban na rúa, onde pandillas de individuos frenéticos de distinto signo se dedicaban a impoñer a paos as súas respectivas obsesións, aquela demostración ordenada e clara de sabedoría, de elegancia e de poder, era a mostra da mellor Alemaña, unha proba de como o espírito prusiano se podía encauzar cara a fins máis altos a través da cultura. Empezaba a pensar que aquelas ovellas felices que eran a maioría dos alemáns non debían ser considerados os únicos representantes dun pobo que nos últimos anos se estaba desangrando en liortas sen sentido, degradado polo militarismo sen control das infinitas partidas da porra que pouco a pouco se ían adonando da rúa. Estaban tamén aquelas mozas e aqueles mozos que acababa de admirar no estadio de Grunewald.

Privada do poder do espírito, a enerxía era como unha bala disparada ó chou, sen branco definido. Como eses grupos de individuos que el vía con frecuencia desprazándose polas rúas, berrando frases e consignas, dando saída ás emocións e ós odios, sen ningún plan que orientase aquelas forzas espalladas e perdidas. Un día pola mañá, paseando pola Unter den Linden camiño da Biblioteca, ó chegar ó cruce da Friedrichstrasse, viu a un grupiño de rapaces vestidos con camisas de cor parda e armados con bastóns de madeira que nun par de minutos destrozaron os cristais do escaparate dunha tenda de porcelanas. Aínda el non se repuxera do susto, cando os mozos xa ían a cen metros, fuxindo pola beirarrúa da Universidade e gritando algunha consigna que non puido escoitar, pero que remataba coa palabra "raus". Detívose para observar a desfeita e descubriu no fondo da tenda un home e unha muller bastante vellos, pobremente vestidos e agachados detrás do mostrador. Dubidou un momento, pensando quizais en ofrecerse para axudalos, pero chegou á conclusión de que os seus coñecementos de alemán non eran os máis apropiados para converterse con eficacia nun bo samaritano.

O importante da historia, tal como lle explicaba na carta, non era a anécdota en si nin o dano causado, nin sequera os fins perseguidos polos autores da acción que acababa de presenciar; tampouco o trastorno ocasionado a aquel par de vellos, por máis que este fose lamentable. O que lle chamara a atención fora que o día seguinte pola mañá, cando volvía á Biblioteca, ó pasar polo mesmo sitio, non quedaba ningún rastro do altercado da véspera. Os cristais do escaparate xa foran repostos, as porcelanas ocupaban de novo o seu sitio, sobre un pano verde inmaculado, e a figura dun arlequín xigante que saudaba cunha reverencia, mentres cunha man parecía debuxar un xesto que se podería interpretar como unha invitación a entrar na tenda, estaba perfectamente colocado no alto dunha banqueta de madeira. Sorprendeulle que aquela figura, que el vira o día anterior tirada na rúa, entre cristais rotos e anacos de louza, seguise intacta. Pensou entón na inutilidade da forza cega. Imaxinaba o efecto cómico dunha cinta cinematográfica na que un grupo de mozotes se dedican a arrasar os cristais das tendas en tanto unha brigada de obreiros vai por detrás reparando os desperfectos. Inevitablemente acordouse de Charlot e a película *O rapaz*, que tanto lle gustaba.

Comentando aquel suceso con Gerda, tal como lle contara na mesma carta, esta dixéralle que ningunha acción era nunca gratuíta, nin sequera o acto inocente de afiar un lapis, e que o feito de escacharlle os cristais a aquel par de vellos, por moito que a eficacia xermana fose capaz de reparar os desperfectos nunhas poucas horas, non invalidaba o sentido daquela acción de castigo. O profesor Brüning, na casa do cal estaban ceando aquela noite, respondeu a Gerda ironicamente que o exemplo do lapis era correcto a condición de que este se empregase despois para quitarlle un ollo a alguén. Logo, erguendo o vaso de viño para facer un brinde, engadiu que el coñecía ó bispo de Tréveris, con quen mantiña unha boa amizade, e que aquel viño que ían beber procedía das propiedades da diócese, onde se cultivaba un dos mellores moselas daquela rexión, pero que el asistira varias veces á vendima, convidado polo prelado, e nunca sacara a conclusión de que o acto de cortar os acios, pisar as uvas, fermentar o viño e logo embotellalo, fose moralmente responsable das moitas borracheiras que con el se collerían ó ano seguinte, cando se puxese á venda. Mesmo que nese pecado incorresen, como non era difícil supoñer, algúns señores abades.

Polo profesor Brüning sentía el cariño e devoción, non só pola bondade xenerosa daquel home, senón tamén polas afinidades que os unían. Os dous estaban convencidos de que as enerxías daquel pobo, convenientemente organizadas e dirixidas, acabarían encamiñando a aquela nación cara a altos destinos históricos. Gerda opinaba, en cambio, que os seus compatriotas xa estaban demasiado organizados, que lles cumpría máis ben un pouco de anarquía. Para ela, as táboas ximnásticas do estadio de Grunewald, que a el tanto o entusiasmaran, non eran máis que a vontade prusiana convertida en estética e en xeometría, como se Frederico I, que era unha acémila, se dedicase a bailar ballet no teatro da Ópera. Diante das protestas de Brüning, Gerda dixo que Alemaña se podía simbolizar no acto da coroación solemne deste rei, que era pequeno e patexo, cun ridículo peito de polo, pero dunha vontade capaz de desprazar o Himalaia e construír un lago no seu lugar; para aquela ocasión, o monarca elexira un manto de armiño e unha coroa de ouro e pedras preciosas. Converteuse nun fantoche. O mesmo sucedía cos espectáculos ximnásticos de Grunewald. O que alí tiñan que exhibir era a señoritas de cu gordo e tetas grandes pelexando a sopapos, untadas en aceite, e non esas madamitas desnutridas e de corpo delgado revoloteando como delicadas bolboretas sobre o intenso verdor romántico do céspede.

Así era Gerda, unha becerriña salvaxe, como el lle dixera en varias cartas. A pesar de todo, resultáballe simpática. Non entendía aquela paixón que nela espertaba Voltaire, obxecto da súa tese de doutoramento, de quen un día ela mesma lle dixera, paseando por Potsdam, que a palabra que mellor definía ó escritor francés era a que nunha ocasión lle tiña aplicado o propio Frederico o Grande: puta. Con todo, Voltaire seguía sendo o ídolo daquela moza. Esa afección por un home que el detestaba non impedía que ambos se quixesen ben, por máis que as discrepancias as dirimiran a veces a berros, sobre todo por parte del. Pelexas e discusións á parte, el vía en Gerda unha muller inocente, aínda que desorientada. Falando de Voltaire, por exemplo, dicía que máis que todas as golferías e as incoherencias do escritor, que coñecía con detalle a causa da tese que estaba redactando, había un aspecto da súa personalidade que a ela lle facía esquecer e perdoar o resto das miserias daquel elemento: a indignación que nel espertaban as inxustizas, o mesmo se tratase da decisión eclesiástica de botar ó lixo o cadáver da actriz Adrienne Lecouvreur, morta excomungada por dedicarse ó teatro, que a súa intervención no caso Calas, un asunto co cal ela estaba convencida de que se iniciaba a tolerancia en materia relixiosa na historia da Europa moderna.

Aquela noite, na casa do profesor Brüning, despois de discutir sobre a responsabilidade de todos os actos, incluso aqueles de aparencia máis inocente, Gerda púxose a beber sen control, como nela era habitual, pero contrariamente ó que sucedera noutras ocasións, acabou mareada. Sen esquecer as normas de cortesía que a obrigaban co seu anfitrión, mantivo con este unha disputa, que chegou a ser moi tensa nalgúns momentos, sobre a situación do país. O profesor Brüning opinaba que a política non lle interesaba en absoluto, pois consideraba que era unha actividade filistea apropiada para cabos ignorantes ou para espíritos vulgares. Pensaba que o destino dun país non podía depender de circunstancias tan estúpidas e triviais como que un home tivese a desgracia de nacer cun brazo inútil e raquítico, aquel defecto físico do kaiser Guillermo II que o levou a prestar oídos a toda clase de adulacións e que o empurrou a facer xestos retóricos e grandilocuentes sobre o porvir da patria, mentres deixaba esta en mans de comerciantes e tendeiros. Contra aquela miseria moral, para borrala definitivamente do mapa, batérase o profesor en 1914, en parte para librarse dunha sociedade que odiaba e en parte para deixar sobre os campos de batalla a semente dunha patria nova.

Para Gerda, esa patria nova tiña un rostro repulsivo. Contou a escena que uns días antes presenciara preto da Sinagoga, cando un grupo de mozos levaran pola forza a dous vellos e a tres rapaces. Contou tamén como a semana anterior, o profesor Richtig fora apaleado por un grupo de estudiantes nos mesmos corredores da Universidade, en presencia de varios dos seus alumnos que non fixeron nada por defendelo. Os alborotadores chegaran a eso das nove e media da mañá e entraron violentamente na aula onde o citado profesor estaba impartindo unha clase. Sacárono a empurróns e cando xa o tiñan fóra, pegáronlle unha malleira. Non deixaron de baterlle nin sequera cando levaba varios minutos tirado no chan, onde lle deron patadas coas botas militares que calzaban, ata que perdeu o coñecemento. Cando ela chegou, o profesor buscaba os lentes apalpando ás atoutiñas e trataba de incorporarse. Axudouno a poñerse de pé e logo acompañouno ata os lavabos para que puidese limpar o sangue que aínda lle saía das feridas, especialmente o corte que lle cruzaba a meixela dereita, unha fenda que ía desde o ollo daquel lado ata o labio superior, partido en dous dun zapatazo.

Recordando aquela conversa na casa do profesor alemán, algúns anos despois, cando el xa regresara de Alemaña, dixéralle que Gerda era demasiado emotiva para entender as sutilezas e os matices do pensamento do profesor Brüning, que el compartía. Dixérallo na Alameda, o mesmo día en que se soubo a noticia do atentado da Ponte Vella, cando un grupo de rapaces exaltados intentaran matar o cura de Beiro, que ía a cabalo. Ela confesoulle que non podía comprender a razón daquel disparate, pois coñecía o citado señor, que era unha boa persoa. Para el, en cambio, aquela acción tiña un sentido. Cando unha nación cae nas mans dos bárbaros, como sucedera antes con Alemaña e como empezaba a suceder no propio país, non hai posibilidade de salvala ata que as mesmas forzas da barbarie completan o seu labor de destrución. Non se trataba, polo tanto, de lamentar os feitos, por moi tristes ou repugnantes que fosen, senón de comprendelos. El estaba en Berlín cando ocorrera o suceso que contara Gerda sobre o profesor Richtig nos corredores da Universidade. Naturalmente, non lle gustara, como non lle gustara a escena que presenciara diante da Sinagoga nin o espectáculo da tenda de porcelana da Friederichstrasse. Gustáballe menos, en cambio, ver que unha nación de heroes se convertía pouco a pouco nunha sociedade habitada por tipos gordos e tripudos, grandes comedores de salchichas e bebedores incansables de cervexa.

Un argumento parecido utilizaríao el uns meses máis tarde no discurso que pronunciou no paraninfo do Instituto, poucos días despois do xuízo de Antonio Salgado París. Ela lera o resume no periódico. Cando chegou ó párrafo no que dicía que ás veces había que tomar decisións dolorosas coas persoas para salvar a vida dun país, preferiu pechar o diario. Era no verán e ía calor. Sentada no butacón, imaxinouno a el falando detrás daquela gran mesa de madeira que ocupaba o estrado do citado paraninfo, coa tea encarnada de veludo servíndolle de fondo e con aquel Cristo enorme, de rostro gris e apagado, colgado por riba da cabeza. Custáballe entender que puidera falar naquel escenario, que puidera dicir alí, recente aínda o consello de guerra, o que acababa de dicir. E sen embargo, como ela mesmo tivera ocasión de comprobar nos días que seguiron, nada na actitude daquel home permitía pensar que se sentira incómodo ou triste ou contrariado. Ó revés, poucas veces o vira máis activo que naquelas datas. Pola prensa, ela ía sabendo da participación del no tedéum en honor do xeneral Franco ou na misa de acción de gracias que se celebrou o 18 de agosto na catedral ou na recepción que tivo lugar no Goberno Militar aquel mesmo día pola noite.

Sabía del polos periódicos, pero pasou cerca dun ano antes de que o volvera ver en persoa. Sucedeu un sábado pola tarde, cando ela regresaba de visitar a Ana Montenegro na súa casa da Rúa da Paz. Ó chegar á Praza do Ferro, parados diante da botica de Temes, estaba un grupo de homes, entre eles o fiscal da audiencia e dous cóengos. Tardou en decatarse de que era el quen ocupaba o centro da reunión, rodeado atentamente polos demais, e que falaba en voz alta cunha enerxía que máis ben parecía causada por un sentimento de optimismo ou euforia que polo acaloramento de calquera discusión. Ó pasar ó pé deles, por debaixo dos soportais da outra beira, ela só puido escoitar con claridade a expresión "circunstancias dolorosas", e xa un pouco máis adiante, ó chegar ó cruce da Rúa de Alba, percibiu con nitidez a voz del dicindo a palabra "salvación". Logo aínda seguiu escoitando a mesma voz durante algún tempo, cada vez máis apagada, mesturada por fin coas conversas das persoas que empezaban a saír á rúa a aquelas horas para iniciar o paseo pola rúa de Santo Domingo e gozar do fresco da tardiña, o primeiro alivio dun día de lume naquel verán insoportable.

Despois xa non o volveu ver ata finais de setembro. Por Ana Montenegro soubo que estaba en Sabucedo. Entón apareceu a súa primeira colaboración no periódico. Desprendíase dela o mesmo optimismo que se podía deducir do ton que empregaba naquela conversa informal na Praza do Ferro. Anunciaba o que ían ser aqueles artigos, que pretendía estivesen tinguidos do mesmo espírito que se empezaba a respirar no país, onde o manto aparente da traxedia non debía ocultar a realidade venturosa que se preparaba por debaixo, da mesma maneira que a visión ingrata do esterco, mesmo o seu cheiro desagradable, non podía facernos esquecer a esperanza do froito que se aveciña. Por eso tiña intención de escribir desde a alegría, unha decisión que quizais sorprendese a algúns lectores nunhas circunstancias tan dramáticas coma as que se estaban vivindo, pero que se podía xustificar polas esperanzas que espertaba a nova era, na que o derrotismo quedaría como unha marca definitiva do pasado. Para comezar, tendo en conta que se atopaba na aldea, onde a vida conservaba o sabor auténtico da tradición máis verdadeira, anunciaba que ía pasar a tarde traballando na horta, un costume que asociaba máis facilmente con Mesopotamia que con Atenas.

Ese optimismo manteríase nos seus escritos aínda por moito tempo. Pasarían anos desde aquela, ata que se empezaran a notar os primeiros rastros de melancolía na colaboración diaria do xornal, ese ton triste, quizais imperceptible para moitos lectores, pero que ela tan ben coñece, que despois se iría acentuando ata converterse no mellor testemuño para averiguar cales eran os seus estados de ánimo. Sen dúbida, a primeira vez foi cando falou da desaparición dunha amiga en Francia. Aínda que non lle constaba, ela deduciu que, valéndose daquel recurso retórico de disimulo que empregaba con frecuencia, talvez se tratase de Gerda e de Alemaña. En primeiro lugar porque falaba das diferencias de carácter e afeccións que os separaban; en segundo, porque aludía a unha moza inocente e sá, nacida na aldea e non contaminada orixinariamente polos vicios e os convencionalismos da cidade. Por último porque a describía como unha víctima máis do mundo novo que estaba nacendo. Non daba máis detalles, nin sequera algunha pista que lle permitise a ela entrever que sucedera con aquela moza a quen non chegara a coñecer, pero que el lle tiña descrito coa precisión e os perfís dun debuxante detallista en conversas e cartas, ata o punto de que ela podía pensar naquela rapaza alemana como unha amiga á cal deixara de ver había moitos anos.

Da lectura daquel artigo non se desprendía ningún dato concreto sobre a desaparición de Gerda, só a tristeza que a el lle producira algunha noticia recibida de Alemaña, quizais unha carta dalgún amigo. Fóra da melancolía que expresaba, ela non podía imaxinar, polo tanto, qué quería dicir naquela colaboración do periódico. Podía ser simplemente que a rapaza perdera todo contacto con el, borrados enderezos e domicilios pola desorde caótica da guerra. Un ano despois de que el regresara de Berlín, Gerda estaba en Heidelberg. Desde alí escribíalle catro ou cinco cartas ó ano ou enviáballe algúns libros que el lle solicitaba. Escribíalle sempre desde un café de estudiantes da Marktplatz, onde se vía todos os xoves cun pequeno grupo de amigos para cearen xuntos. Nunha foto remitida entón, aparecía ó lado dun rapaz alto e delgado, de lentes grosos e coa cara picada de vexigas, que levaba un matasogras na cabeza. Gerda, cun pequenísimo sombreiro de papel medio caído, situado á altura dunha das orellas, miraba á cámara cun xesto cómico, coa lingua de fóra e unha man insinuando estar chamando por alguén. Por detrás da foto, escrita en letra grande, dicía simplemente: "Pecados de carnaval".

Podía ser tamén que Gerda, que nos últimos anos fora espaciando cada vez máis as súas cartas, seguise vivindo na mesma cidade, pero illada dos amigos comúns, especialmente do profesor Brüning. Non era difícil supoñer que a noticia da desaparición da rapaza puidese vir deste último, que naquela época se trasladara a vivir ó norte, á beira do Báltico. Resultaba menos doado imaxinar qué fiabilidade podía ter calquera información naquelas circunstancias, con centos de miles de persoas desprazándose dun lado ó outro do país, seguindo os avatares da guerra ou buscando zonas de maior seguridade. En realidade era como se todos os alemáns estiveran perdidos. Os periódicos falaban a diario dese éxodo sen fin e nos noticiarios do cine víanse con frecuencia imaxes de xente fuxindo en bicicleta ou turrando por carros cargados de enseres domésticos, coa casa a costas, ou correndo polas rúas en busca de refuxio, escapando dos bombardeos. Nunha ocasión, antes da proxección dunha película, no documental que a precedía, ela vira un tren cargado de xente, campesiños que perderan as súas terras a causa dos combates na fronte oriental e que eran trasladados a lugares máis seguros, en Polonia ou no interior de Alemaña, onde lle ían facilitar granxas modernas para que puidesen producir os víveres que necesitaba a poboación.

Sorprenderálle o mal estado en que se atopaban os trens alemáns como consecuencia da guerra. Máis que trens, parecían caixas de madeira destinadas ó transporte de animais. Naquelas imaxes do noticiario, por entre uns barrotes feitos con tablóns, víase a un grupo de nenos e mulleres apretados uns contra outros, algúns coas mans fóra, como dirixíndose todos a un tempo ós soldados que patrullaban polos andéns. Talvez reclamaban auga ou comida ou pedían que lles abrisen as portas para baixar a estirar as pernas mentres estivesen parados naquela estación. Por unha das xanelas sen cristais asomaba tamén a cabeza dun vello chupado, de nariz ganchudo, que se limitaba a mirar. Tiña unha mirada vacía, coa expresión cansa, como de alguén que vén de padecer tanto que non acaba de crer que por fin se acabaron as súas penurias, que nuns poucos días ou nunhas poucas horas, ó mellor, vaise ver de novo nun campo de terra que espera unhas mans para ser labrado, que agarda por unhas familias laboriosas que se poñan a traballar na inmensidade esperanzadora das chairas, entre bosques de abidueiras lanzais, de casca branca, á beira dos ríos. Quería imaxinar xa a aquel velliño debaixo dun alpendre, coa man posta sobre os ollos para ver mellor, observando por fin a terra prometida, o final dun longo éxodo de centos de quilómetros a través dun país que non parecía o seu.

Por riba da cara enxoita daquel vello do noticiario, o rostro que a ela lle viña unha e outra vez á cabeza era o de Gerda. Por veces, vía a aquela rapaza pechada nunha habitación na cidade de Heidelberg, entregada ós seus estudios sobre Voltaire. Non era a moza leda da que el lle tiña falado tantas veces e que ela mesma contemplara naquela fotografía de carnaval. Era unha muller bastante máis fraca, quizais cunha tristeza resignada cubríndolle o rostro de pequenos sulcos sobre a pel. Outras veces podía contemplala andando polas rúas, cunha bolsa na man, entrando e saíndo de pequenas tendas escuras, situadas no soto dalgunhas casas, á procura dun tomate, unhas poucas lentellas ou un anaco de touciño. Talvez fosen as dificultades da vida as que levaran a Gerda a illarse dos amigos, incluídos o profesor Brüning e el mesmo, agobiada por outro tipo de problemas máis urxentes. Probablemente non tiña azos para máis. Por outra parte, escribir unha carta naquelas circunstancias, ela que entendía as relacións epistolares como un gozo, non deixaba de ser unha actividade ingrata. Non resultaba fácil imaxinar a Gerda elaborando unha lista de queixas e desgracias.

Unha noite, despois de ler o artigo no que el aludía á desaparición da rapaza alemana, soñou con ela. Viuna nun tren idéntico a aquel que vira no noticiario, entre o grupo de mulleres e nenos que sacaban as mans a través dos ocos dos barrotes pedindo algo. Non era a Gerda gorda e simpática da foto de carnaval, nin a rapaza maliciosa que lle amosara a el, unha tarde en Berlín, un par de coellos emparellándose no Tiergarten. Parecía unha pantasma. Estaba extremadamente delgada, con aspecto de enferma, a cara famélica e os ollos extraviados. Ía vestida cunha longa bata gris, rota en varios sitios, por onde se podía ver unha carne enrugada e fláccida, dunha brancura de leite que ofendía o pudor. A súa man non esixía nada, asomaba soamente por entre as travesas da ventá, como un paxaro aterecido, como se cumprise coa obrigación solidaria de facer o mesmo que os demais, pero sen esperanza. Nese momento, un soldado que patrullaba polo andén, co fusil colgado do lombo, detíñase diante do vagón e íase achegando lentamente cara a ventá. Cando estaba a menos de un metro pronunciaba o nome de

Gerda e dicíalle que fixera o favor de meterse para dentro, que lle faltaban cinco minutos para morrer e non estaba permitido morrer de pé.

Aquel soño repetiuse varias veces, sempre exactamente igual. Logo pasou moito tempo sen que volvera soñar aquela historia, aínda que unha noite viu de novo a Gerda, esta vez camiñando con miles de mulleres en fila india, dando voltas arredor dun barracón de madeira. El tamén estaba alí, situado no porche, vixiando cun enorme can negro que se mantiña en actitude agresiva á súa beira. Cada vez que unha muller se desprazaba uns centímetros cara a calquera dos lados e rachaba a harmonía da liña, el erguía a man dereita e facíalle un xesto cos dedos ó can para que este fora colocala de novo no seu sitio. Entón púñase a berrar e a dar saltos histéricos, dicindo que ninguén tiña dereito a alterar por puro capricho un plan tan laboriosamente concibido e organizado. Unha das veces, foi Gerda quen torceu a fila unha cuarta cara ó lado esquerdo. Como en ocasións anteriores, o can saíu correndo para reintegrala no seu lugar e obrigala a poñer máis atención. Nese intre, o espacio do soño encheuse co rostro del. Os ollos eran como o corpo amarelo de dous berberechos e a boca tiña aquel aspecto visgoso de ostra que ela imaxinara unha vez, despois dun enfado.

O rostro real del, non o do soño que ela estaba recordando, segue nesa habitación de en fronte, a moi poucos metros de distancia. Como ocorreu ó longo de toda a tarde, hoxe non conseguiu velo aínda, pois mantense na mesma posición de antes, sentado no sillón azul, de costas á ventá. O pé dereito non deixou de marcar o ritmo canso que iniciou hai xa varias horas e o gato tampouco abandonou o lugar onde se situou pouco despois de que Mariana depositara por riba da mesa camilla a taciña do café. Se el se erguese agora e se puxese a mirar a través do cristal, aínda sería posible verlle a expresión da cara. De aquí a pouco, en cambio, cando o sol se poña, o cal vai suceder aproximadamente dentro de media hora, xa non poderá ser, polo menos durante ese tempo no que el se mantén ás escuras, ata que entra Mariana no salón e acende a luz na chave que está ó lado da porta. A partir de entón, se non corre as cortinas, pode velo de novo, aínda que xa lle resulta moi difícil observar os detalles, mesmo que Mariana non se esqueza de prender a lámpada da esquina. Aínda así, a luz ten un brillo amarelo e morto, como a chama cintilante dunha vela.

Visto ou non visto, ela sabe ben como é o rostro dese home que neste preciso instante acaba de erguerse. Faino a modiño, como se espertase dun soño e tivese o corpo tan relaxado que non se sentise seguro das súas forzas antes de dar o primeiro paso. Logo encamíñase cara ó fondo do salón, coa determinación de quen vai facer algo que ten pensado e decidido. Non é así, sen embargo, pois ó chegar á altura da silla que está arrimada á parede, xusto debaixo da chave da luz, dá volta e regresa ó punto de partida. Acaba de empezar un deses paseos que ela lle ten visto dar centos de veces, miles quizais. Xa non lle importa averiguar qué hai detrás deses pasos, qué significa ese movemento de levar a man ata a caluga e botar a cabeza para atrás, mentres co outro brazo empurra a cintura cara a adiante e abre a boca nun boquexo desinhibido e sonoro. Tampouco está disposta a seguir moito tempo máis por hoxe sentada detrás do cristal da ventá. Aínda que ela se retire agora e se meta no interior da casa, pode reconstruír sen esforzo toda a conducta del, paso a paso. Se agora pechase os ollos, como fai, porque está cansa, veríao finalizar ese paseo que iniciou hai uns segundos, acender un cigarro e achegarse ó ventanal.

Non necesita verlle a expresión da cara para saber que está triste, que a enruga da boca ten a factura violenta e grimosa dunha cicatriz feita cunha navalla e que o punto de luz que lle sae do fondo dos ollos está hoxe máis apagado aínda que onte e que se irá apagando aínda máis nos próximos días. Esta repetición de cada xesto e de cada actitude del empezan a non dicirlle nada, como se a vida entrase nun círculo que dá voltas sempre arredor de si, incapaz de rachar a monotonía prevista de cada segundo. Así debe ser a morte, unha sucesión infinita de xestos sabidos. Por eso, a ela váiselle a cabeza unha vez máis en busca da memoria de Gerda, á procura daquela moza perdida. Fóra das palabras del e daquela fotografía de carnaval, da rapaza alemana non lle quedan máis que soños. Dificilmente a poderá reencontrar. Quizais só, pasado algún tempo, nun novo artigo del, seguramente para confirmar entre palabras de melancolía e nostalxia a desaparición definitiva dunha moza que un día subiu nun tren e da que non se sabe que baixara en ningunha estación. Dirá que daría algo por volvela ver e compartir con ela unhas horas de conversa, recordando os tempos que pasaron xuntos en Berlín.

Con quen está falando agora é con Mariana, que acaba de acender a luz e se achegou a el, ó lado da ventá. Apareceu por detrás e deulle un bico. Aí están os dous mirando cara á rúa, comentando talvez algún detalle relacionado coas persoas que pasan por diante da casa ou o aspecto miserable dun can parado ó lado dun bidón de chapapote, na esquina da rúa que vai ó Hospital. É un can fraco e tiñoso, co lombo arqueado e a cabeza gacha, que parece enfermo, a punto de caer sen vida. Se non fose porque os cans se esconden para morrer, puidera pensarse que alí mesmo ía quedar. Cambalea e dá un par de traspés antes de derrubarse, pero érguese de novo cun esforzo infinito, que o deixa completamente derreado e sen alento, coa lingua fóra, como se levase a morte cunha gadaña de ferro xigante sentada sobre as costas e non puidese con ela, igual que se alguén o cargase cun saco descomunal, cheo de area. Toma alento, dá un par de pequenos bufidos e logo vaise a modiño, arrimado ás paredes das casas, en dirección ó Parque. Nese momento, no salón da casa de en fronte, Mariana aloumíñao a el na cabeza, alborótalle os pelos e cólleo pola man. Logo saen pola porta do fondo do salón.

VIII

Logo van ser as tres da mañá e el segue sentado no sillón azul cun libro nas mans, case inmóbil, absorbido pola lectura que iniciou hai xa máis de catro horas. Abriu o libro un pouco antes das once da noite, despois de cear, e desde entón non deixou de ler, arrastrado por un interese que se pode observar incluso na posición do seu corpo: a cabeza mantena inclinada e a boca permanece relaxada e atenta, mentres que as pernas se afirman con forza e seguridade no chan. Ás veces interrompe a lectura por un intre, pousa o libro por riba da mesa sen pechalo, coas páxinas abertas e voltas cara a abaixo, e cun lapis toma con rapidez notas na libretiña negra de pastas de hule que habitualmente garda nunha das estanterías da biblioteca, á súa dereita. Logo, segue lendo. Soamente fixo unha pausa cando entrou a súa muller para lle dar as boas noites antes de ir á cama. Mariana situouse ó seu carón, estivo xogando co cabelo del durante uns segundos, facéndolle sortellas e rizos, e logo deulle un bico. O gato está agora sobre a mesa, exactamente debaixo da tulipa da lámpada, sobre o círculo amarelo que a luz proxecta no tapete encarnado, aproveitando a calorciña morna que desprende.

Ela non podería saber se esa entrega á lectura é consecuencia do interese real que nel esperta o libro que ten nas mans ou se, polo contrario, é o resultado dun estado de ansiedade que ela coñece ben e que ultimamente o mantén esperto ata as primeiras horas da madrugada. O artigo de hoxe fala dun peto que descubriu en Berlín no ano 1933, peteirando cunha ansiedade cómica na ponla dun tileiro, no xardín da casa do profesor Brüning, en Wannsee, e di que daquela el non podía sospeitar que uns anos despois, nun pequeno pazo de cemento perdido entre as árbores e situado na beira oposta do lago, estarían reunidos algúns dos homes máis poderosos da Europa do seu tempo para tomar unha decisión histórica e terrible. Refírese a aquela reunión coa palabra "épica", pero sostén que a imaxe daquel paxaro é máis certa para el que a realidade dos feitos ocorridos máis tarde naquela mansión de tellado de pizarra que el vía desde a fiestra do despacho do profesor. O artigo remata dicindo que a historia, cando un non a vive directamente, por moi dolorosa que sexa, acaba sendo tan trivial como calquera suceso insignificante, igual que este peto alemán que hoxe lle baixa inesperadamente ata a memoria.

Hai xa varios días que nos artigos anda dando voltas arredor desta idea do pequeno e o intranscendente. O domingo pasado falaba dun grilo que cando era neno tiña metido nunha gaiola e do tamaño minúsculo, pero claro e perfecto, das mordedelas que descubría cada mañá na leituga que lle deixaba a véspera para que comera. Aqueles ocos diminutos eran o contraste exacto dos soños que o asaltaban naquela época, sempre poboados duns obxectos e uns seres desmesurados, como a torre metálica que se lle presentou dúas veces seguidas noutros tantos pesadelos, moi parecida á Torre Eiffel, pero máis ancha e sustentada por boias, que se desprazaba pola auga dun mar descoñecido xirando sobre si mesma a unha velocidade de rotación semellante á dun pión enorme, ou como o cabalo, do tamaño dun monte, que estaba morto no medio dunha praza inmensa, devorado por miles de lobos, contemplado con asombro por xentes como piollos, incluído el mesmo. Eran imaxes que o seguían desacougando aínda despois de levantarse, ata que a realidade da obra feita polo grilo durante a noite lle devolvía o sosego. Nun dos artigos aproveitaba o relato para reafirmar a importancia das cousas, máis atractivas ás veces que as ideas, en tantas ocasións carentes de óso e carne, como as declaracións sobre a paz que se len estes días na prensa.

Ó tema da paz dedicoulle o artigo do venres pasado, ó día seguinte da concentración que se fixo no Parque, cando os manifestantes pediron armas para ir loitar a Rusia. No discurso que lles dirixiu, o gobernador civil anunciou a derrota inminente do comunismo, tal como estaba escrito nunha das mensaxes de Fátima, e que a esa derrota tiña contribuído España, o primeiro país de Europa que fora capaz de vencer a Stalin. Nese instante, desde o parque soou unha voz que berrou: "¡Queremos pistolas, non oracións!" Case ó mesmo tempo, no lugar de onde saíra o berro organizouse unha pelexa, primeiro a puñetazos, na que participaron un grupo de mozos, todos eles membros da Brigada Amanecer, e varios antigos combatentes, pero despois, na calor do enfrontamento, algúns sacaron as pistolas e escoitáronse disparos. Na refrega houbo sete feridos, entre eles o fillo pequeno do capitán Lastra, que tivo que ser trasladado ó Hospital en ambulancia. Aínda que o periódico falou dun incidente sen importancia, provocado por un grupo de mozos bébedos, parece que o rapaz ferido ten un tiro no pulmón esquerdo e que os médicos dubidan que se poida salvar. Para mañá está anunciada unha procesión ó Santo Cristo co fin de implorarlle a curación.

A mesma noite dos incidentes, el recibiu varias visitas. O primeiro en chegar foi Teodoro Bugallo, o director do xornal, talvez para tratar do tema do artigo do día seguinte, pois pasados uns poucos minutos, durante os cales estiveron falando de pé ó lado da ventá, aquel sentouse na silla do fondo, mentres el se acomodaba no seu lugar de traballo, diante da mesa camilla, e se puña a escribir. Empezou limpando os cristais dos lentes con calma, soprando neles e quitándolles o lixo. Non tardou máis de vinte minutos en encher a cuartela. Ó finalizar, ergueuse, acendeu un pito e leu a folla en voz alta. O director escoitou concentrado, coa cabeza entre as mans. Polo xesto que fixo ó rematar, trazando varios círculos no aire co dedo índice da man dereita, debeulle pedir que repetira a lectura, pois el desdobrou o papel e leuno por segunda vez. Logo, postos os dous de pé, achegáronse á mesa camilla, onde permaneceron inclinados, facendo quizais algunhas correccións. Finalmente o director colleu a cuartela manuscrita, pregouna en dúas partes e meteuna no peto da chaqueta. Cando xa estaba na porta do salón para saír, sacouna de novo, sinalou co dedo algunha frase e quedou agardando, como se esperase unha resposta. El acenoulle coa cabeza cun xesto afirmativo.

Un pouco máis tarde, despois do director do periódico, recibiu a visita do capitán Sánchez, que estivo con el máis de dúas horas. Son amigos desde hai seis ou sete anos, cando o militar, poeta afeccionado, lle deu a ler uns versos propios e lle pediu a súa opinión. Foi este mesmo home quen o acolleu na súa casa de Barbantes, despois do xuízo de Antonio Salgado París, ó coñecer os comentarios que fixera un cuñado deste último, capitán de Tiradores de Ifni. O tal individuo, estando borracho na fronte, un día dixo en público, na noite en que celebraron a toma de Teruel, que no asunto concreto do seu cuñado, á parte de que este fose un cretino, el tiña claro que unha cousa era a cabeza, outra o corazón e dúas máis o par de collóns que se necesitaban para facer a guerra nun corpo de choque como aquel ó cal pertencía e que el pensaba utilizalos algún día para voarlle a cabeza dun tiro a un fillo de puta que escribía mamonadas nos periódicos. O capitán Sánchez, que viña vestido de paisano, foi a persoa designada polo gobernador civil para averiguar a verdade do sucedido no Parque o día da concentración. Hai quen asegura que non se leva ben coa xente da Brigada Amanecer, en parte por causa do maxistrado Cadórniga, parente seu, a quen llelo tivo que arrincar materialmente das mans hai sete anos, cando o conducían nunha camioneta, atados os pulsos con cables da luz, cara o alto do Monte Furriolo.

O artigo que escribiu en presencia do director do periódico e que apareceu publicado ó día seguinte, dicía que na cuestión da paz, a realidade non está representada agora pola verborrea abstracta do escrito que acaban de firmar un grupo de intelectuais implorando a fin das hostilidades nin polos poderosos acoirazados que se dirixen cara ó Xapón, preparando o asalto final, senón pola concreción exacta do nome dunha illa xaponesa, Iwojima, un topónimo da mesma natureza que os lugares heroicos inmortalizados por Homero, e por unha flor. Sobre o chan minúsculo daquela illa, ó pe mesmo do volcán Suribachi, vinte mil bravos guerreiros resistiron sen esperanza o asalto despiadado e feroz do inimigo estranxeiro. Só oitenta deles foron capturados como prisioneiros, todos rotos e feridos. Os demais entregaron a súa vida polo emperador, o Tenshi Sama inmortal. Dun deses soldados publicaron estes días a fotografía os xornais de todo o mundo. Aparece nela cun xesto altivo, a man dereita estendida cara a un oficial americano que recolle a pistola que lle entrega. O que nunca entregaría é esa pequena manchiña branca que se adiviña na parte esquerda da camisa, á altura do corazón. É unha insignia que representa unha flor de cerdeira, o símbolo dos samurais, o testemuño da fidelidade ó emperador. Nesa miudeza aparente está a verdade máis profunda desta hora de tribulación histórica. As trincheiras interiores da alma non as gañan as pistolas, senón a fe, incluídas as oracións.

Está claro que se trata dunha resposta ós mozos da Brigada Amanecer que organizaron a protesta o día da concentración no Parque. A dous deles, Domingo Enríquez Losada e Benxamín Alonso Pascual, considerados responsables do disparo que feriu ó fillo do capitán Lastra, prendéronos o sábado pola mañá, cando aínda non saíran das súas casas. O pai do primeiro deles, o capitán

Enríquez, presentouse no Goberno Civil a pedir explicacións, e pola tarde, no local que os da Brigada teñen na Rúa de Colón houbo varias xuntanzas, durante as cales se cantaron himnos e se deron berros. Despois tiraron retratos polas fiestras e iniciaron unha marcha cara ó centro da cidade. Polo camiño obrigaron a pechar as tendas e comercios que atoparon no percorrido, ata a Praza Maior, onde os agardaba unha compañía de soldados situada entre o edificio da Casa do Concello e o Pazo Episcopal, que os recibiu apuntándolles cos fusís. O conflicto solucionouse cando o capitán que mandaba a compañía falou á parte con Manolo Quiroga, o fillo do director do Instituto e xefe dunha das centurias, e convenceuno de que o mellor para todos era que regresasen ó local e tratasen de calmar os ánimos dos rapaces máis alporizados, que o asunto dos presos se ía solucionar moi pronto, quizais aquela mesma noite.

Durante todo o día, pola Rúa do Hospital houbo un tránsito constante de vehículos e de xente. O gobernador civil pasou dúas veces no coche e o coronel Enríquez, acompañado por un pequeno grupo de oficiais, estivo parado no cruce do Parque, mirando o reloxo seguido, ata que chegou un turismo e saíron en dirección ó barrio da Ponte. Volveron media hora despois para dirixirse ata o Hospital, onde permaneceron durante máis de unha hora. Polo visto, no cuartel existe a preocupación de que determinados elementos irresponsables pretendan aproveitar o suceso, no caso de que morra o fillo do capitán Lastra, para cometer algún disparate. Ó capitán Veneno puxérono esa mesma tarde baixo arresto domiciliario, despois de que lle dixese ó propio gobernador civil que o asunto do

Parque non se podía tapar así como así, que non se fixera unha revolución no país para que catro lambóns aproveitados, que pasaron os anos difíciles da guerra comodamente instalados nas súas casas, sen arriscar o pelexo, viñeran agora a desvirtuar e torcer o que tantos sacrificios costara endereitar. Tamén se sabe que Juanito Tejada, o rapaz da Brigada Amanecer que atentou contra a Casa do Pobo nos últimos meses da República e que perdeu un ollo naquela ocasión, cando o colleron e pretenderon linchalo, anda armado e fuxido.

Mentres durou o movemento na Rúa do Hospital, cada vez que se escoitaba o motor dun automóbil, el erguíase a mirar desde a fiestra para ver o que pasaba, non coa ansiedade de outras veces, senón con calma e cun xesto no rostro que indicaba curiosidade, mesmo tranquilidade ou indiferencia. Á última hora da tarde púxose a escribir e deixouse de interesar polo que sucedía na rúa. Soamente se ergueu de novo cando a eso das nove da noite sentiu pasar unha camioneta. Non lle deu tempo a comprobar que se trataba dun transporte militar, pero botou o corpo cara a afora, para mirar á esquerda, onde o coche se estaba detendo naquel momento, uns trescentos metros máis alá. Con toda seguridade, a esa distancia, a miopía non lle permitiu observar que da camioneta baixaron uns quince ou vinte soldados e que se situaron en grupo, sen formación de ningún tipo, á porta do Hospital, exactamente da parte de aquí do muro. Mesmo se podían escoitar as voces e as bromas que se gastaban entre eles. Cando el chamou a Mariana, talvez para que o informase do que estaba sucedendo, pouco antes de que ela chegase, xa os soldados recibiron a orde de subir de novo na camioneta. Estiveron parados no mesmo lugar unha media hora máis e logo volveron pasar, desta vez a unha marcha menos veloz, por diante da casa.

Estes movementos de tropas que se producen hoxe xa non lle causan a mesma inquedanza que lle causaban ata hai pouco, tal como ela acaba de comprobar. Desde que Mariana lle amosou o outro día a folla amarela, cando escoita o ruído das camionetas ou os berros da xente, máis que o medo de outras veces, o que expresa a través dos xestos da cara é esa curiosidade que aínda agora se reflexa nos seus ollos. Está mirando pola fiestra, quizais sen o propósito de averiguar a realidade do que acontece, que a estas horas xa debe saber con toda exactitude, senón porque ultimamente bota moito tempo nesa posición, detrás do ventanal. Contemplando o seu rostro desde aquí, a ela parécelle que cada día que pasa vai perdendo unha parte da tensión e o dramatismo das últimas semanas, especialmente a angustia que se lle percibía na contracción da boca nos días inmediatos que seguiron ó asalto do cuartel ou cando se enterou polo seu cuñado Eloi da declaración que fixera o administrador durante o interrogatorio ó cal foi sometido pola Garda Civil a noite dos sucesos ocorridos na casa de Sabucedo. Agora mesmo, a mirada, aínda velada polo reflexo escuro do cristal da fiestra, non é máis que unha luz suave, sorprendida talvez soamente polas cousas miúdas que ocorren na rúa: unha señora vestida de loito que atravesa a calzada, un home que pasa arrastrando un carro cargado de carbón ou o castañeiro que se alonxa cara ó Parque anunciando a voces a súa mercancía.

De pronto é como se os acontecementos que estes días conmoven á cidade tivesen lugar a miles de quilómetros de distancia, mesmo como se todo canto sucede no mundo se perdera nunha dimensión que el xa non consegue comprender. Aínda non comentou no periódico o holocausto das dúas cidades do Xapón que hai poucos días foron arrasadas por unha bomba e borradas do mapa. Ela está segura de que xa non o vai facer. Ese fungo negro e espantoso que se veu subindo cara ó ceo nas páxinas dos xornais pertence ó reino dunha inmensidade na que el debe pensar que se perdeu, a mesma na que desapareceu Gerda, o mesmo mar sen límites no que naufragaron os soños do profesor Brüning ou os propios soños del. Probablemente pensará tamén que nun mundo do que foron eliminados os heroes, os obxectos e os feitos desmesurados non se corresponden coa grandeza dos xigantes nin coa estatura sobrehumana dos deuses, senón coa exhibición impúdica do poder da técnica e a forza esmagadora do diñeiro, ese becerro repugnante. Por eso escribiu o artigo sobre a rendición do Xapón, non para comentar a dimensión da traxedia, senón para glosar o significado dunha pequena insignia que representa unha flor de cerdeira.

Nesa miudeza cabe hoxe o seu mundo. As apreciacións heroicas do profesor Brüning, que algún día comentou con tanto fervor no periódico, son como xigantes mortos abandonados sobre a chaira sen límites dun inmenso campo de batalla. Así o explicou recentemente, cando escribiu que un daqueles avións que o seu mestre observara enfrontándose en combate no ceo escuro do Báltico, non debía ser máis que un pequeno montón de ferros retorcidos, sepultado baixo as augas daquel mar do norte, a máis de sesenta metros de profundidade. Igual que o "Bismarck". O profesor vira o acoirazado navegando fóra de Travemünde unha mañá fría de inverno, branca como a neve que caería unhas horas despois sobre a mesma area da praia. Dixéralle entón nunha carta que aquel xigante gris lle parecera a máis fermosa das baleas, un monstro que debía pesar, segundo os seus cálculos, máis que dez mil elefantes e tanto como seiscentos mil homes. Confesáballe que a comparación a facía deliberadamente con seres vivos porque estaba seguro de que aquela máquina tiña corazón: a forza e a valentía dos rapaces que a gobernaban, a esperanza da Alemaña que pronto volvería, liberada por fin de tendeiros e filisteos. Recordando aquelas imaxes que un día evocara para el o profesor Brüning, escribiu un artigo aínda hai pouco no que afirmaba que todo aquel poderío non era nada, que nas casas daqueles mozos agora desaparecidos había obxectos capaces de sobrevivir á máis heroica das criaturas: un xoguete comprado na infancia, unha fotografía, un simple lapis dos anos da escola... Era a vinganza das cousas contra os grandes proxectos e as grandes decisións dos homes.

Dos sucesos relacionados coa concentración do Parque e as circunstancias que seguiron non se dixo nada no periódico, aínda que na sección de cartas ó director do día seguinte apareceu unha nota firmada por iniciais na que se eloxiaban os artigos dun colaborador que non se citaba, do que se dicía que tiña a virtude de engrandecer o pequeno e rebaixar o grande, incluída a rabia incontrolada dos corazóns máis quentes. A carta, na que aparecía catro veces a palabra "mórbido", debía estar escrita polo propio director, a quen lle entusiasma empregar o citado adxectivo. Falaba ademais da necesidade de agarrarse ás cousas, de tocar o concreto e de non perderse na estratosfera inalcanzable das ilusións imposibles. Por último, nunha alusión bastante explícita ó citado colaborador, dicíase que un dos homes máis eminentes que habitaban na cidade, un humilde sabio que vivía modestamente nunha rúa estreita e tranquila, na paz necesaria que requiren os grandes espíritos para levar a cabo a alta misión que lles corresponde de acordo cos talentos que Deus lles deu, gardaba nas estanterías da súa biblioteca, como un símbolo dese amor polo humilde e polo pequeno, unha serie de preciosas miniaturas que lle recordaban coa súa presencia que o valor das cousas non depende do tamaño, senón da súa importancia intrínseca e verdadeira.

Os pequenos obxectos ós que se alude na carta coñéceos ela moi ben. A locomora Mikado de color verde que el mercou en Berlín nun anticuario da Kantstrasse tena no terceiro estante da dereita, entre un cabalo azul de lapislázuli e unha navalla de Taramundi. Xusto debaixo, unha cámara de fotos que descubriron xuntos hai anos, un día que estaban paseando ambos os dous por Santiago, despois dunha xornada que ela dedicara enteiramente a preparar exames. Detivéronse debaixo dos soportais da Rúa do Vilar, moi cerca da Praza do Toural, onde esperaban que parara a tromba de auga que uns minutos antes os sorprendera na Alameda. Estaban rindo polo aspecto que presentaban, completamente mollados, como se acabasen de saír dun río, cando ela se volveu cara ó escaparate do comercio para comprobar no cristal o estado en que quedara o seu peiteado. Presentaba o aspecto dunha escoba despois de sacala dunha poza, cos pelos caídos sobre o rostro e unha cara lavada e limpa na que se observaban na parte baixa dos ollos unhas leves manchas escuras. Viu que entre unha mostra ordenada de plumas e lapis, situada sobre unha caixiña de coiro cor marrón, había unha cámara fotográfica pequenísima, de catro por dous centímetros aproximadamente, co seu obxectivo, o seu disparador e uns cromados limpos e brillantes, como de prata. Divertida pola gracia e o tamaño do xoguete, fixo un comentario en voz alta.

Cando el a escoitou, correu cara ó escaparate e soltou un berro de entusiasmo. Dixo que non se trataba de ningún xoguete, senón dunha auténtica cámara, unha Minox alemana fabricada en Latvia, cun obxectivo extraordinariamente luminoso a pesar da pequenez do diámetro, con selector de tempo e escala de distancias de medio metro ata o infinito. Unha xoia pensada nun principio para espías, pero que acabou sacándose ó mercado xeral por decisión do propio xerente da compañía, irritado cos servicios secretos do seu país, dos que soubo que o estiveron seguindo e fotografiando co fin de comprometelo inxustamente nun asunto de saias. O cartonciño co prezo, situado entre unha pluma Montblanc grande e grosa e a propia cámara, non se sabía ben a cal dos dous obxectos correspondía, pero aínda así, fose cal fose, resultaba evidente que debía ser moi cara. Alí mesmo empezou a botar contas, preocupado ante a perspectiva de non poder comprala, pero decidido a conseguila como fose. Estivo extasiado diante do escaparate, cambiando de lugar e agachándose para observar a Minox desde todas as perspectivas. Despois foron tomar un café ó Derby e el dedicouse a explicarlle a marabilla mecánica daquela insignificancia, capaz de facer fotografías dunha calidade semellante ás que se poderían obter con calquera cámara de maior tamaño.

Ó día seguinte pola mañá entraron xuntos na tenda e el pediu que lle deixaran coller a cámara nas mans. O dono, un afeccionado á fotografía entusiasmado tamén coa perfección técnica daquela miniatura, faloulle das prestacións da máquina, que consideraba moi superior á Yococa, igualmente pequena e robusta, pero máis simple e cun obxectivo dunha calidade non tan boa, aínda que a tiña tamén por un tesouro; acababa de vender unha para un profesor da Facultade de Medicina. Falaron do prezo, máis alto do que figuraba no escaparate, que era o que correspondía á pluma, como el pensara, non á cámara. Polo rostro delgado del pasou a sombra moura dunha decepción. Un pouco confuso, falou de maneira escura da posibilidade de comprala facendo varias entregas a conta, aínda así bastante considerables para o limitado presuposto de profesor axudante que el manexaba. Ó principio, o comerciante, desorientado polas palabras ambiguas da proposta, respondeu nunha linguaxe igualmente difícil de descifrar, pero en sucesivas aproximacións, pouco a pouco, quedou claro de qué cousa se trataba. Cando o dono da tenda dixo que naturalmente podía pagar o prezo da cámara de xeito fraccionado, a alegría que ela viu nos ollos del pareceulle que de repente axigantaba o tamaño do seu corpo.

Comportamentos como aquel, entre o capricho infantil e o entusiasmo inocente, descubriu ela que lle gustaban, aínda que ás veces tamén a irritasen. A adquisición da cámara, pasados os días da euforia inicial, situouno despois diante da evidencia dos aspectos menos gratos da compra, cando foi consciente de que a cantidade que tiña que pagar periodicamente o obrigaba a restrinxir case por completo os gastos dedicados a libros e roupa. Un día, parados os dous diante da tenda, na que el estaba contemplando uns prismáticos, díxolle que se ela fose máis sensata, debería evitar de calquera maneira, aínda expoñéndose a un enfado, que el sucumbise a aquel tipo de loucuras. Non obstante, eran esas arroutadas espontáneas as que dulcificaban en parte aquela determinación fría e teimuda que tantas veces os enfrontaba cando discutían e el se mostraba firme e duro, como o día da corrida de touros na Coruña. Ela prefería velo convertido no neno caprichoso que podía ser nalgunhas ocasións, como sucedera co asunto da cámara, entusiasmado pola gracia e a beleza das cousas, antes que sentilo soberbio e seguro, afincado con firmeza nas opinións que defendía, especialmente cando estas incluían xuízos sobre a xente.

Por exemplo, cando falaba de Pepe Lerena, a quen ela estimaba, pois eran amigos desde a infancia e pasaran moitas horas xogando xuntos na horta da casa, nos veráns, construíndo casiñas con cachos de tella ou escenificando a vida de María Antonieta con figuras de cartón que Pepe pintaba e recortaba, incluída unha guillotina feita cuns pequenos listóns de madeira e unha coitela de afeitar. Aínda que ela recoñecía que se trataba dun rapaz de carácter difícil e tan tímido que convertía nunha tortura calquera encontro, mesmo un simple saúdo na rúa, non lle gustaba que de forma sistemática el fose difundindo por aí adiante, nos ambientes nos que se movía, a idea de que Pepe Lerena era gafe grao trinta e tres, dos que botan barcos a pique, e que cunha simple mirada, cando era neno, arruinara un galiñeiro. A primeira vez que fixo aquela broma na súa presencia, unha tarde tomando o té na casa de Aurora Poch, ela escoitouno sen mostrar o agrado que el esperaba, afeito a que as gracias do seu enxeño fosen celebradas polos amigos. Desconcertado pola frialdade dela e o xesto retraído con que escoitara aquelas palabras, acentuou aínda máis o sarcasmo dos ditos que empregaba para referirse a aquel compañeiro. Chamoulle tonto superdotado, aducindo que sabía todas as matemáticas que se poden saber e un punto máis das que non se saben aínda, pero que a pesar de todo era tonto.

O resto daquela tarde pasouna falando de forma deliberada nese mesmo ton irónico doutros amigos e coñecidos. Despois das gracias feitas a conta do infeliz de Pepe Lerena, que provocaron os risos de todos os asistentes á reunión, referiuse a don Frederico Moreno, o profesor de Historia, amigo do seu pai, que lle conseguira a beca para ir a Berlín, con quen estivera latricando aquela mañá na porta da Facultade. O profesor, afeccionado á caza da perdiz, pretendía convencelo de que disparando sete metros por diante da peza e contando ata tres antes de apretar o gatillo, non fallaba nunca. Só por eso dixo del que era o arquetipo do burro, exactamente o que viña definido no diccionario. Desgustado polo silencio dela, redobrou a dureza da sátira, desta vez para falar de Luís Losada, compañeiro de curso e sobriño de don Saturnino, o maxistrado da Coruña que actuara nun preito relacionado cunhas casas que a familia del tiña situadas nas proximidades do porto de Vilagarcía. Do sobriño dixo que posuía un talento de excepción para a canción animal, o cal lle aseguraba un futuro brillante e cheo de éxitos: imitaba de maneira perfecta o canto do cuco, do paspallás e da cotovía, sen que se puidese distinguir se o que cantaba era unha persoa ou un paxaro, pero que en cambio estaba empeñado, desprezando de maneira irresponsable aquelas facultades que Deus lle dera, en encamiñar a súa carreira profesional cara á xudicatura.

Cando saíron da casa de Aurora Poch, incomodada e confundida por aquela actitude del, díxolle que resultaba bastante máis divertido cando mostraba o seu entusiasmo por unha cámara ou por un soldado de chumbo ou por unha locomotora en miniatura, que cando se refería á xente coa mesma distancia indiferente que podía empregar para falar dunha mosca ou dunha cascuda. Nese intre ela tivo o convencemento de que el acabaría sacándolle o tema do perfume, e non se equivocou. Díxolle que a amizade dela con Pepe Lerena resultáballe, xa non incomprensible, senón humillante: que a mesma muller coa que el estaba falando naquel momento, que tiña por intelixente, fose capaz de perder horas cun individuo como aquel, estúpido e retrasado, só se podía explicar por motivos que nada tiñan que ver co cerebro, senón con aquelas zonas escuras da cabeza onde a razón non manda, que nela debían ser moi insignificantes cando se trataba de entender os misterios, pero moi poderosas á hora de comprender ós parvos. Empezou como empezaba sempre, chamándolle Periquita Audaz. Era o seu alcume preferido, aquel que elixía cando o enfado non lle provocaba axitacións nin incluía berros, senón que se desenvolvía en calma, incluso sen deixar de sorrir. Dicíallo a media voz, separando as sílabas de maneira esaxerada, procurando manter a tranquilidade e distanciando o máis posible o estralido final, cando perdía aquela calma aparente e se puña a falar sen control.

En momentos como aqueles, cando el se erguía sobre si mesmo e contemplaba o mundo e as persoas desde a altura dun deus omnipotente, a ela acababa lembrándolle de maneira inevitable a forma cómica dun pequeno bicho simpático. Cada vez que aquela soberbia altiva, coa que se expresaba a miúdo, ameazaba con arruinar a imaxe ideal daquel home a quen quería, notaba que a angustia que se apoderaba dela se resolvía sempre na representación grata daquelas figuras divertidas. Só nunha ocasión non conseguiu sobrepoñerse á dureza das palabras pronunciadas por el contra outra persoa: cando se enfadou con Antonio Salgado París, o día que este os atopou na terraza do Café Moderno e se sentou canda eles para contar despois as historias que circulaban pola cidade en relación co novo bispo da diócese. Semelloulle entón que, as frases da resposta, tan airadas, non saían da boca de ningún animaliño inocente, irritado só por uns momentos e que salta e berra máis por medo que por odio, senón que tiñan a dureza xusticeira da condena pronunciada desde o ceo pola cólera dun deus implacable.

Aquel parecido cun animal que a ela sempre lle resultara divertido serviulle despois, durante anos, para rachar os pensamentos escuros que tantas veces a asaltaban. Por exemplo, o día que o escoitou declarar no xuízo de Antonio Salgado París. Estábao vendo no paraninfo do Instituto, agardando o turno entre as testemuñas, todas situadas á esquerda da sala. O rostro del, chupado e branco, recortado sobre o lenzo vermello que servía para ocultar os pupitres das primeiras filas que foran alí amontoados, parecía dunha cera branda e agrisallada. Conforme ían falando as persoas que eran citadas, os ollos del saían para fóra cunha violencia que ela coidaba que tiña que resultar dolorosa. Cando o chamaron, nos tres metros que o separaban do lugar onde se atopaba a mesa do tribunal, era como se levase un par de enormes cereixas encarnadas detrás dos grosos cristais dos lentes. Recordando que se parecía a unha ra, entreténdose deliberadamente naquel pensamento que tanto a fixera rir por dentro aquela tarde, debaixo da parra da horta, non escoitou a primeira resposta, cando o capitán que actuaba como fiscal lle preguntou se era certo que Antonio Salgado París fora o autor das crónicas que se publicaban no periódico firmadas co pseudónimo de Xerminal.

Respondeu que si con voz firme, erguendo a cabeza e mirando directamente ó estrado do tribunal. A continuación, pregunta tras pregunta, foi debuxando con palabras de metal o retrato irado daquel home que tiña diante e que pouco a pouco, conforme avantaba a declaración, ía adquirindo para o público o aspecto repulsivo dun réptil. Falaba del como se non estivese presente, como se aquel ser humano de rostro triste e melancólico, que de cando en vez insinuaba un sorriso para que a súa nai non tivese máis remedio que sorrir tamén, fose a aparencia tramposa dunha falsificación. Dixo que o mal non consistía na realización de actos ruíns, como roubar ou matar, senón na perversión dos inocentes. Para el, Antonio Salgado París, cos seus discursos pronunciados en presencia de persoas ignorantes, convencendo a estas de que as inxustizas nacen sempre da culpa de outros e nunca das propias responsabilidades, estivera sementando na cidade o veneno do odio e a intransixencia, un rancor acugulado que, de non ser cortado a tempo, poría en perigo a existencia de miles de persoas honradas, algunhas das cales, sen embargo, foran víctimas daquela política, pagando coa propia vida polas tales monsergas. Nese momento, a preguntas do fiscal, respondeu que el mesmo fora testemuña de como Antonio Salgado París, na véspera do asasinato do párroco de Regualde, dixera en plena rúa, diante de máis de cen persoas, que aquel cura era un obstáculo obxectivo para o progreso da boa causa dos traballadores.

Ela botouse a chorar e xa non escoitou máis. Cando puido ver a sala de novo sen a néboa das lágrimas, el rematara a declaración e encamiñábase de costas, andando co aspecto enfermizo dun home canso, cara ó lugar onde agardaban as demais testemuñas. Desde aquel momento, xa non quixo miralo. Tiña ela os ollos cravados nos pelos rebeldes do cogote do acusado e esperaba que Antonio Salgado París se volvera para enviarlle un sorriso, igual que sucedía cando estudiaban naquel mesmo Instituto, na aula do piso de arriba que estaba pegada á biblioteca. Era o rapaz máis guapo de todo o centro, moreno e de ollos verdes, sempre vestido con aqueles xerseis de la gorda. Moitas veces, desde o pupitre que ela ocupaba tres ou catro metros por detrás, púñase a mirar intensamente para el, convencida de que acabaría por sentir algún tipo de sensación na caluga, como se lle tocase, e que entón se volvería para mirala. Cando sucedía así, ela sorría, agardaba que el lle correspondese e logo baixaba a vista para seguir tomando notas no caderno ou para facer que estudiaba. Había veces que as olladas se repetían con frecuencia na mesma clase.

Aquel día, sen embargo, Antonio Salgado París, impecablemente vestido cun traxe azul escuro, pero sen a gravata encarnada que o presidente do tribunal lle obrigara a retirar antes de comezar o xuízo, tiña a cabeza gacha e non a erguía máis que algunhas veces para mirar á nai, que estaba sentada a pouco máis de dous pasos, do outro lado do corredor, e que mantiña os ollos fixos nos membros do tribunal. Cando el se volvía cara á esquerda para mirar, ela conseguía ver parte do rostro do seu antigo compañeiro. Pareceulle que estaba tranquilo e sereno. Sorría de maneira aberta e franca, como se quixese dicir que xa sabía como ía rematar todo aquelo e que non lle importaba. Mesmo no momento en que o acusador lle chamou sancristán do gobernador civil, riu en voz alta, igual que unha parte do público, pero cando se deu conta de que había xente na sala que estaba aplaudindo as palabras do fiscal, volveu agachar a cabeza e xa non a ergueu ata o final do xuízo, no instante en que o presidente lle ordenou que se puxese de pé. Ó escoitar a sentencia, deu dous pasos cara a esquerda, fixo un xesto de fastidio cando un soldado tratou de detelo e púxose de xeonllos diante da nai.

O silencio que se produciu na sala rompeuno o presidente do tribunal para pedir ós asistentes que fixeran o favor de abandonar o lugar. Lentamente, sobre todo os que ocupaban as últimas filas, que querían ver mellor a Antonio Salgado París, foron saíndo sen falar. Ela decidira non mirar ó seu compañeiro, temerosa de que o sorriso que lle vira a última vez que el volveu o rostro cara á nai, estivese agora convertido nun xesto de amargura ou de dor. Aínda así, antes de xirar á dereita para dirixirse cara ó fondo da sala, ergueu a vista dunha forma involuntaria. O condenado seguía de pé diante da mesa do tribunal, agardando non se sabía que, mentres ó seu arredor había un ir e vir de xente apresurada que se movía dun lado para outro e consultaba co único membro do consello que permanecía detrás da mesa, remexendo nun mazo de papeis. Entón, Antonio Salgado París mirou para ela, ó principio con cara de sorpresa, como se lle resultara unha presencia inesperada, pero despois, reposto do desconcerto inicial e co mesmo sorriso último que ela lle vira, díxolle algo que ela non entendeu. Como se adiviñase que non comprendera, tratou de repetir as mesmas palabras, pero un par de soldados collérono dun brazo e obrigárono a dirixirse cara á porta do fondo.

Fóra da sala, no mesmo vestíbulo do Instituto, a xente seguía esperando, agora falando en voz alta. Algunhas mulleres trataban de achegarse a un dos corredores que rodeaban o paraninfo por detrás, onde un grupo de soldados non permitía o paso de ninguén. Unha das señoras, vestida con camisa azul, identificouse como a muller do inspector Ferreiro, pero o cabo que a atendeu díxolle que tiña ordes estrictas de que aquela parte debía estar absolutamente libre de persoal civil, fose quen fose. A señora preguntoulle entón se ían sacar por alí a Antonio Salgado París, pero o cabo sorriu, fixo un xesto de impotencia coas mans e dixo que el non sabía nada e que polo tanto non a podía informar, aínda que era probable que naquel momento o acusado xa non se atopase no recinto e que eles estaban alí como escoltas dos membros do tribunal. As señoras botáronse a correr cara á porta principal do Instituto e saíron á rúa, en dirección do xardín do Posío. Case ó mesmo tempo produciuse un movemento de nerviosismo colectivo na multitude que agardaba, e unha riada de xente seguiu ás mulleres. Só quedaron no vestíbulo un grupiño de cinco monxas e dous curas, falando todos en voz moi baixa e arrechegándose cada vez máis entre eles cando o que tomaba a palabra era o máis vello dos cregos.

Moitas veces se tiña reprochado ela non seguir o impulso que sentira diante daquela xente. Estaba convencida de que aqueles curas, especialmente o máis alto deles, que levaba un cordón encarnado de adorno no colo e na abotonadura da sotana, eran das poucas persoas que talvez poderían romper aquela barreira imposible que a separaba de Antonio Salgado París e levarlle unha mensaxe: preguntarlle que lle pretendera dicir por señas uns minutos antes dentro da sala, ó rematar o xuízo. Non quería que aquelas palabras perdidas no aire, que ela non conseguira entender, se convertisen nun enigma indescifrable para sempre ou nun secreto sepultado no corazón do seu compañeiro. Situouse a un par de metros daquel grupo de curas e monxas, mirando na dirección oposta para disimular a súa propia presencia solitaria naquel corredor. Por dúas veces estivo a punto de avantar cara eles e pedir falar a solas cun dos cregos. Por dúas veces tamén se detivo, agardando que a dor provocada polos latidos que lle mancaban na gorxa se fose calmando e lle permitira expresarse sen nerviosismo. Para tranquilizarse, estirou os dedos das mans e respirou profundamente, procurando non pensar en nada, como se estivese cuberta polas augas no fondo dun río. Cando tiña decidido achegarse, a súa mirada cruzouse coa mirada do cura do cordón encarnado e adiviñou nela a faísca acendida dunha dúbida. Entón foise.

Ó abandonar o Instituto, dirixiuse cara a Rúa de Colón, na dirección oposta á seguida por aquela multitude excitada. O barullo que armaba a xente aglomerada diante da verxa do patio exterior, esperando algo que ninguén sabía o que podía ser, chegáballe polas costas como un rumor festivo, igual que os berros e as voces que ela sentía desde a cama polas noites, cando era rapaza, e aínda non a deixaban ir ó baile das verbenas do verán. Seguiu andando e, diante da igrexa da Trindade, unha velliña vestida de negro, cun veo escuro tapándolle a cabeza, que baixaba con dificultade as escaleiras do adro, parouna para preguntarlle se era certo que lle impuxeran a pena de morte ó fillo de Helena París. Cando ela lle respondeu que si, a señora fixo o sinal da cruz, desandou os pasos que andara e volveu subir cara á igrexa. Era unha velliña pequena e delgada, que a ela lle pareceu que tiña visto outras veces na rúa, sempre co veo cubríndolle unha parte do rostro e un misal de pastas marróns collido na man. Mentres ascendía con esforzo as escaleiras de pedra, coa man esquerda agarrada ó pasamáns de ferro daquel lado, ía dicindo a media voz unha oración que se asemellaba polo ton á salmodia lúgubre e monótona dun responso.

Poucos minutos despois, cruzando a Praza Maior, ela pensou que a calor do día resultaba abafante e buscou con ansiedade a sombra dos soportais do Espolón. As terrazas dos cafés estaban cheas de xente e diante da escalinata da Casa do Concello, un grupiño de nenos que tiñan pintada unha raiola sobre o pavimento de pedra xogaban baixo a vixilancia pouco dilixente de catro criadas vestidas de uniforme que falaban entre elas. Na esquina da catedral observou a dous cóengos, un deles coas mans metidas nos petos da sotana e o outro fumando un pito de forma discreta, como se pretendese evitar que o visen desde as terrazas da praza. De maneira inconsciente, a pesar de que ela xa tiña pensado seguir polo mesmo camiño onde se atopaban os cregos, torceu cara á esquerda. Cando se estaba achegando á altura da librería Resvié, sentiu que o corazón lle saltaba aloucadamente no peito e que unha dor fina coma unha agulla se lle cravaba no medio do esternón. Diante do escaparate, observando os libros expostos detrás do cristal, estaba el. Tiña as mans recollidas nas costas, nunha actitude relaxada e tranquila, e movíase alternativamente para un lado e outro, como se o reflexo da claridade do sol non lle permitise ler algún título ou o nome dalgún autor. Entón ela apurou o paso, torceu á dereita e meteuse pola Rúa de Arcediagos.

Aquela noite, coa calor convertida nun bochorno que penetraba nos pulmóns coma unha bóla de lume, ela non puido durmir. Imaxinaba a Antonio Salgado París metido nun cuarto despintado no cuartel de San Francisco, coas táboas do piso rotas en varios sitios e con buracos por onde medraban herbas, o mesmo cuarto no que ela xogara tantas veces de nena coa filla do capitán Basalo, que lle contaba que naquel lugar tiveran preso ó Chino Xaponés a noite antes de que o fusilasen contra a parede branca que separaba o patio traseiro do cuartel do cimeterio que estaba ó lado. Imaxinaba tamén as últimas horas de Antonio Salgado París naquel cuarto, arrimado contra aquela parede na que ela mesma, cando era rapaciña, pintara con tizas de cores unha casa de ventás encarnadas, con moito fume saíndo pola cheminea. Á dereita daquela pintura había unha mesa, sobre a cal imaxinou igualmente por uns instantes as pertenzas do sentenciado, é dicir, a pluma, a billeteira, a cadea do chaveiro, o anel, o reloxo... Supuxo que todos aqueles obxectos quedarían alí despois do fusilamento. Pensou especialmente no reloxo, no que o seu amigo iría comprobando aquela noite o tempo que faltaba para que viñesen buscalo, e pareceulle absurdo que seguise funcionando máis alá daquela hora, cando xa non significaba nada para o seu dono.

Pensou que Antonio Salgado París, aquela noite, podía percibir a simple vista o movemento das agullas do reloxo e que o ruído acelerado do tic-tac, inaudible outras veces, debía resoar como unha campá no medio daquel cuarto, quizais só para el. Era o único para quen o tempo tiña un sentido tan absoluto. As persoas que o acompañaban, o mesmo o cura que os demais individuos que permanecían en silencio nunha esquina do cuarto, podían mirar a hora de cando en vez para comprobar os minutos que faltaban, pero pensando tamén en todo o que viría a continuación, a volta a casa, o almorzo coa familia, a lectura do periódico, os comentarios no Liceo ou o regreso ó traballo. Para el, en cambio, cando as agullas se situaran nunha determinada posición, un segundo despois de recibir a descarga, seguirían marcando as horas sen sentido, como un tolo que fala só, pronunciando un discurso no medio dunha praza baleira, de madrugada. Naquel momento a catedral acababa de dar as cinco. Empezaba a romper o día. Entón viuno mirando pola ventá que estaba ó lado da porta, desde a cal se divisaba unha parte do barrio antigo, case ós pés, observando como a cidade, ata entón convertida nun pozo de sombras, empezaba a debuxarse de novo cunha cor pálida, lixeiramente azul.

Viuno un pouco despois andando camiño de aquel mesmo muro onde fusilaran ó Chino Xaponés uns anos antes. Era un muro encalado, cunha barriga no medio. Naquela protuberancia, que podía servir de asento para unha persoa delgada, cando ela xogaba no patio do cuartel coa filla do capitán Basalo, nas vacacións, había sempre lagartixas deitadas ó sol, que elas axotaban batendo as palmas para colocar alí os cacharriños das cociñas de xoguete. Imaxinou a Antonio Salgado París camiñando en procesión cara a aquel lugar, cun cura encabezando a marcha e os soldados detrás, formando militarmente cos fusís ó lombo, rodeando pola dereita aquel inmenso tanque de cemento onde antes bebían os cabalos da parada e no que elas se bañaban durante o verán. Non sabía se lle vendarían os ollos cun pano negro, ou cun pano branco, ou se lle dispararían desde moi cerca ou desde moi lonxe. Ó Chino Xaponés, segundo lle contara a súa amiga, fusilárono de costas, por cumprimento do seu último desexo, pois por un lado non quería que lle puxesen a venda e por outro non tiña ganas de ver as caras dos pobres rapaciños, mortos de medo, que serían obrigados por sorteo a disparar contra el.

A imaxe que lle viña á cabeza aquela noite, esperta pola calor na desorde pegañenta da cama, era a dunha mañá clara, algo fresca a aquelas horas, alá no alto, co sol aínda acochado detrás dos penedos do Montealegre e as últimas estrelas brillando sen forza na limpeza esvaída do ceo. As voces, como un rumor de rezos, ían e viñan, dispoñendo os últimos detalles. Ó pé do muro, Antonio Salgado París quizais fumaba, ou escoitaba o cura, ou daba un último recado: que por favor non lle disparasen na cara, que a súa nai estaba fóra agardando e non quería que lle vise o rostro desfigurado. Algúns dos presentes seguro que habían sentir frío, non tanto polo aire fresco da madrugada, senón como consecuencia dos nervios. Pasoulle pola cabeza a figura dun home pequeno e gordo que estaba detrás da mesa do tribunal, durante o xuízo, e viuno naquela procesión, fretando as mans histericamente, pensando talvez como se ía comportar cando chegase a hora, se mirar ó reo ou pechar os ollos, ou mirar para outro lado. Porque ela pensaba que os soldados debían estar moi cerca, cos fusís tocando case na camisa de Antonio Salgado París, pois entre o tanque e a parede aquela onde fusilaran ó Chino Xaponés non había máis de dous metros. Desde alí, a unha distancia tan curta, tíñanlle que abrir un buraco enorme, como se lle puxesen unha bomba no peito.

Imaxinou aquel buraco da mesma cor vermella que aínda o segue imaxinando agora, anos despois, coma os ollos dese home de lentes grosos que segue lendo aí enfronte, do outro lado da rúa, sentado no mesmo sillón azul, atrapado desde hai horas por un libro pequeniño de tapas de coiro encarnado. De aquí a pouco, vai pechar o libro, tomará se cadra as últimas notas na libreta de pastas negras de hule que ten por riba da mesa e despois quedará uns minutos sen facer nada, mirando cara ó chan, pensando quen sabe qué. Ás veces acende o último cigarro do día e dá unhas voltas pola habitación, tocando de maneira inconsciente aquí e alá os distintos obxectos que garda na parte frontal das estanterías, entre o borde da madeira e os lombos dos libros. Outras veces, sobre todo nas noites claras do verán, abre a ventá e quédase mirando para o ceo, esforzando a vista talvez para contemplar algunha constelación. Logo diríxese á esquina da esquerda, no fondo do salón, tira do cable con forza para desenchufar a lámpada e colle o gato nos brazos para levalo canda el. Antes de saír, situado xa na porta, dálle á chave para apagar a luz do teito. Convertido nunha sombra a penas iluminada pola bombilla do fondo do corredor, pérdese no interior da casa ata o día seguinte.

A escuridade apodérase agora da rúa. Ela segue sentada aínda ó pé da ventá, cos ollos perdidos nas manchas que se debuxan confusamente na porta de madeira da casa de enfronte. Se chegasen agora, por exemplo, se esas sombras que se moven uns metros máis alá da fiestra fosen eles, non terían máis que forzar con coidado a pechadura ou acceder ó portal pola parte de atrás, saltando o muro da horta, e subir despois ó piso, sen seren vistos. É probable que nese momento el xa se decatase de que algo anormal estaba sucedendo e que se incorporase na cama para preguntarlle a Mariana se tiña escoitado algún ruído estraño na porta de entrada ou no corredor, diante do dormitorio. Antes de que ela espertase completamente e se puxese a escoitar, seguro que eles xa estarían entrando na alcoba, cinco ou seis homes mal vestidos, algúns deles con zamarras, con Raúl á cabeza. Non lle dispararían na cama, moito menos sen falaren antes con el e dicirlle algunhas cousas. Habían pedirlle que se erguese e que os acompañase ata o salón, aínda que fose soamente vestido co pixama, por máis que el había solicitar que o deixasen un momento só para vestirse e que autorizasen a Mariana a quedar na habitación mentres eles falaban no outro cuarto o que tivesen que falar.

Ela pode imaxinalo contra a parede do fondo, cos lentes a medio poñer, o pixama frouxo e solto arredor do peito e as mans caídas, sen protestar, comprobando, agora si, que as ameazas e as insinuacións que viñan na folla amarela que Mariana lle entregou o outro día se acabaron por cumprir. A voz rexa dun daqueles homes estalle recordando seguramente o seu testemuño diante do tribunal militar, vaille lembrando as cousas que dixo aquel día sobre Antonio Salgado París. El non replica nin se defende, talvez insinúa cun xesto de fastidio ou de cansazo que resulta inútil dicir unha soa palabra máis, que todo está decidido. Entón un dos homes adiántase, agárrao por un brazo e turra del ata sentalo pola forza no sillón azul. Cando xa o ten situado no seu sitio, faille un aceno coa cabeza ós compañeiros, que van saíndo de un en un pola porta do fondo, en dirección á entrada da casa. O home saca unha pistola do peto da zamarra, colócalla na parte de atrás, á altura da caluga, e disparalle un tiro. Despois, sen mirar para el, segue o camiño dos demais. O que queda no sillón é un corpo encollido, dobrado sobre os xeonllos. Visto desde a outra beira da rúa, desde a parte de aquí do ventanal, parece un corpo insignificante, un pequeno vulto de carne non meirande que un can. Nese instante, Mariana abrázase a el e empeza a chorar.

ÍNDICE

Este libro
DEUS SENTADO NUN SILLÓN AZUL
de *Carlos Casares*,
rematouse de imprentar
nos talleres de
Obradoiro Gráfico, S. L.,
na Avda. Rebullón, 49, de Mos,
o día 29 de marzo de 1996